山村奇譚

千年雨——著

1
徒花

suncolor 三采文化

作者序

《山村奇譚》最初連載於PTT（批踢踢實業坊，臺灣大學電子布告欄）。故事源起，原只是想將幼時先祖母告訴過我的鄉野傳說，以及親友的靈異體驗記錄下來；加入虛構元素寫成小說後，意外在PTT Marvel板獲得一些迴響，逐漸變成為了回應對這個故事深懷期待的網友而繼續創作著，不知不覺寫了三十多萬字。如今有幸付梓，我想謝謝PTT網友，特別是Marvel板和YuanChuang板的朋友們對我的鼓勵。

同時萬分感謝三采文化給予拙作出版的機會，在我因各種私人因素，更新頻率斷斷續續、故事將有斷尾之虞時，雖曾蒙數家出版社來信接洽出書事宜，但三采文化是最早與我聯繫的出版社，令我受寵若驚，而決心繼續完成這個故事。

為了研議出版細節，編輯二部總編輯及責任編輯特地枉駕我工作的縣市；為了內容精益求精，在我多次對原稿進行增刪修改期間，二部總編輯和責任編輯經常給予指導協助，實在感激不盡。

也謝謝翻閱本書的讀者，願能帶給您一段美好的閱讀時光。

千年雨

目錄

作者序 003
第一章 凶宅詭影 008
第二章 霧隱之村 030
第三章 廢墟驚魂 049
第四章 戰壕亡靈 069
第五章 囈語異語 088
第六章 青梅竹馬 107
第七章 地獄之花 124
第八章 冥府之路 141
第九章 厲首橫空 161
第十章 陰魂奪魄 177

第十一章　萬鬼伏藏　191
第十二章　諴首破骸　209
第十三章　暗夜驚聲　231
第十四章　古宅恨事　250
第十五章　風天之卦　265
第十六章　怨鬼夜哭　281
第十七章　密雲不雨　296
第十八章　冤魂索命　313
第十九章　李代桃僵　327
番外　山村守則　341
後記　奇幻與現實的交互映照　368

欲知前世因，
今生受者是；
欲知來世果，
今生作者是。

第一章　凶宅詭影

這是發生在江雨寒到職不久的事。

夏日黃昏，夕陽從敞開的落地窗斜照進房間，帶來一室黯淡光線和電扇吹不散的熱氣。她背對房門使用電腦，因新進員工宿舍沒有冷氣，背後的房門也敞開著通風，水藍色半透明門簾在暑氣中微微飄蕩。

「咦？剛才誰上樓了？」坐在對面用電腦的同事小怡抬頭望向房門外，突然問道。

江雨寒轉頭看看後方。門外是一條短短的走道，走道的兩端分別是另一個房間及浴室，浴室前左方是通往三樓的樓梯，此時樓梯間的燈光灰暗，老舊燈泡閃閃爍爍。

「有嗎？我沒聽到腳步聲。」

「我看到一個人從簾外經過，然後上三樓去了。」小怡以篤定的語氣說。

「會不會是樓上的李小姐回來了？可是應該會打聲招呼……」

三樓只有一個房間，住的是公司的會計小姐，雖然彼此不熟，但見面時至少會問候一下，像這樣一聲不響的默默上樓，實在有點奇怪。

「我們上樓去看看吧？」小怡提議。

江雨寒原本不想上樓，畢竟三樓是會計小姐的私人空間，擅自上去好像不太好，可是又擔心萬一是小偷就糟了，所以還是同意了。

她們一前一後地走上樓梯，這是江雨寒第一次到三樓，只見小小的走道上放著一個矮鞋櫃，鞋櫃旁就是三樓唯一的房門。

這麼狹窄的空間顯然藏不了人，小怡上前敲了敲緊閉的房門，無人回應，她的臉色有點難看，又不死心多敲了幾下，叩門聲在狹小昏暗的空間裡聽起來有些空洞。

兩人相視一眼，安靜地轉身下樓。

回到二樓的房間之後，江雨寒說：「大概是妳用眼過度，視覺疲勞吧？」電腦螢幕盯久了，常常會出現一些視覺暫留的幻象，不足為奇。

「嗯……或許吧！」

隔天晚上江雨寒回到員工宿舍，一踏上二樓，就看到小怡圍著浴巾匆促從浴室衝出來。

「原來是妳喔！」一臉慌張的小怡看到她，明顯鬆了一口氣。

「怎麼了嗎？」

「妳問我怎麼了……剛才不是妳一直在敲浴室的門，敲得很急嗎？」

「不是我啊。」江雨寒晃了晃剛從街上買來的便當提袋。「我才剛回來。」

小怡的臉色瞬間刷白，白得令人驚恐。

「也許是其他同事急著上廁所，妳別害怕。」她連忙安慰小怡。「我去問問看是誰敲門。」

這棟三層樓的透天厝總共住了五個女生，一樓是客廳、廚房、洗曬衣場；二樓有兩個雅房及一間共用的浴室，除了她們兩人的房間之外，另外一間住著兩位公司的行政助理小姐；三樓則是一間獨立套房。

「不用問了。」小怡的聲音明顯發抖。

「為什麼？」

「除了我們，其他三個人都不在。」

「呃，不會吧？」

「是真的，明天開始連假三天，她們下午都已經回家了。」明明天氣酷熱，小怡卻顫抖如北風中的落葉。她抬頭看向通往三樓的樓梯間，快壞掉的燈泡持續忽明忽滅。

開會的時候，曹承羽滔滔不絕地對著台下眾編劇指摘批判劇本缺失。

曹承羽是編劇組組長，在公司有將近十年的資歷，除了是高階主管，同時也是董事長身邊的得力助手，能左右公司決策，並擁有編劇組的人事任命權，可謂位高權重。因年輕有為且外型出眾，是諸多女性員工憧憬愛慕的對象。

雖然平常待人謙和有禮，但一談到工作相關，便絕對鐵面無私、秉公處事。

這次負責擬定劇情大綱的人是江雨寒，理應比別人更加仔細聆聽台上組長的指示，但她總是定不下心，眼睛時時瞥向小怡的方向。

她覺得小怡最近怪怪的，整天垂頭默坐，不發一語，問她問題也很少回答。開會時也是這樣，對主管的話語毫無反應，好像一切與她無關似的。

江雨寒憂心地看了她一會兒，回過頭，視線剛好對上麗環凝視的目光。

那時她跟麗環還不熟，只知道麗環來頭不小，是一位資歷比她們大很多的老前輩，一梯退三步的話，她們這些新進編劇大概得退到太平洋。

江雨寒禮貌性地對她微微點頭，狀似若有所思的麗環露出了似笑非笑的奇異表情。

這場會議一直持續到晚上九點多，窗外夜色如墨，組長還在長篇大論，完全沒有要結束的跡象。與會眾人皆是又累又餓、一臉疲憊，但沒有人敢出聲打斷組長的高論，頂多偷偷打個無聲的哈欠。

坐在江雨寒旁邊、一直沉默的小怡突然發出「喀、喀、喀」類似打嗝的聲響，她驚訝地轉頭，只見小怡身體劇烈顫抖，接著開始反覆屈伸扭動，同時陣陣乾嘔。

江雨寒見情況不妙，正想打電話叫救護車時，麗環神色凝重地問她：「她最近有遇到什麼怪事嗎？」

「前幾天我們在宿舍寫稿，小怡說看到有個人影走上三樓，可是我們去三樓查看的時候，卻一個人也沒有。還有上禮拜五，小怡一個人在宿舍洗澡，說聽到有人敲門的聲音，我只知道這些……」她認真地想了一下，據實以告。

麗環聞言神情微變，立刻轉身跑出編劇室。

江雨寒不知所措地看著持續顫抖及發出嘔吐聲的小怡，有點害怕，承羽走過來拍拍她，溫柔地安慰道：「不用擔心，這個麗環有經驗，妳不要害怕。」

過了一會兒，麗環回來了，手上拿著一個摺成方形的白色紙包，對小怡的背輕輕拍打。隨著規律的拍打動作，小怡漸趨平靜。

完全停止嘔吐之後，小怡抬起冷汗涔涔的臉，看到大家或站或蹲的圍在她身邊，感覺有些困惑。「怎麼了？你們幹嘛看著我？」

「卡得有點嚴重，還是要去有法力的宮廟處理一下比較好。」麗環對著小怡說。

「卡？卡什麼？」江雨寒一時不明白她的意思。

「卡到陰啦！簡單說，就是撞鬼中邪的意思，最好是去大廟請法師做一下法，這樣了解嗎？」

江雨寒驚訝得說不出話，小怡則是臉色很難看地點點頭。

由於小怡看起來相當虛弱，會議提前結束。為了安全起見，江雨寒拖著小怡到附近醫院掛急診，檢查結果並無異常。

試用期滿的前幾天，小怡決意辭職。

據她所說，這段日子以來，她看到不尋常景象的次數越來越頻繁了——

彎腰洗頭髮的時候，彷彿從兩腳之間看到背後站了一個人，一轉頭又無所見；只有她一個人在宿舍的時候，清楚看到陌生人影上樓，然後消失在樓梯口……諸如此類，使她瀕臨崩潰，即便四處燒香求神拜佛也無濟於事，只好忍痛放棄成為編劇的夢想。

而在小怡搬離員工宿舍的隔天，住三樓的會計小姐也無預警地離職了，全部家當在一天之內搬得精光。

剩下的兩位室友告訴江雨寒關於會計小姐日間臨走之前說的事——

自從住進三樓的套房，她一直感覺很不安寧，深夜經常聽到上樓的腳步聲。

當時二樓住的是另外兩位早已離職的新進編劇，以及目前那兩位行政助理小姐。

一開始，她以為是其他同事的腳步聲。因為她房間外面的走道是公共區域，大家都可以使用，所以也不便說什麼，只是覺得有點吵而已。直到二樓那兩位新進編劇猝然離職的時候，大家聊起來才知道，根本不曾有人半夜走上三樓。

她心裡覺得毛毛的，但那腳步聲通常到樓梯口就戛然而止，雖然有點詭異，但對實際生活影響不大，為了免費的員工宿舍，她就忍耐著繼續住。

漸漸的，那腳步聲延伸到房門口，聽起來就像停在門外準備開門的樣子。她越來越害怕，於是讓樓梯轉角及門外走道的燈徹夜亮著，冀望可以驅散一些恐懼。

昨天深夜，她縮在被窩快要入睡時，不經意瞥見從門下隙縫透進來的光好像被物體遮住了，呈現一種奇怪的影子。

她驚疑不定，直盯著門下黑影看，深怕會有什麼東西突然闖進她房裡。過了許久，黑影始終不動，她有些不耐煩，大著膽子走到門前彎腰一看——門外立著一雙黑色的腳。

她嚇得暈過去，隔天早上清醒後立即遞出辭呈，一刻也不耽擱地搬離。

客廳明明很悶熱，江雨寒卻聽得背脊發涼。「好可怕，這種情況不能請道士還是法師來處理嗎？」

兩位行政助理小姐面露難色，無奈地說：「聽說董事長不喜歡這些鬼神迷信之說，要是亂講話傳到公司高層耳朵裡，會被炒魷魚的，所以囉，我們也沒辦法。」

當天晚上，江雨寒躺在床上，很難入睡，因為傍晚談論的話題讓她深感恐懼，雙手不自覺地拉緊被子，但連日熬夜趕稿的疲倦讓她漸漸睡去。

半夢半醒間，一直覺得右手臂很癢，好像有什麼東西在搔弄，她伸手拂掉，過了一會兒，那種搔弄的感覺又出現了。

如此重複數次，睏倦渴睡的江雨寒終於徹底清醒了。手臂仍然很癢，她顫慄地轉頭一看，發現散亂的長髮纏繞住自己的手臂。

「原來是自己嚇自己啊……」壓抑在心底的恐懼感驀然一鬆，她起身開門，想上廁所。走出房門，一眼看見正前方通往三樓的階梯上有個陌生的黑影。

那個黑影似乎察覺到她的出現，止住上樓的動作，在樓梯間閃爍晦暗的燈光下，緩緩將臉轉過來……

不等對方把臉轉正，江雨寒立即往一樓樓梯衝下去，火速拉開大門跑到門外，再使勁關上。做事向來慢條斯理的她，動作從未像此刻這樣俐落。

剛才那是什麼？外型雖是個人的樣子，但沒有人體的厚度，看起來像是剪成人形的黑色紙板，或是投映在牆上的影子一樣，詭異得令人不寒而慄。

她搓了搓裸露在夜風中的手臂，站在深夜的馬路邊，不知道自己現在該怎麼辦。由於倉促出逃，兩手空空如也，手機沒拿，鑰匙也沒帶。

鐵製的宿舍大門一旦關上就會自動反鎖，即使有那個膽子回去，沒有鑰匙也無法開門。如果蹲在宿舍外面等到室友睡醒出門，要等幾個小時？就在她認命地思考著這個淒慘的問題的時候，一輛轎車從馬路的另一頭開了過來，在她前方減速停下。

編劇組組長曹承羽一臉驚詫地下車，快步走到她面前。

「小雨！這麼晚了，妳在這裡做什麼？」急促的語氣明顯流露關切。

江雨寒抬頭望著頂上彷彿散發萬丈光芒的組長，一瞬間幾乎有種要跪下膜拜的衝動——救星！真的是救星！今晚不用露宿街頭了！

雖然她不敢自認為跟組長很熟，但組長是大家公認的好人，一向也對她照顧有加，她相信組長一定不會見死不救的！

正想告訴他剛才見鬼的事，突然及時想起其他同事的警告——老闆不喜歡怪力亂神，更不喜歡員工說公司鬧鬼。

像組長這樣日近天顏的人，會不會把她說的話告訴老闆呢？

她雖然害怕這裡的環境，卻還是不想這麼快就捲鋪蓋走人，於是隨便掰了一個自己說著都很心虛無力的理由：「我出門忘記帶鑰匙……室友都睡著了，沒人可以幫我開門……」

承羽聽了，臉上的表情更訝異了。明知小雨說的不是實話，但也不願讓她困窘為難，於是點點頭，不再多問。

「我家就在附近，妳先跟我回去，一個人在這裡太危險了。」

「那就打擾了！」本想客套幾句，但想想狼狽至此的人沒有客套的本錢，也就算了。

江雨寒坐上副駕駛座，承羽重新發動車子之後，遞了一件自己的外套給她。「先穿上，車上冷氣有點冷。」

正想說她不冷，忽然意識到自己身上穿的是粉紅色而且還有卡通圖案的連身裙睡衣。

……真是糗大了。

她只得乖乖接過那件對她來說大得離譜的風衣，套在身上。

組長所謂的「家」，位在鬧區的嶄新電梯大樓，三房兩廳，但只有他一個人住，沒有其他家人。

三個房間，一間是書房，一間是儲物室，所以他把唯一的臥室讓給她，自己又開車出去了，他說他去其他同事的宿舍借住，明早再來接她。

江雨寒在他雅潔齊整的臥室看到一張組長和女生的合照，那女生很漂亮、很有氣質，放在大學裡大概是校花等級的。

她想那就是他的女朋友吧，郎才女貌，倒是非常登對。

隔天下午有例行會議，開會的時候，江雨寒頻頻望向麗環。

聽其他同事提過，麗環前輩天生陰陽眼，而且好像有在「修行」，身上有點法力，跟她比較熟的同事私底下還稱呼她為「師姑」什麼的，或許能找她幫忙處理宿舍鬧鬼的事？

可是要怎麼開口才不會太突兀失禮呢？她一直苦苦思索這個問題。

晚間八點多散會之後，編劇組成員紛紛起身離開，麗環露出招牌的爽朗笑容，主動走向她。「妳有事找我啊？」

「妳怎麼知道我有事要找妳？」她什麼話都還沒說呢。

「妳氣色不好，事出必有因。」

「前輩竟懂觀相望氣之術嗎？」江雨寒不禁肅然起敬。

麗環聳聳肩，「不懂。我隨便說說而已，電視上不都這樣演？」

江雨寒愣了一下，「可是妳怎麼會知道我有事找妳？」

「開會之前承羽告訴我，妳好像遇到麻煩，『特別』交代我一定要好好關照妳。」麗環又露出那種似笑非笑的表情，「說吧，到底什麼事？」

江雨寒沒有察覺到對方口氣中的曖昧之意，便請麗環隨她回宿舍，在半路上將所有的事情告訴她，敘述完宿舍也到了。

麗環一直神色凝重地傾聽著。

「我要到妳說的那個房間看看，帶路吧！」她說。

進到三樓空房間後，麗環點燃一個小三角錐形的香放在角落，然後自己面向角落盤坐。江雨寒猜想她是在跟靈體溝通，所以不敢驚動，屏氣凝神恭立一旁。

大概過了半小時，麗環才緩緩起身。

「我都知道了，這棟房子原是法拍屋，在被公司買下來之前出過命案，前住戶從三樓這個房間跳樓自殺，妳們所說的那個影子，是死者變成的地縛靈，一直在重複生前的動作。」

江雨寒既畏懼又崇拜地看著她，「前輩妳怎麼知道的？是……難道是那個地縛靈告訴妳的嗎？」

「想太多！」麗環笑著拍拍她的頭。

「……不然妳怎麼會知道得這麼清楚？」

麗環將手機的對話紀錄拿給她看。「我有個朋友在這裡當記者，雖然這件事當時被刻意壓下來，但當地記者消息是很靈通的。」

原來是這樣……她決定收回自己的崇拜。

「妳還以為我真的會通靈喔？哈哈哈！」麗環誇張地放聲大笑。「拜託！我要是真的有靈能力，早就去開宮廟賺錢了，還當什麼編劇！」

「那這裡要怎麼處理？」江雨寒一臉愁苦，完全笑不出來。「同事她們都說上頭不會同意請法師來作法。」

「其實老闆非常迷信，但他打死不會承認公司鬧鬼。這樣吧，我幫妳們驅邪好了。」

「妳真的會嗎？」她驚訝地看著麗環。

對方遞給她一個神祕的微笑，說要先回家拿驅邪的道具。

那天晚上，整棟宿舍一到三樓被麗環撒滿米粒、粗鹽、蒜瓣、艾草粉、榕葉……等等，事後江雨寒一個人打掃得很辛苦。

不久之後，從麗環口中獲悉這件事的承羽把她調到另一棟有冷氣的高級員工宿舍，二樓那兩位助理小姐是否繼續見鬼，就不得而知了。

劇本送審的空檔，編劇組進行為期七天的外出取材例行活動。

編劇組含組長共六人，分成兩組，各自選擇取材地點。

分組的時候問題來了，沒有人願意和有靈異體質的麗環同一組，連一向公平公正的組長承羽都閃得遠遠。

「琴琴……」麗環用乞憐的表情看著玉琴。「沒有人要跟我一組，我好可憐……」

玉琴在編劇組資歷較淺，但據說和麗環從幼兒園就認識，交情深厚，非比尋常。

「這不是很正常嗎？鬼才敢跟妳同組！」玉琴毫不留情地說。「妳自己一組好了！」

「怎麼可以這樣！」麗環轉向承羽抗議：「組長！大家排擠我，這不公平！」

原本掩嘴偷笑的承羽即刻正容說道：「對，大家不可以這樣，我們是一個團體，理應團結互助……」

玉琴打斷他的話：「那好，就決定你跟麗環同組，剩下我們四個一組，結案！」

「不行！這不公平！」承羽瞬間神色慘然。

他雖然不怕鬼，但也不想跟麗環同組。同事多年，他深知麗環的搞事能力有多強，跟她同組鐵定倒楣。

「我看大家抽籤好了，這樣最公平。」麗環一邊說，一邊裁紙做出五個籤。「抽中我名字的，就跟我一組。」

其他人顯然不大樂意，但也沒有更好的方法。

「來來來！最菜的先來。」麗環朝江雨寒招招手。

她依言拈了一個籤，當場打開，上面寫著一個大大的「環」字。

她清楚聽到眾人竊笑的聲音，不過倒不覺得怎樣，因為當時還不知道，跟麗環出遊是多可怕的事。

「我到底是倒了幾輩子的楣，得跟妳同一組？真是有夠衰的！難得的休假，就這樣毀了！跟妳出來旅行，我還寧可回去工作！他喵的！」

玉琴揹著沉重背包，艱難地穿行在山間林徑，一邊用力踢路上的石頭出氣，一邊不停使勁抱怨。

「妳到底有完沒完啊？這是抽籤決定的，怪我喔？」麗環終於忍不住說。

「他喵的！我就懷疑那五個籤都是妳的名字，不然怎麼會開頭連續兩張都中籤王？」玉琴將一顆稍大的石頭踢進矮小樹叢，發出一陣窸窸窣窣的聲響。

「隨便妳怎麼說。還有，在山上不要亂踢石頭，出事別怪我沒警告妳。」

「喵的！」玉琴一腳正要踢出去，聽她這麼說，連忙縮回來，嘴上仍不住碎唸：「到底還有多遠啦？妳挑這什麼破旅遊景點，我們是出來旅行還是修行？爬了快一個小時，還沒看到妳說的狗屁民宿！」

「就快到了啦！妳爭氣點行不行？這麼點路，雞貓子鬼吼鬼叫的，沒看到人家小雨多有毅力，從頭到尾一聲不吭。」

江雨寒聽她提到自己，勉強笑了一下，其實只是累到說不出話了。

好不容易穿過深林，等著她們的是一條橫跨湖面的藤編吊橋，雖然不到年久失修的程度，但也不很牢固，走在上頭搖搖晃晃。

「小雨，要小心喔，別掉下去了。」走在最後面的麗環提醒她。

「放心，我繩子抓得很緊。」

「我不是那個意思。吊橋下面很多鬼手，一不小心會被抓走的……」

麗環幽幽的語氣讓江雨寒渾身顫慄。「真的假的？」她畏懼地問，不敢低頭細看湖面。

「不要理她啦！她每次都這樣嚇人，當她放屁就好了！妳越當真，她就越起勁！他喵的！」前面的玉琴忿忿地說。

「唉……」山風颯颯，彷彿聽到走在最後方的麗環嘆了一口氣。

費盡九牛二虎之力抵達麗環預訂的民宿，才是崩潰的開始。

麗環之前網路訂房填錯日期，訂成隔天，想現場加訂也來不及了。

面對玉琴的抱怨，麗環指著不遠處搭帳篷和開露營車的人群，「民宿有出租帳篷，租一頂來用不就好了。」

玉琴順著她的指示看過去，瞬間瞪大了眼睛，「等等……露營車？這裡原來可以開車上來嗎？」

「我沒說過不可以。」

「可以開車上來，我們為什麼要特地把車停在山下，再爬兩個小時披荊斬棘的山路到這裡啊？」

「我想說我們整天關在房裡寫稿，缺乏運動嘛！」麗環微笑地說。

江雨寒猜想玉琴快哭了，因為她也是。

她們在一群大學生的營地旁搭起帳篷。

那些大一新生非常熱情活潑，麗環和玉琴也外向健談，大家很快就混熟了，一群人在營火旁又唱又跳，深夜才滅掉營火，各自回帳篷休息。

玉琴累壞了，一躺平就睡著，麗環坐在角落，就著手電筒的光整理背包，江雨寒這時才注意到她的背包上掛著琳瑯滿目的護身符。

整理好之後，她對江雨寒說：「妳還不想睡吧？我們出去走走。」

江雨寒便披上外套隨她走到湖邊。

湖面起了濃霧，走在湖畔如行雲海，濡濕了頭髮和外衣。此刻天地間彷彿只剩下黑白二色——黑的夜色，白的濃霧，渲染出一種異樣不祥的氛圍。魆黑的樹影在風中張揚搖曳，有若鬼魅。

江雨寒看她手上還握著幾個護身符，想起公司的人說她有陰陽眼，忍不住好奇地問：「四周這麼暗，山裡這麼荒涼，妳現在有看到什麼嗎？」

麗環回頭笑看著她，「妳真的想知道？」

其實江雨寒話剛說出口就後悔了，連忙搖頭。「當我沒問。」

麗環笑了一下，突然笑意斂去，定定地看著江雨寒背後的湖，驚異地說：「那……那是什麼？好像是船？」

這個時間怎麼會有船？出於好奇，江雨寒忍不住回頭望向湖面，唯見白霧茫茫。

「哪裡有船？沒有啊。」她說。

麗環不再說話，拉著她匆匆趕回帳篷，把玉琴叫醒。

硬生生被挖起來的玉琴已不是火冒三丈可以形容，她頂著一頭亂髮，像野獸般咆哮。

「不要吵了，趕快收一收下山！」麗環快速收拾自己的行李。「我在湖中看到奇怪的東西，不吉。」

麗環只輕輕說了這一句，玉琴立刻噤聲，認命地起身整裝。

江雨寒問道：「前輩，我們要走今天那條山路下山嗎？」半夜摸黑下山她沒意見，可今天上山爬的那條路實在太可怕了。

「叫計程車啦，阿呆！」

歸還帳篷行經湖畔的時候，江雨寒惶惑地看了湖面一眼，仍是一無所見。

搭乘計程車回到山下小鎮，麗環便開始發高燒，全身痙攣、囈語不斷，她們連忙把她送往鎮上的醫院。醫生給她吊了點滴，她就沉沉地睡著了。

翌日黃昏，玉琴跑去地下美食街買東西，江雨寒坐在病床邊，百無聊賴地滑手機。

突然滑到一則即時新聞——今日上午，某校大一新生深山泛舟，船隻不知何故翻覆，多人落水，其中一人離奇溺斃……

點開新聞中的照片一看，只見場景十分眼熟，不禁一陣難過。

「怎麼了?有什麼好哭的？」玉琴回來了，將食物提袋放在桌上。「沒事的啦，麗環從小就這體質，一到比較不乾淨的地方就會高燒不退，只要吊個點滴，再去大廟拜拜就會沒事了，不用這麼擔心，麗環命硬得很。」

江雨寒顫抖著把手機遞給玉琴，玉琴看了那則新聞之後，神情也變得凝重。

她低聲說：「琴姐，如果我們下山之前提醒那些大學生，是不是……是不是……」

玉琴嘆了一口氣，「我知道妳想說什麼。但那個地方遊客那麼多，妳能一一勸離嗎？」

「可是……」

「如果一個陌生人無故跑來跟妳說，這個地方會發生危險，叫妳和大家立刻撤離，妳信嗎？」玉琴拍拍她的肩膀，「沒有人知道會發生這種事，麗環也不知道，雖然她喜歡裝神弄鬼，但畢竟不是真正的通靈者，碰到這種事，她也無能為力。」

江雨寒點點頭，無奈地接受玉琴前輩的說法，但心裡仍忍不住想：下次若再遇到類似情況，真的不能多做些什麼嗎？

取材之行就這樣提早結束了，江雨寒莫名鬆了一口氣——她終於理解其他人不願與麗環前輩同行的原因。

然而很久很久以後，她才真正明白，當初以為的「結束」，只是開頭而已。

第二章

霧隱之村

「琴琴，妳最近凡事要小心啊！我早上幫妳占卜，得『蹇』卦，這是凶卦啊！蹇者，難也，險在前也……」在公司附近吃午餐的時候，麗環難得一臉正經地說。

一個長長的哈欠打斷她的話，只見玉琴翻了個白眼，「唬爛。」

「欸欸！妳這什麼態度？我好意幫妳卜卦，妳說我唬爛！」

「妳那套鬼話我聽到都不想聽了，省省吧！」

「但琴姐，據說這波水逆受影響程度最高的是天蠍座，妳還是多注意點比較好哦！」

「是喔？謝謝妳，小雨，我會多注意的。」

玉琴判若雲泥的反應讓麗環氣得拍桌：「我說的妳不信，小雨說的妳就信，妳現在是怎樣？枉費我們這麼多年的交情！」

「小雨不像妳會亂唬爛啊！我當然相信她。」

「妳知道她之前跟我說小時候住的村子的事嗎？她說那個村子裡有專門倒在地上伺機吊死行人的竹子鬼，還有會引誘村民到墓園吃紅龜粿的魔神仔，還有鬧鬼的深山別墅，說得群魔亂舞，她這樣還不夠唬爛喔？」麗環忿忿不平地說。

「那是村子裡流傳的鄉野故事，不是我編造的……」江雨寒提出抗議，但盛怒中的麗環顯然沒在聽。

「同樣的話從妳和小雨口中說出來，小雨說的就是比較有說服力啊！小雨一向說話謹慎，但妳可是惡名昭彰的『神棍唬爛王』欸。」玉琴反脣相譏。

「這麼說，妳很相信她的鬼話囉？」

「這不是鬼話……」江雨寒繼續抗議，但完全沒人理她。

「我就是相信她，怎樣！」

「好啊！那我們就去她說的村子走一趟，看她到底是不是唬爛！如果她說的那些不是真的，以後唬爛王換人當啊！」

「不要啊！」江雨寒連忙搖頭。

「走就走，誰怕誰！」玉琴極有魄力地一拍桌子。

「就這麼說定了！」麗環轉向江雨寒：「限妳三天內交出這次的劇情大綱，送審之後我們就出發！」

「前輩……可以不要嗎？」她愁眉苦臉地說。

「怎麼了？妳怕妳的假經驗真創作被我戳破嗎？」麗環嘴角以得意的弧度誇張上揚。

江雨寒搖搖頭，「負責這次大綱的人是妳，不是我，我上次寫過了……」

麗環愣了一下，假裝沒聽到，率先拿著帳單站起來，「回去了、回去了！下午還要開會，忙死了！」

江雨寒愕然看向玉琴，對方只遞給她一抹同情的微笑。

低頭盯著螢幕久了，脖子有點痠。江雨寒抬頭看了一下時鐘——凌晨兩點。

特地來她房間監督大綱進度的麗環早在床上睡翻了。

她也很想睡，但看看進度尚落後很多的劇本大綱，不禁悲從中來。

寫到一半，身後的麗環突然睜開眼睛，咕噥了一句：「怎麼陰風陣陣？」然後翻個身繼續酣睡。

江雨寒輕嘆一聲，起身把冷氣溫度調高、風量調小，接著拿起房間鑰匙和零錢袋，到街上的販賣機投飲料。

她拎著兩瓶罐裝咖啡，正想走回宿舍，一輛有點眼熟的車輛緩緩在路邊停靠。

「這個時間妳怎麼一個人在街上？」承羽下車快步走向她。

江雨寒抬頭看著身量比她高許多的承羽。「組長，你都這麼晚才下班嗎？」這是她第二次在深夜的街上遇到他。

「我剛從片場回來。」

組長果然不好當，三更半夜還要跑片場。她這樣想著，遞了一瓶咖啡給他。

承羽伸手接過，「謝謝妳，我剛好有點渴。妳們現在不是在等麗環的大綱嗎？為什麼還要靠咖啡熬夜？」

她嘆了一口氣，把麗環和玉琴決定的事告訴他。

承羽不禁失笑，「這兩個人老是這樣率性胡鬧，跟小孩子一樣，只是難為妳了，居然趁機把大綱推到妳身上。」

「大綱沒什麼，只是……我不想回去那個村子。」

「為什麼？」

「我害怕。」千言萬語，不知從何說起。

承羽顯得有些困惑，但沒有追問。「如果妳覺得為難，我來勸麗環打消主意。她人其實不錯，就是這任性妄為的毛病改不了。」

「沒關係，我十幾年沒回去那個村子了，藉這個機會回去看看也好，也許我還該感謝麗環前輩。」雖然害怕那裡的環境，但她對自己小時候待過的村子仍有些掛念。

「真的嗎？」

「嗯。」她點頭，神情卻略帶猶疑。

承羽看她一副似乎想回去，又不敢回去的樣子，建議道：「這樣吧，妳會怕的話，我多找幾個人跟妳們一起去，好嗎？」

「真的可以嗎？」

「大綱送審之後，編劇組有一段空檔時間可以進行實地取材的企劃，應該是沒問題。妳若不介意，我來安排。」

組長真是個好人！她彷彿又在承羽頭上看到萬丈光芒。

「謝謝你！組長。」

「不用跟我客氣。對了，這附近治安不算很好，妳一個女孩子，以後不要深夜獨自外出，如果妳有什麼需要，可以告訴我。」承羽斯文俊美的臉龐在星光的照耀下似乎顯得格外溫柔。

對於他的一番好意，江雨寒雖然覺得自己不便接受，但仍客氣地向他致謝。

玉山山脈的餘脈綿延橫亙在村子東南角，山川秀麗。

不過她對那些山從小帶著恐懼，可能因為它們在暗夜中靜臥有如沉默的巨獸；可能因為山上那些曾經生人所居的聚落，如今土饅頭蔓延，已成亡者的棲息之地；也可能是因為聽過太多關於山的傳說。

承羽駕駛七人座休旅車，載著五個乘客，順著無盡蜿蜒的鄉道前往雲霧繚繞的山村。

由於長途勞頓，其他人早已疲憊地睡著了，坐在副駕駛座的江雨寒望向窗外那些曾經熟悉的山徑，不安的感覺越來越沉重。

山村峰巒疊翠、曲徑幽深，流傳在山路上的靈異傳聞甚多。

她不自覺想起，小時候曾聽說在哪條山路上有位年輕女老師夜歸離奇身亡；哪一個庄的年輕人夜遊遇到鬼擋牆，還驚動村裡的員警前往救援；某人月出時分騎腳踏車回家，騎著騎著後座莫名其妙多出一個人；外地人想去瀑布尋幽訪勝，結果迷路受困一天一夜，獲救後崩潰哭喊有鬼……

一隻溫暖的大手突然覆在她緊握的拳頭上。

「不要害怕，我們都會陪著妳的。」承羽拍拍她的手，安撫她不安的情緒。

她勉強對他微笑了一下。

進入村子不久，導航就失去了作用，而目的地還在雲峰深處。

她打起精神，盡責的替承羽指路。

休旅車在狹窄的山徑穿行，枯枝斷梗數度刮過車身的聲響讓她感到歉疚，據說這是組長的新車……

但承羽沒說什麼，只是專注在崎嶇的路況。

一根長長的綠竹橫亙在前方的地面上，她正想出言提醒，承羽已經加速輾了過去，斷裂的竹竿發出淒厲聲響。

「啊啊啊啊啊！」她錯愕地張大嘴巴。

「怎麼了？」承羽不解地看向她。

「沒、沒有，我……我是在想你的新車……」

「沒事，車子就是用來代步的。」他不以為意地說。

江雨寒深吸一口氣。如果她能像他那樣豁達就好了。

月上時分，終於抵達這幾天要落腳的地方。

那是一棟獨自矗立在山坡上的別墅，占地廣大，即使在黑暗中仍不減富麗宏偉之象。

「哇！小雨，這妳家啊？」下車之後，眾人佇立在大門前觀望，忍不住驚嘆。

「不是，我很久以前就搬離這個村子了。這是我姑媽的別墅，本來是要蓋來養老的……」她蹲在圍牆邊的巨大花盆旁，摸索著姑媽說的鑰匙。

「本來？那現在呢？」麗環敏銳地問，彷彿察覺到什麼。

「他們已經搬到別的縣市。姑媽說，這房子我們可以隨意使用，反正他們不會再搬回來了。」

「嘖嘖，這麼浪費。」編劇組成員小鴻惋惜地說。

她在花盆邊摸了許久，卻一直找不到姑媽指示的大門鑰匙。「奇怪，為什麼沒有？姑媽明明說她藏在這裡的，從大門左邊數來第二個花盆，沒錯啊！」

「會不會是老人家記錯了？大家一起找找看好了。」玉琴提議，於是大家一起動手搜索其他的花盆。

正當眾人忙碌著，一陣山風輕拂而過，白鐵製的雕花大門「咿呀」一聲，露出一道不小的隙縫。

「……大門原本就沒鎖嗎？」大家面面相覷。

「比起這個，我比較想知道，剛才那陣風吹得動這麼重的鐵門？」小鴻輕聲地說。

四周一片寂靜，偶有夜風拂過竹叢，攢生的竹竿擠壓摩擦發出似哭似笑的聲響，在這詭譎的氛圍中，眾人不由得都噤聲了。

不知過了多久，玉琴打破沉默：「沒事啦！如果這裡有靈異現象，麗環那見鬼的破體質一定感應得到！你們看，她現在不是好好的……」

話還沒講完，麗環突然劇烈顫抖，開始嘔吐。

江雨寒連忙過去扶著她，只見麗環的臉色在月光下格外慘白，幾無血色。

「前、前輩？」她感到有些不妙，正想問大家要不要立刻撤退時，麗環已經吐完了。

「好久沒搭這麼久的車，有點暈車了。」麗環說。

外曾祖父有一次到深山砍柴，黃昏下山時途經幽篁夾道，一棵竹子忽在他眼前直挺挺地倒下來，橫在路中央。

外曾祖父嚇了一跳，轉身就跑，慌不擇路翻越另外一座山頭，天亮才回到家。

據說從前村子裡有人遇過相同的狀況，那人不以為意地跨過竹子，結果倒下的竹子立刻彈起，那人當場吊死在竹梢，同行目睹的人也嚇掉半條命。

從此村子裡的人都會互相告誡，小心倒在路中央的竹子……

江雨寒深夜躺在床上，想著小時候阿嬤告訴她的故事。

山村多竹，她從小就害怕那些幽深的竹林，更怕遇上無故橫在路中間的竹子。

但今天，組長直直從攔路的橫竹上輾過去，那碎裂如哀號的聲響彷彿還迴盪在耳邊。

應該……不會有事吧？她不安地拉緊身上的睡袋，輾轉許久，好不容易才睡著。

不知睡了多久，突然被一陣濃烈的黑板樹花香熏醒。

她睜開眼睛，房裡的窗簾在風中亂颳，篩漏幾絲乍明乍滅的銀白月光。

忘記關窗戶嗎？她從睡袋爬出來，走到窗前，想把敞開的窗戶關好。

窗外月明如畫，忽瞥見一樓圍牆邊高大的黑板樹叢下站了一個人。

那人背光而立，有如一團黑影，看不清楚是誰，只隱約可見長髮及裙襬飄飄。

是麗環前輩，還是琴姐？這麼晚了，一個人在庭院做什麼？

出於好奇，她拿起手機下樓——雖然手機訊號在這荒山斷斷續續、幾近於無，但還是帶在身上比較放心。

她輕輕打開玄關大門，朝著那排黑板樹走去。

說也奇怪，當她靠近樹下時，那個黑影倏地消失了。

她愣了一下，揉揉眼睛——是眼花，還是那個人走到別的地方去了？或者是……

正想回頭找尋，一隻手驀然從後方搭上她的肩膀。

「哇哇哇哇哇！」她嚇了一大跳，反射性抱頭縮在地上發抖。

「對不起！我是承羽！抱歉嚇到妳了！」

耳邊響起一個再熟悉不過的聲音，讓她頓感安心。「組長是你。」她長長吁了一口氣，起身面向他。

「對不起，我以為妳有聽到我的腳步聲。」承羽撿起剛才被她甩飛在地上的手機，螢幕迸現的細微裂痕讓他更加懊惱：「抱歉，把妳嚇成這樣，回去之後我賠妳一支手機。」

「不用了，沒什麼。」她從他手中拿回自己的手機，看了一下。「一點多了，組長怎麼還沒睡？」

他遲疑了一下，說：「我回車上拿東西。那妳呢？深夜一個人在這裡徘徊，是不是看到了什麼？」

「沒、沒有！我……我在這裡賞花。」

「賞花？」承羽四下一望，臉上的表情似乎在說這裡有什麼花可賞？

她指了指圍牆邊的樹叢。「剛才睡到一半，聞到黑板樹的花香，覺得很懷念，所以下來看看。」

有些人覺得黑板樹開花的味道很臭，甚至感到噁心，但那飄散在夜風中的冷冽香氣帶著她童年在山村的回憶。

「原來是這樣。」承羽輕易地接受了她的說詞，點點頭。「我們還是回屋裡吧，外頭露冷風涼，小心感冒。」

「好。」江雨寒順從地隨他走回屋裡頭。

唯恐據實以告會嚇到組長，她不得已撒了一個謊，但從組長的神情看來，顯然他也沒有說實話。

莫非他也看到了什麼？

隔天麗環原本想去位於村子東南方深山的瀑布探險，但因天候不佳，一早風雨如晦、黑天暗地，只好暫時打消這個計劃。

雖無法出遊，三餐還是要吃，這荒山野嶺之地自然沒有外送，江雨寒提議大家到村子東北方的城鎮，那裡有條知名老街，美食很多。

大夥欣然同意。

承羽開車載著眾人，從別墅前方的私人道路下山，連接通往東北鄉鎮的村道。

行經昨日壓到竹子的路段時，她特別留意細看，可是地上卻沒有餘留任何殘枝斷梗。

她心中一驚，下意識轉頭看向坐在駕駛座後方的麗環前輩。

「幹嘛？想我喔？」麗環說。

「啊……不，沒什麼。」

前輩神色如常，表示此地應無妖異……大概是她想太多了。

車子順著迤邐蜿蜒的山路前行，右邊是山石嶙峋的峭壁，左邊是懸崖深谷，本該是極為秀麗的風景，但因道路兩側古木枝葉交纏，一向難見天日，更兼此時山霧瀰漫、細雨霏霏，能見度更低，宛如黑夜。

即使打開霧燈，仍照不亮前方的道路，承羽只能靠著路邊的白線反光，勉強辨識路徑，謹慎前行。

在這種深山老林，導航起不了絲毫作用，負責指路的江雨寒壓力也極大，很怕一不小心迷失了路徑。

「組長，前面順著山壁右轉。」她憑著幼時的記憶說。

「右轉？可是這裡沒有右轉的路。」一直聚精會神的組長微微蹙眉。

「咦？」

「妳看地上的白線，是一路往前，沒有轉彎。」

前方濃蔭蓋地、霧鎖煙迷，難辨路徑，她看著兩側的白色車道線，確實如組長所說，是往前延伸的。

「可是……」她記得這條山路是沿山壁修築，如果不順著山壁，往前直行就會……

「組長煞車！」她突然放聲尖叫。

承羽不明所以，卻也緊急踩了煞車。

江雨寒感覺車身重重地頓了一下，慣性動作差點讓她一頭撞上擋風玻璃。

「幹什麼呀？痛死了！」後座登時哀號四起。

「妳沒事吧？」自己也受驚不小的承羽關切地看向她，「有沒有撞傷？」

「沒事，還好有安全帶……」

「欸欸欸！我們後面這些都不是人啊？你居然只關心小雨！我撞到額頭了耶！」麗環摀著自己的額頭，不滿地說。

「誰叫妳不繫安全帶，真正『夕鶴』❶。」坐在第三排座椅的同事阿星涼涼地譏嘲。

「你這小王八蛋，講這什麼話？幸災樂禍，逼我把你暗戀梳化組小良的事抖出來？」麗環轉頭怒飆。

「欸？原來你喜歡小良喔？可是之前你明明跟我說小良全身上下擠不出一滴女人味、是不折不扣的男人婆、瞎了狗眼的人才會看上她啊？」小鴻驚訝地說。

麗環連忙摀住自己的嘴：「啊！不小心說漏嘴了。」

阿星一臉鐵青，正要回嘴，玉琴不耐煩地打斷他們：「不要吵了，你們不覺得應該先關心為什麼要緊急煞車嗎？」

「對了，為什麼要急煞？」麗環回過頭看向前座的兩個人。

江雨寒指著霧氣漸散的前方，顫抖地說：「這裡好像是斷崖。」

承羽小心翼翼地打開車門，赫然發現左前輪幾乎懸空，要是沒有緊急煞車，下一秒就整台車衝出懸崖了。

眾人費盡九牛二虎之力，好不容易將差點摔落山崖的車子拉回的時候，霧氣已經散盡。亮晃晃的日光朗照四方，潮濕的路面很快就乾了，彷彿不曾下過雨。

驚魂甫定的眾人回到重新行駛的車上。

承羽百思不得其解：「怎麼會這樣？我剛才看到的路線明明是……」

「深山多霧，容易讓人產生幻覺，沒什麼。」江雨寒這樣安慰他，心裡卻隱隱覺得事情沒這麼簡單。

到老街飽餐一頓之後，眾人吵著要四處遊歷一番，於是江雨寒又帶著他們去附近各個風景區玩耍，回程已是深夜。

車子行駛在霧氣籠罩的山路，有鑑於上午的恐怖經驗，負責駕駛的組長更加戒慎，不啻臨淵履薄。

江雨寒看他雙手緊握方向盤，額上微微沁著冷汗。而後座那四位乘客一如既往，睡得人仰馬翻、鼾聲四起。

「組長，如果你信得過我的技術，不如……」她輕聲地說。

承羽搖搖頭，「開夜車精神壓力很大，山路更格外吃力，還是我來吧！」

他既這麼說，她便不再堅持。事實上，她對自己的駕駛技術半點信心也沒有，不敢拿別人的命逞強。

她繼續專注路況，適時提點該注意的地方。

沿途沒有路燈，僅能依靠車頭大燈辨識路徑；雖然明月在天，但因夜霧濃重，稀微月光亦只為這深山險徑增添幾分朦朧。

「組長，那個……」她突然看到右前方不遠處站著一個人，一襲白衣在懸崖邊飄蕩。

承羽也看到了，「這個時間，怎會有人站在路邊？迷路了嗎？」

「離斷崖那麼近，該不會是想……」她聯想到不好的事情，深感不安。

「我們靠近看看。」承羽緩緩駛近，在那個人身側停下。

正想按下車窗，詢問對方是否需要援助的時候，那人也轉身面向車窗——一雙只有眼白、沒有瞳孔的眼睛赫然和江雨寒近距離對視。

她還來不及尖叫，承羽已火速駛離現場。

不知過了多久，急如擂鼓的心跳略微平復後，她僵硬地轉頭望向承羽，只見他神情凝重，一言不發。

剛才那個……不是人吧？她想說些什麼，卻一時找不到自己的聲音。

「若有妖異，麗環必有感應。」突然想起琴姐曾多次這樣說過。如果剛才那個真的不是人，何以前輩毫無反應？難道前輩這「靈界感應器」也跟導航一樣失靈了？還是……其實剛才那個是人？

「何方陰魂？」正想著，後座驟然傳來麗環的聲音。

江雨寒愕然轉頭，只見麗環癱在椅子上，雙眸猶閉，明顯還在酣睡，唯有雙唇微微翕張——「人鬼一朝異，陰陽兩道分……」

「……」

「說夢話，還唸著妳以前寫的台詞。」承羽笑了一下，企圖緩和車上詭譎的氣氛。

江雨寒勉強配合地一笑，卻是笑意慘然。

在那個劇本裡，這句台詞分明是對著厲鬼說的……

前輩是夢到了什麼？

1 夕鶴，台語，死好。

第三章 廢墟驚魂

好濃的黑板樹花香……濃得幾乎透不過氣……

江雨寒在令人窒息的香氣中甦醒，睜眼看見大敞的窗戶正引月光入室，朗照整個房間。睡前又忘記關窗戶了嗎？她迷迷糊糊地從床上爬起來，正想關上窗戶、拉好窗簾，忽然聽到門外隱隱約約傳來哭泣的聲音。

那哀淒的哭聲很細很輕，但因為夜靜，聽得格外清楚。

有女孩子在哭……會是誰呢？前輩，還是琴姐？這想法一出現，她立即對自己搖頭——那兩位秉性剛強堅毅，怎麼看也不像是會這樣嚶嚶哭泣的人。

那這屋裡還會有誰？難道是以前住在這裡的表姐們知道她回來了，特地過來探視？三更半夜的，這也不可能吧！

她莫名感到恐懼，但又覺得有一探究竟的必要。

輕輕打開房門，從門縫間窺探。不知是誰把走道和樓梯間的燈關掉了，門外非常陰暗，藉著窗外的月光，她看到走廊的盡頭好像蹲了一個人。

那個背影微微抖動著，持續發出啜泣的聲響。

是誰……為什麼哭得這麼傷心？

組長和小鴻他們的房間在樓上，這層樓只有她和前輩、琴姐，莫非真的是其中一位？發生什麼事了嗎？

她深吸一口氣，鼓起勇氣朝那背影走過去。正當指尖要碰觸到對方的時候，那人倏地起身，雙手猛然攫住她的肩膀，一雙沒有瞳孔的眼睛狠狠逼近面前。

突來的驚嚇使她昏了過去。恍恍惚惚中，感覺有一雙強壯的手將自己騰空抱起，讓她置身在一個厚實的胸懷裡。

……是誰？她努力想睜開眼睛，卻徒勞無功，只覺得意識越來越迷離。

當她再度醒來，發覺自己正安穩地窩在睡袋裡。房中窗戶緊閉，窗簾也整齊地闔著。

原來是夢。

她大大地鬆了一口氣，伸手撈過丟在床上的手機看時間，已是上午十一點多。

「慘了！這麼晚了！」

麗環前輩說今天一早要去東南瀑布探險，讓她等這麼久，她還不扒了她的皮才怪！

她匆匆梳洗完，衝到一樓，才發現大家都還沒起床。

大概是因為昨天玩得太累，眾人都睡得特別晚，將近中午十二點才陸續走出各人的房間。今日的行程因此取消。

江雨寒用昨天從隔壁城鎮採購的食材，為大家準備了午餐。

吃過飯之後，小鴻主動說要幫組長洗車，因為那台嶄新的休旅車經過這幾天的折騰，早已灰頭土臉、一身滄桑。

於是組長和小鴻、阿星一起到庭院去洗車，江雨寒和麗環、玉琴待在客廳。

「今天時間有限，不能跑太遠，可是待在別墅裡也無聊，不如我們去這裡玩吧！」玉琴指著攤在桌上的鄉鎮地圖，這樣提議。

江雨寒和麗環靠過去看，只見玉琴的手指著東北方的一座山谷，似乎距離這裡不遠。

「昨天經過的那條山路旁有一個山谷，谷中有一個湖，據說月圓之夜可以在湖面看見嫦娥奔月的影子。」玉琴說。

「嫦娥奔月？這麼唬爛的事，妳到底聽誰說的？」麗環嗤之以鼻，視線朝江雨寒這裡掃過來。

江雨寒連忙否認：「不是我說的喔，我沒聽過這個傳說。」

「我自己上網查的。怎麼樣，去不去？」

「不去！」麗環還沒回答，江雨寒就斬釘截鐵地拒絕。想到昨天那條山路，她就從頭頂涼到腳底，打死她也不要再去那裡。

「為什麼？」玉琴好奇地看著她。

「她一定是覺得這個故事比她還會唬，太荒誕不經了。」麗環嗤笑著說。

「不是。」江雨寒搖頭。

「那妳為什麼不想去？網路上的遊記說那裡風景很漂亮，山谷裡長滿蘭花和桃花，就算看不到嫦娥奔月，走一走、看一看也好啊，妳不是很喜歡這些花花草草嗎？」

「這……那裡有危險。」

「有什麼危險？」玉琴繼續追問。

「前幾天，前輩不是幫琴姐卜了蹇卦嗎？」

「那又怎樣？」玉琴一副不以為然的樣子，她向來認為麗環卜的卦比世界末日的預言還不準。

「蹇卦坎艮相疊，意為山危水險，卦辭『利西南，不利東北，利見大人，貞吉』，這個山谷位處東北方，又有山有水，正合卦象，我想我們還是不去為宜。」她的語氣異常認真慎重，連麗環都頻頻點頭表示贊同。

玉琴卻大笑了起來，「麗環卜的卦若能信，狗屎都可以吃了！」

「琴琴！妳這樣說實在太傷我的心了！別的暫且不說，好歹我對自己的占卜是很有自信的……」

正說著，小鴻從窗戶探頭進來，對她們招手——

「妳們快出來看看！」

眾人依言走到占地遼闊的庭院，圍在車子右前方，只見泥塵滿布的擋風玻璃上清晰地浮現一個右手掌印。

「這是誰的手印？」麗環奇怪地問。

阿星搖頭，「不是我們的，這個掌印比我們三個人的手掌大，所以想問問看是不是妳們印上去的。」

「神經喔，我們三個的手掌會比你們大嗎？」麗環給他一個白眼。

玉琴細看那個掌印，問道：「承羽，你身高多少？」

「一百八十七。」承羽據實回答。

「這個掌印比你的手掌大？」

「是。」

「看來是一個身高比你更高的人留下的。」玉琴下了這個結論。「不是聽說身高越高的人，手掌就越大嗎？」

「有這種說法喔？」麗環皺眉狐疑。

「先不管這些，重點是，這個掌印是什麼時候印上去的，我們怎麼都沒發現呢？」小鴻轉向江雨寒：「小雨，這個掌印就在副駕前面，妳昨天有看到嗎？」

「沒有，我沒注意。」

「如果昨天還沒有這個掌印，今天卻憑空出現，會不會是有陌生人闖進這個別墅了？」小鴻神情凝重地說。

江雨寒環視四周高聳的圍牆，及圍牆上方盤根錯節如鋼纜般的老欉九重葛，「不太可能吧，大門一直有鎖，若要從圍牆爬進來，圍牆這麼高，九重葛又長滿尖刺，也不是那麼容易攀爬。」

那這個手印是怎麼來的？眾人各自陷入苦思。

「大概是昨天停在老街停車場時，路人不小心留下的吧？昨天回來的時候已經很晚了，一時沒發現也是有可能的。」玉琴說，「別想那麼多了，自驚自怪。」

「琴琴說得有道理，我們還是趕快洗好車，再想想要去哪裡玩！對了，」麗環看向江雨寒：「妳說的那個鬧鬼的廢墟在哪？」

「這……」

眾人不顧江雨寒的反對，堅持到附近那幢廢棄已久的別墅探險。

在麗環軟硬兼施的脅迫下，她只好引導組長開車載著大家前往。

順著姑媽別墅前的私人道路下山，穿過滿坑滿谷的雪白菅芒花和甜根子，有條攀上另一座山頭的小路。

這路非常狹隘，兩側古木參天、濃蔭蓋地，路面也疊滿厚厚的枯葉。在林徑的盡頭，矗立著一棟二層樓的木造建築，外觀荒廢得厲害。小木屋的門窗早已不見了，只餘外框，屋頂亦十分殘破，庭園中叢生的蘆葦比人還高。

「我只帶你們到這裡，接下來恕我不奉陪了。不過我還是要再勸你們一次，不要進去比較好，以前村裡的小孩跑進去探險，沒有不嚇破膽的。」她打定主意不進去，也希望他們打消念頭。

「妳一個人留在車上不安全，我陪妳。」承羽說。

「既然組長不去，那我也不進去了。」阿星很快地說。

「小星星，你怕了啊？不敢進去是吧？」麗環挑釁地睨視他。

「我不是不敢進去，而是不想跟妳一起進去！跟妳這瘟神同行，準沒好事！」

「怕就說，藉口一堆，真不像男人。」麗環冷笑一聲，語帶恐嚇：「小良還比你勇敢剛強多了。等我們回公司之後，小良如果聽說了你今天的表現，不知作何感想呢……」

「好了好了！我跟你們一起進去，這樣總行了吧！」阿星聽出她話中的威脅之意，無奈投降。

「嘿嘿！這還差不多。」麗環滿意一笑。

透過車窗，看著他們四人走進廢墟的背影，江雨寒有些擔憂，「他們不會有事吧？」

「要是裡面不對勁，麗環會立刻叫大家撤退的，不要擔心。」承羽說。「妳昨天晚上沒睡好，要不要趁現在小睡一下？他們大概不會很快出來。」

「你怎麼知道我沒睡好？」她微感驚訝。

「黑眼圈有點明顯。」

原來是這樣。正想問組長關於昨晚山路遇到的事，就聽聞廢墟裡傳出陣陣淒厲慘叫。轉頭一看，四人正形容狼狽地從木屋衝了出來。

玉琴蒼白的臉上掛著兩行鮮血，小鴻左手摀著右手肘，表情痛苦；阿星牛仔褲磨破，露出血淋淋的膝蓋，而麗環前輩看起來毫髮無傷，只是神色慌張。

「快開車！快開車！」四人擠上車之後，麗環連聲催促。「快回別墅！」

組長依言迅速將負傷的眾人送回別墅。

江雨寒從姑媽的房間翻找出一個老舊的常備醫藥箱，回到客廳。「抱歉，這裡只有雙氧水和紅藥水，倒是全新的……」她知道用雙氧水消毒傷口很痛，但眼前別無選擇。

「先幫大家擦藥吧！」麗環拿走棉花和一瓶雙氧水，幫阿星消毒。

江雨寒幫玉琴處理傷口，組長則協助小鴻擦藥。

玉琴血流滿面的臉看起來很可怕，但還好傷勢輕微，只是額頭破皮；小鴻也是皮外傷。

「痛死了，妳他媽輕一點行不行！下手那麼重，想殺人是不是？」看起來傷勢最嚴重的阿星痛得連爆粗口。「我就說不要跟妳一起行動嘛！瘟神就是瘟神，跟妳在一起倒楣死了，如果不是組長再三拜託，我才不會跟妳這瘟神來這種鬼地方……啊啊啊啊啊！」阿星罵到一半突然冒出慘絕人寰的哀號——

只見麗環將整瓶雙氧水直接倒在他鮮血淋漓的膝蓋上。

「抱歉，手滑了。」麗環微笑地說。

阿星痛得齜牙咧嘴，再也罵不出來。

江雨寒在玉琴的傷口貼妥紗布後，轉身接過麗環手上的棉花和藥水，「前輩，讓我來吧。」

組長也已幫小鴻處理好傷口，問道：「你們到底發生什麼事？」

眾人見問，不約而同地以怨恨的眼神望向麗環。

「幹嘛？你們看我做啥？」麗環不以為然地環視眾人。

「妳把我們害得這麼慘，不覺得應該解釋一下嗎？」阿星咬牙切齒地說。

「我害你們？」麗環瞪大眼睛。「欸欸！你搞不清楚狀況耶，是我救了你們耶！要不是我洞燭機先、當機立斷果決撤退，你們現在能『歸欉好好』❶坐在這裡嗎？」

玉琴指著自己額頭上還在滲血的傷口，大為光火。「這叫『歸欉好好』啊？毫髮無傷的只有妳一個人，我們都是妳的墊背、替死鬼！怪不得阿星總說妳是瘟神！煞星！倒楣鬼！」

「不要說得這麼難聽！當時情況危急，我也不得已啊！我這不也是為了救大家嘛！」

「這麼說來，我額頭掛彩、小鴻手肘撞傷、阿星膝蓋破皮，都還要感謝妳囉？每次跟妳這掃把星出門準沒好事，從小就是這樣……」玉琴氣到開始翻起舊帳。

她們兩人不知道要吵到什麼時候，江雨寒嘆著氣替阿星包紮好傷口，轉向小鴻問道：「究竟發生什麼事？」

小鴻說，他們四人走進小木屋之後，拿著手機充當照明，因為裡頭陰暗異常。他們很快地在一樓晃了一圈，除了霉味和濕氣有點重，沒什麼異常，於是他們決定上二樓看看。

玉琴把麗環推到前面打頭陣，一行人魚貫地走上低矮的木造樓梯，阿星排在第三個，小鴻緊隨其後。

不料麗環一腳剛踏上二樓，猝然連連後退，樓梯爬到一半的小鴻被阿星撞了一下，直直往後摔落到一樓地板。因為身體右側先著地，所以撞傷了手肘。他抬頭正想罵人，只見麗環倉促地推著玉琴和阿星下樓梯，阿星還沒走到一樓就被麗環一把推下來，雙膝狠狠跪地，玉琴則是被推得收勢不住、下樓後一頭撞上牆壁。

「瘟神之稱，果然名不虛傳。」敘述完之後，小鴻做了這個結論。

正和玉琴吵得不可開交的麗環突然轉過頭來：「我是為了救你們！你們不知道上面的『東西』有多可怕！」

「有比妳把人家從樓梯上推下來可怕嗎？」阿星諷刺地說。

「你……」

眼看他們又要吵起來，江雨寒連忙問道：「前輩，那木屋裡面到底有什麼？」

麗環說，在木屋一樓的時候，她並未感到任何異常，還笑著對玉琴說：「妳看吧，只是個普通廢墟而已，我就說小雨在唬我們，這世上哪來那麼多鬼屋，不過是以訛傳訛、道聽途說，她還講得跟真的一樣。」

可是一踏上二樓，一股無聲的壓力瞬間籠罩住她，幾乎讓她無法動彈。

她心知不妙，正想招呼眾人撤退，走廊末端的房間倏地湧出一團黑霧，霧中夾帶大量惡意的亡靈。

敘述到這邊，麗環轉頭問大家：「那麼大團的黑霧，你們真的都沒看見嗎？」

「我們根本來不及看到，就被妳推下樓了。」玉琴沒好氣地說。

「所以我才說你們應該要感謝我，萬一跟那些亡靈對上眼，今天你們可能走不出那棟木屋了。」

阿星打了個哈欠，「是喔？那妳怎麼沒事？」

「我身上有護身符。」麗環說著，從身上掏出一大串綁得像粽子似的各色護身符。

「哈，這些東西真的有用嗎？」阿星輕蔑地伸手拈過那串琳琅滿目的護身符。

只見那串護身符到了他手上，原先纏在一起的十數條紅繩瞬間齊斷，護身符紛紛落地。

阿星看著手上那把空蕩蕩的紅繩，不由得愣住。「怎麼回事？」

麗環蹲下身緩緩拾起護身符，神情凝重地說，「這些護身符替我擋了一劫，已經失去效力了。」

眾人一時驚訝得說不出話來。

「前輩。」吃晚飯的時候，江雨寒深思許久，終於還是決定和麗環商議一下。

「怎麼了？」麗環抬頭看她。

「既然妳已經親身驗證我沒有胡說，那我們可以回去了吧？」一回到村子就頻頻遇到怪事，她一點也不想在這裡多待一天。

「不行。」麗環斬釘截鐵地說。

「為什麼？」

「我很多地方都還沒去呢，像妳說的那個傳說中的瀑布，我一直想去看看。」

「想到達那個瀑布，最少要走兩個小時以上的山路，那山路又很崎嶇，阿星膝蓋受傷，恐怕沒辦法這樣跋涉。」

「我們可以先去不用爬山的地方，例如防空洞。」

江雨寒不禁皺眉，心裡非常後悔當初跟前輩說這麼多關於村子的傳說。

「不要吧！防空洞很可怕，萬一在裡面迷路，會出人命的，而且村中的老人家都說那地方很陰，沒事不要靠近比較好。」她極力勸她打消主意。

玉琴也加入勸說的行列：「妳怎麼老學不會教訓，才剛在廢墟嚇破膽，現在馬上故態復萌！妳是沒被鬼抓走不甘心是不是？」

「妳們到底在緊張什麼？我又沒說要走進防空洞！我們明天上午趁陽氣正盛的時候去，外面走走看看就好，會有什麼危險？」

聽她這麼說，江雨寒才鬆了一口氣，「外面看看還可以，不要進去就好了。」

「那就這麼說定了。」麗環開心地說。

「明天上午啊？我跟組長可不能奉陪了，妳們自己去吧。」小鴻一邊挾菜，一邊說。

眾人疑惑地看向組長。

「黃祕書下午與我聯絡，老闆有事找我和小鴻，明天我和小鴻得找個網路訊號良好的地方，跟老闆進行視訊。」組長說。

「老闆有沒有叫我們趕快回去？」江雨寒充滿期待地問。要是董事長有令，他們就可以順理成章的立刻離開這個村子了。

組長搖搖頭。「黃祕書告知，老闆表示我們難得放長假，要我們把握機會，玩得開心點。」

她不禁深感失望。

組長歉然地說：「抱歉，明天不能陪妳們，但我可以先送妳們過去那個景點。」

「沒關係，我們明天就各自行動吧！」麗環不以為意地說。

「阿星，那你呢？」江雨寒轉向阿星問道。

「我嘛，當然是跟著組長囉！妳們兩個跟瘟神同行，千萬要保重啊！阿彌陀佛！」

麗環惡狠狠地瞪了阿星一眼。

深夜，江雨寒被一陣低泣的聲音吵醒。那個哭聲非常的近，彷彿就在耳畔嗚咽著……

她直覺翻身，赫然看到一張慘白如紙的臉龐橫在眼前。

那張臉眼睛大睜，卻是只有全然的眼白，恐怖異常。

她慘叫一聲，連忙爬出睡袋，往門口退去。開門的時候，回頭看了一下，想確認自己是不是眼花看錯，只見床上那人也跟著下床，搖搖晃晃地朝著她走過來。

她不再猶豫，立刻衝出門外。

跑到通往一樓的樓梯口時，那個慘白身影正以極快的速度逼近，隨著「它」的迫近，突有一股強大的力量將她推了下去。

別墅一樓是特別挑高的設計，樓梯也是格外的高，而且下面是大理石地板，她心想這次完蛋了。但墜落的速度卻沒有她想像中的那麼快，莫名有種飄浮之感。

背部著地的時候，一點也不覺得痛，反而好像置身在一個軟硬適中的墊子上，感覺還蠻舒服的。

她忽然想起前一晚的夢。難道又做夢了嗎？因為是做夢，所以即使從二樓摔下來也完全不痛，等她醒來，就會好好地躺在睡袋裡了……

正在胡思亂想，身體下方傳來的悶哼讓她驚醒，連忙轉身一看，黯淡的月光落在一張熟悉的臉上。

「組長？」

「妳沒事吧？」承羽雙眉微蹙，似乎很痛的樣子。

「我沒事，你呢？」她連忙檢查他有沒有受傷，這才發現自己還壓在他身上。

「嗚嗚嗚……」身後又傳來清晰的低泣聲，近在耳邊。

她立刻摀住自己的臉，完全不敢回頭。

承羽勉強坐起來，用左手護著江雨寒，「不要傷害她。」

那嗚咽之聲戛然而止，整個大廳安靜得只聽得到心跳聲。

不知過了多久，承羽拍拍她的肩膀，「沒事了，別怕。」

她猶疑地回頭，從指縫間偷看樓梯的方向，只見樓梯上空無一物，唯有白色的落地窗紗在夜風中微微翻舞。

「剛才那個是……」她的聲音還在發抖。

承羽艱難地想從地上起身，江雨寒連忙爬起來協助他，「組長你沒事吧？有沒有被我壓傷？」

承羽搖搖頭，「沒事，不用擔心。」他走向客廳的書桌收拾自己的筆電包，用左手提著，「我回房間了，妳也早點休息。」

「組長，剛才那個是……是什麼？我好像看過很多次，是不是我們之前在山路看到的那個，跟著我們回來了？」

他沉默片刻，說：「我也不知道。」

隔天上午，承羽開車載著眾人出門。

他要先送麗環等人前往村子西北方的山腳，然後再去附近城鎮找合適的地方和老闆進行視訊會議。

江雨寒坐在副駕，負責報路。

一路上，組長神色如常，絲毫看不出幾個小時前才遭遇那麼駭人的事。他為什麼可以這麼冷靜？難道跟麗環同夥久了，這樣撞鬼的事對他來說都稀鬆平常嗎？真是不可思議……

「小雨，妳暗戀承羽？」

正望著組長的側臉出神，麗環的聲音突從後座傳來。

「啊？」江雨寒訝然轉頭看她。

「我說，妳暗戀承羽喔？」麗環一臉促狹的笑。

「哪有？怎麼可能！」她連忙否認。她知道組長有女朋友的。

「那妳怎麼一直盯著他看？我還以為妳愛上他了。」

「我……我是……」江雨寒急得滿臉漲紅。

麗環擺擺手，「好啦，跟妳開玩笑的，那麼緊張幹嘛！」

談話間，車子已抵達目的地。

村子西北方的山峰拔地而起，風景殊勝，吸引許多尋幽探奇的人。山腳下有許多防空洞，有人說那是天造地設的岩溶洞窟，也有人說那是人工開鑿的軍事掩體，或許兩者皆有。

這些防空洞有大有小，共同點是洞內晦暗如夜，且深邃無比，不知延伸到什麼地方去。有的洞口用磚塊和水泥封住，有的設置鐵柵欄，有的則仍對向村道這邊大敞著，像迷宮或鬼屋的入口。

由於年代實在久遠，封住通道的磚牆和柵欄也已泰半殘破，荒草衰藤和一些生長茂盛的蕨類植物掩映在黑漆漆的洞口，顯得陰氣森森。小時候經過這一帶，洞裡的黑暗總讓她恐懼莫名，不時從洞穴裡吹出異常低溫的冷風更令人顫慄不已。

和承羽等三人揮手道別之後，江雨寒和麗環、玉琴站在磚牆傾圮的洞口觀視。

「這裡看起來真的很可怕。」玉琴搓了搓泛起雞皮疙瘩的手臂。

「真的。」江雨寒深感認同。

「好了，我們進去吧！」麗環突然說。

「什麼!?」

「明知山有虎，偏向虎山行，妳是卡到陰？」玉琴生氣地說。

1　歸欉好好，台語，指毫髮無傷、完整無損的意思。

第四章　戰壕亡靈

相傳在很久很久以前，防空洞並沒有封鎖，常有人跑到裡面：村裡的小孩成群結隊進去探險，好奇的村民也跑進去參觀，有些無家可歸的可憐人甚至就定居於此了。

但是防空洞裡面路徑彼此連通，規模龐大且複雜，一不小心就會迷路出不來，特別是小孩子，受困在防空洞的事時有所聞。

為了安全起見，大家決定把洞口全部堵死，杜絕閒雜人等出入。

許多年以後，夜靜時分行經附近路段，彷彿會聽見從山體深處傳出絕望的哭叫聲……

防空洞外，江雨寒緊緊抓住麗環的手，阻止她進入。

「前輩，昨天不是說好不進去嗎？」

麗環點點頭，「是啊，我昨天確實是不打算進入防空洞的。」

「那為什麼現在又要進去？小時候村裡的大人都告訴我們，防空洞裡有鬼怪……」

「我知道，我感應得到，裡面陰氣真的不是普通的重。」麗環正色說，不像開玩笑。

玉琴打了個冷顫，不停搓著手臂，「妳感應得到，那妳還發什麼神經！活著不好嗎？幹嘛進去找死？」

麗環一臉複雜的神情，兩眼直勾勾地望著魆黑的防空洞深處。

「有人在呼喚我。」

「……妳在說什麼鬼話啊？」玉琴又氣又怕。「妳是不是真的卡到什麼不乾淨的東西，還是又在裝神弄鬼嚇唬我們？」

「我沒開玩笑。防空洞吹出來的風帶著淒厲的哭喊號叫，妳們都沒聽到嗎？」

玉琴身體明顯一陣哆嗦，「沒聽到、沒聽到啦！既然這裡這麼可怕，妳幹嘛堅持一定要進去？就妳這體質，大白天走在馬路上都還會卡到陰，現在進去這麼陰森的地方，不怕後面跟著一大串？妳存心找死啊？」

「可是，我想知道是誰在呼喚我。」

「前輩，好奇心害死一隻貓，還是不要冒險吧！我怕妳有危險。」

麗環眉頭深皺，從隨身包包拿出一串新的護身符，攥在手裡。「我不會有事的，不用擔心。我覺得妳們還是留在這裡等我好了，如果一個小時之後我沒出來，幫我報警。」麗環說完推開玉琴，逕自跑進防空洞。

玉琴看著她迅速隱沒在防空洞的背影，氣急敗壞。

「又來了，老是這樣一意孤行！不行，我得跟她一起進去，誰知道她一個人會出什麼事呢？小雨，如果我們一個小時後沒有出來，記得報警！」

「琴姐！」

玉琴不顧她的阻攔，轉身追上麗環。

江雨寒很不放心，連忙用手機聯繫小鴻：「小鴻，如果一個小時之後我沒跟你聯絡的話，請幫我們報警。」

「什麼？妳那邊訊號不好，我聽不清楚，什麼報警？妳們怎麼了？」

她又說了一次，無奈小鴻還是聽不清楚，她只得結束通話，改發一則短訊給他，旋即跟了進去。一踏入防空洞，手機就失去訊號。

長年不見天日的空間闃暗如夜，徹底被黑暗吞噬的甬道幽折曲深，未知通往何處。

她小時候就對這有如地獄入口般的壕穴深懷恐懼，只要白天經過時遠遠瞥一眼，晚上睡覺就會做惡夢，夢見自己被關在防空洞裡，如今卻不得不打開手機的照明功能冒險深入。

這座防空洞看似人工開鑿山體再加以修築而成，入口處的主通道非常寬敞，高度約三公尺，寬度約四公尺，拱形的洞頂曾以水泥塗抹，呈現灰白色，因經年累月受到含有碳酸鹽成分的地下水侵蝕，裸露出大片石灰岩層。

兩側牆壁以紅磚砌成，殘磚石縫間滲出的地下水凝結成霜，散發著陰涼的寒氣，走在其中如行墓道。

凜冽異常的冰冷空氣讓江雨寒在呼吸時感到鼻腔疼痛，不由得用手掩住口鼻，拉緊身上的外套。

左右牆面各有一些岔道歧路，入口處多被生鏽的鐵絲網圍住，無法通行。

主通道深處隱約可見幽光一點，她知道那是前輩她們，連忙加快腳步。但不管怎麼追，遠方的光點依舊微渺，和她們之間的距離絲毫沒有縮減的跡象。

過了一會兒，那一點微光在靠右邊的山壁消失了。

她跑了過去，眼見有一條往右邊延伸的甬道，猜想她們大概在這裡轉了彎，但卻沒再看到她們發出的燈光。

前輩們跑去哪裡了呢？防空洞裡密道錯綜複雜，或許又跑進哪條岔路了？

她猶豫片刻，走進右邊的甬道。

這條甬道比主通道狹隘許多，行走其間壓迫感極大。兩側石灰牆面同樣開了許多大小不一的門洞，有的是更窄小的岔路，有的是小房間，有的僅僅是個窗口，不知道窗口後方那片黑暗是什麼空間。

她看到其中一個小房間的地面上擺了幾個破碗，碗身的青花印紋很有年代感，似乎是很久以前的東西，破碗旁邊插著一把斷折的線香。房間角落有一把打開的黑傘，傘面已然殘破不堪。

在這種地方插香，是要祭拜誰呢？而且那把線香看起來是還沒燒完就斷成兩半，為什麼呢？斷香是大凶之兆……

想到這裡，江雨寒不敢再多看，連忙加快腳步前行。

紅磚和水泥粗略鋪成的路面崎嶇不平，她不得不用手電筒照著地面，才不至於被突出的磚塊或雜物絆倒。

忽然，一雙破舊的球鞋出現在照明範圍。

隨著手電筒的光線上移，看到一個小男孩正盯著她瞧。

「妳在這裡做什麼？」

那個男孩看起來大約十歲左右，稚氣未脫，但五官十分清秀；甬道裡極為陰冷，他卻只穿著單薄的短袖上衣和短褲。

「你在這裡做什麼？」沒想到會在防空洞裡遇到其他人，她不禁愣了一下。

「是我先問的，當然妳先回答。」

「我在找人，你有看到嗎？兩個女生，她們剛才往這裡走過來。」

「有啊，我知道她們在哪裡，我帶妳去找！」男孩神情冷冷的，沒想到卻極為熱心。

「不用了，謝謝你，我自己去找就好，你快點離開，這裡小孩子不能來的！」

「為什麼不能來？」

「你大概是住在附近的村子吧？大人沒跟你說過防空洞的故事嗎？」

「妳說那些鬧鬼的故事啊？」男孩嗤之以鼻，嘴角微揚。「那都騙人的，我來這裡幾百次，從沒看過鬼。」

「就算是假的，你穿這樣也太冷了，小心著涼，還是快點回家去吧！」

「不用妳管，我帶妳去找妳的朋友，快跟我來！」男孩說著，往後方隧道拔腿就跑。

「欸！等等！」

男孩不理會她，一直往甬道深處跑去，江雨寒只得跟在他後方，在繁複的地道裡奔跑。

「快點快點！跑那麼慢，跟丟了我可不管妳！」男孩連連回頭催促。

頻繁且急促吸入肺部的冷空氣讓她感到不適，但又怕真的被丟在這迷宮似的地道裡，只好咬牙狂奔。

不知跑了多久，她腳下不慎絆到地面的凸起物，整個人往前顛仆，摔落到一個很深很深的坑洞裡。

率先著地的雙手及右小腿立即傳來一陣劇痛，她連忙撿起地上的手機照看傷勢，只見雙掌血肉模糊，小腿則被異物劃出一道長長的傷口，正不斷湧出鮮血。

她脫下外套緊緊壓住傷口，試圖止血。

「妳怎麼這麼笨啊，連跑步都會跌個狗吃屎！我真是服了妳了！」

頭上傳來嘲弄的聲音，她抬頭一看，那個男孩站在上方的地道，正居高臨下地俯視著。

「我沒想到這裡有一個洞……」

用外套的袖子簡略做個止血帶之後，她藉著手機照明探查四周環境，發現自己置身在遼闊而闃暗的空間，彷彿沒有邊際。

原來剛才那條地道延伸到這就斷了，此處似乎是一個山體深處自然形成的巨大溶洞。

「前輩和琴姐……她們真的在這種地方嗎？」她四顧茫然，不由得心生狐疑。

「怎麼可能在這裡？」小男孩噗哧一笑。

「你故意騙我？」她不禁愕然。

「妳真的很好騙，我說帶妳去找人，妳就傻傻跟我來了。」

現在的小孩子也真調皮。她嘆了一口氣，掙扎地站起來，想爬回地道。

「妳不生氣？」

「生氣有用嗎？不如省點力氣，想辦法爬出去。」她無奈地說。

她忍著小腿傷口的疼痛，努力踮起腳尖，卻一直搆不到地面。

只差那麼一點點，手指就能摸到地面，如果她再高幾公分就好了……

就在暗自怨嘆的時候，小男孩蹲下來，握住她高舉的雙手。

「我拉妳上來。」

江雨寒縮回自己的手，婉拒對方的協助。「你拉不動我的，我比你重呢！」她重新打開手電筒，想找找看附近是否有其他較低矮的缺口。

過了一會兒，小男孩丟了一條粗重的老舊麻繩下來。「不用找了，這裡沒有其他的路，拉著這個爬上來吧！」

她搖搖頭，「你支撐不住我的重量，一不小心，連你都會被我拖下來。」

「傻瓜！另一頭綁在水泥柱上面啦！」

江雨寒用力扯了扯麻繩，發現果然牢固，才放心抓著往上爬。

兩隻手掌的傷口在粗糙的麻繩上摩擦，有如千刀萬剮般刺痛，但也別無選擇，總比困在地洞好。

好不容易爬回地道，她整個人癱軟在地面上。發麻的雙手幾乎失去了知覺，小腿上的傷口經此折騰，也早已開始大出血。

「哇！妳傷得好嚴重啊！流了好多血！」小男孩驚呼。

她喘息了一會兒，試圖用顫抖不已的手重新包紮腿部的傷口。

小男孩蹲在身邊，拿起她的手機協助照明。「……也許妳不相信，但我不是故意害妳摔下去的。」他小聲地說。

「我相信你不是故意的。」她苦笑著說。

「真的嗎？」

「真的，是我自己不小心跌下去的。你跟我無冤無仇，本來就沒必要害我。」

外套已整件被血濡濕，她取下綁頭髮的帶子緊緊纏在傷口上方，再從背包翻出圍巾和毛巾來加壓止血。

「是啊，我們無冤無仇，我沒必要害妳。妳最近是不是運氣很不好、很倒楣，常常遇到一些奇怪的事？」小男孩突然問。

「對啊！你怎麼知道？」

「我有陰陽眼，看得到妳背後一些不好的氣，有『東西』想傷害妳，還好有人暗中保護著妳。」

「真的嗎？」江雨寒不禁毛骨悚然，背脊一片發寒。「你說的那『東西』，現在跟著我嗎？」

「沒有，『它們』沒跟著妳，我看到的只是殘存的穢氣。」

「它們」……居然還是複數，她到底招誰惹誰了？不過至少沒跟在背後就還好。

「你真神奇，我朋友也有陰陽眼，如果你們兩個碰在一起，一定很熱鬧。」

至於是什麼樣的「熱鬧」法，那就不好說了。

「妳說那個身上帶了一堆香火符的朋友嗎？」

江雨寒心想，他說的一定是麗環前輩。「你剛才真的有遇到她？」

「我知道她們在哪裡，不過，我不能帶妳去找她們。」

「為什麼？」

「妳的傷太嚴重了，血還在滴個不停，我先帶妳出去，快去給醫生擦藥包紮！」

看來也只能這樣，傷口的血無法完全止住，因為失血過多，她也開始有點頭暈了。

「謝謝你。」她處理好傷口，從背包裡掏出幾顆巧克力遞給他。「這個給你。」

小男孩將巧克力捧在手中，臉上露出開心的笑。

「我們走吧！」他說。

小男孩似乎對防空洞的路徑很熟悉，沒多久就帶她走回剛進來時那條長長的主地道。

「你跟我一起出去，你也該回家了。」

「不行，我不能出去。」

「為什麼？」她感到奇怪。

「我在等我朋友來找我，在他找到我之前，我不能走。」

「原來你在玩捉迷藏啊？」她知道小時候附近村落的孩童常偷跑進這裡玩捉迷藏，即使被大人又打又罵仍樂此不疲。「可是我們一路走來都沒遇到你朋友，他說不定已經先跑回家了。」

「不，他一定會來找我，我要在這裡等他。」小男孩堅持地說。

「那你至少回家吃個飯，穿件外套再來，這裡面真的好冷，可惜我的外套沾滿了血，不能借你……」正說著，前方突然出現數道光線，在漆黑的隧道四處掃射，同時巨大的回音震耳欲聾——

「小雨！」

「快看！她在那邊！」

洞口方向數條人影快速朝這邊接近。

「妳的朋友來找妳了，再見！」小男孩說著就要跑掉。

江雨寒連忙拉住他的手，「你跟我一起出去，小孩子留在這裡太危險！」

她不由分說的將他拉往人群的方向。

「小雨！還好妳沒事！」

幾道刺眼的強光同時照在臉上，她反射性伸手遮住眼睛。適應光線以後，她看清楚圍在身邊的是組長、小鴻、阿星、一位陌生的青年警察，還有玉琴。

她驚訝地看著玉琴。「琴姐，妳什麼時候跑出去的，我怎麼沒看到妳？麗環前輩呢？她平安出去了嗎？」

「麗環在警車上休息，說來話長，我們出去之後就看到小鴻和承羽他們，這才知道妳跟在我們後面跑進去了！還好妳沒事！」玉琴慘白著一張臉，一副心有餘悸的樣子。

「抱歉，讓你們擔心了……」

「你們這些人也真糟糕！都是成年人了，不知道什麼事能做、什麼不能做嗎？有沒有看到外面立牌寫禁止進入？已經明明白白警告你們不可以進來，還要硬闖，這不是找死嗎？我們在地人都不敢亂闖的地方，就你們這些外地人最勇猛，實在不知死活！想自殺也不是這樣，活久嫌膩了？」

那位青年警察顯然非常生氣，劈頭罵了一大串，眾人只得低頭連連認錯。

「真是抱歉，我們會好好檢討，現在先離開這裡吧，小雨好像受傷不輕。」承羽發現她腿上的傷，蹲下來審視。「傷口還在滴血！」

「先回洞口！我馬上叫救護車來支援。」警察先生率先轉身。

「我們走吧，中午十二點了，先回家吃午飯，你家人一定也很擔心……」江雨寒低頭招呼小男孩，卻發現他不見了。

玉琴一臉怪異地看著她，「妳……妳在跟誰講話？」

「剛才的小男孩。」江雨寒往隧道深處探看。難道他趁她鬆手的時候溜掉了？「警察先生等等，那個小男孩又溜進隧道了，我要帶他出來。」她叫住警察先生。

「妳在說什麼？」玉琴臉上的表情好像快哭了。

青年警察停下腳步，神情凝重地看著她，「妳說什麼小男孩？」

「剛才站在我旁邊的小男孩。」

警察怔了一下，「沒有看到什麼小男孩。」

「他跑掉了，我剛才拉著他一起走過來的。」

眾人面面相覷，一臉驚疑。

「小雨，妳是不是撞到頭了？」阿星狐疑地看著她。

「我們遠遠就看到妳，只有妳自己一人朝這走來，沒有什麼小男孩。」小鴻認真地說。

她難以置信地看著他們兩個，又看向組長。

組長點點頭，伸手扶住她的手臂，「是真的，我們先離開這裡再說吧。」

「不可能！我剛才還抓著他的手，怎麼可能沒有！」

「小雨，這一切一定都是妳的幻覺，這個防空洞太邪門，我們快出去吧！」玉琴泫然欲泣地拉著江雨寒的手。

「不是幻覺，琴姐，真的有一個小男孩，他還帶我去地道深處的溶洞，我不小心摔下去，是他拉我起來的。他還跟我說，他在等他的朋友來找他……我一定要帶他出去，不能把小孩子自己一個留在這裡！」

「妳們到底怎麼了！」玉琴抱著自己的頭，一副快要崩潰的樣子。「麗環現在瘋瘋癲癲、神智不清，連妳也這樣！真不應該進來這……」

青年警察倏地衝過來，將玉琴擠到旁邊去。

「妳說的那個小男孩長什麼樣子？大概幾歲？身上有什麼特徵？」他急切地問。

「大概十歲左右，長得很好看，眉清目秀的，至於身上的特徵……」她努力地回想。

警察先生從身上掏出皮夾，翻開一張照片遞到她眼前，「是不是他？」

她定睛一看，照片中的人穿著村中小學的制服，頭髮理得很短，但那秀麗的五官和她遇到的男孩一模一樣，令人一見難忘。「對！就是他！」

青年警察神色驟變，拿著照片的手竟不住顫抖。

「警察先生，你怎麼會有他的照片？這男孩是你兒子嗎？」她好奇地問。

青年警察猛然抓住她的雙臂，「快帶我去找他！快點！」

她正要答應，承羽卻輕輕推開情緒激動異常的警察。「抱歉，警察先生，小雨的傷很嚴重，需要先送醫院。」

「組長沒關係，我可以再撐一下……」

「撐什麼撐！妳的血滴了一地耶，這樣還要撐，妳以為妳是血牛？」阿星用手電筒照著地上的血跡，大皺眉頭。

「對不起，是我疏忽了，我先送妳出去等救護車。」青年警察幾次深呼吸，似乎在極力維持冷靜。

「可是那個男孩……」她的頭越來越暈，視線也有點模糊，卻不想就這樣放棄。這防空洞潛在的危險比想像中的多，如果小男孩不小心掉進其他的溶洞或山體裂縫，沒人救援的話，可能一輩子都出不來。

「我先送妳出去，等一下我自己進來找。」警察先生說。

「裡面地道很複雜，我怕你找不到，趁現在我對走過的路線還有一些印象……」

承羽打斷她的話：「妳不放心的話，我陪警察先生去找人，妳先跟其他人去外面等救護車，順便照顧麗環。」

「組長，你要怎麼找？」

承羽用手電筒照著地面的斑斑血跡，「警察先生，有看到那一路滴出來的血跡嗎？」

台灣欒樹蒴果漸漸轉為黯淡的紅褐色，時序已是深秋。

他們早該返回工作崗位，但因麗環精神狀態失常，醫生說她大概是受到過大的刺激，仍需住院觀察一陣子，所以眾人暫時還留在村子裡。幸好每個人都有自備筆電，即使不回公司，也尚能繼續編寫劇本。

在防空洞遇到的青年警察，以私人身分來到山上的別墅拜訪江雨寒，他說無論如何都一定要當面致謝。當年那不幸的事件，在離開防空洞的當天晚上，她已聽組長大略敘說了，但遠不及警察先生告訴她的那麼詳細。

警察先生名叫俊毅，小男孩的名字叫鈞皓，他們兩人是國小同學、彼此最要好的朋友。某年暑假，他們兩個跟另外幾位村裡的小孩，一如往常偷溜進防空洞玩捉迷藏。防空洞即使在盛夏依舊寒涼徹骨，這是他們最喜歡逗留的地方。

負責當鬼的俊毅把那些躲在迷宮般地道裡的夥伴一個一個找出來了，卻遍尋不著鈞皓。到後來大家一起幫忙找，也是找不到。

一直找到晚餐時間，好幾個孩子都被媽媽揪著耳朵拎回去了，剩餘的夥伴認為鈞皓可能早就偷跑回家了，故意害他們在這裡傻傻的找。

俊毅覺得有道理，也沒多想，就跟著大家一起回家吃飯。

從那日起，鈞皓失蹤了。村民們猜測他還在防空洞裡，可是眾人盡全力搜索，始終一無所獲。直到數十年後，已經當了警察的俊毅仍未放棄。

俊毅說，他是為了把鈞皓找回來，才會選擇當警察的。公務之餘，他或獨自一個人、或央求休假的同事協助，搜尋當年那個防空洞不下數百次。

他明知希望渺茫，但找回鈞皓是他一生的心願。

那一天，他和承羽循著她的血跡，發現那個巨大溶洞。兩人商議了一下，都認為鈞皓特地帶她到那裡，必有緣故，所以兩人決定跳進溶洞搜索。

手電筒的強光在巨大的黑暗中漫無目的地探照著，地面突然出現微小的金光一閃，不曉得是什麼物體的表面反射。

他們朝那個微弱的反光處靠近，看到一顆包裝完好的巧克力，而巧克力旁邊赫然是一具泛黃的白骨。俊毅抱著那堆骨骸，放聲痛哭。

不知道為什麼，他直覺那是鈞皓的遺骨，而鈞皓此刻就在身邊，指引著他。

警察先生騎車的背影消失在下山的小徑之後，江雨寒仍站在大門外眺望著。

這裡地勢極高，遙遙可見西北防空洞所在的那座高山，及安然躺在山腳下的靜謐大湖。從西北方吹來的冷風輕拂著，她彷彿聞到湖邊那些刺果番荔枝的花香味。

鈞皓終於回家了，雖然事隔數十年。

她看著手掌上的巧克力。這是警察先生從溶洞撿回來的，他說看外包裝很新，製造日期也很近，所以猜想應該是她摔下溶洞時不小心從背包滾出來的吧？

她小心翼翼地打開那金光閃閃的紙包，咖啡色的球形巧克力在瞬間灰化，飄散風中。

「謝謝。」

第五章

囈語異語

從素有鬧鬼傳聞的防空洞回來之後，麗環就精神異常了。

她經常昏睡不醒。即使偶爾醒來，也只是瞠著雙眼發怔，對外界事物毫無知覺。醫生說她受到過度刺激，導致心理狀態失常，需要住院觀察。

自願負責照護的玉琴已連續在醫院住了好幾天，既要按照進度編寫劇本，還得不分晝夜幫麗環處理進食及清潔等等問題，著實辛苦。

為了讓玉琴好好休息，同事們強迫她回別墅休息，醫院方面暫時由江雨寒接手照料。

看著兩眼發直、嘴角不自覺流下唾液的麗環，江雨寒想起當年剛進公司，看到麗環替中邪的同事進行驅邪時談笑風生的樣子，心裡十分感傷。

也許她不應該帶麗環回到這個村子，更不應該帶麗環去防空洞……可是現在後悔也無濟於事，只能祈禱前輩早日恢復正常。

她用紙巾輕輕拭去麗環嘴角的口水，扶著她躺下來，再蓋上被子。

麗環很快就睡著了，就像昏迷一樣。

在那個防空洞裡，到底遇到什麼可怕的事，讓一向剛強不讓鬚眉的前輩變成這樣呢？

玉琴說，進入防空洞之後，她很快就追上麗環，麗環對她的出現感到意外，但沒說什麼，只是分了一半的護身符給她，囑咐她提高警覺。

她們順著壕內通道前進，走了很久，走進一個水泥結構的房間，牆面殘留著大幅斑駁的戰略地圖和一些日文標語，看起來像是戰情指揮室，占地極廣。

因為空曠，這裡風聲也特別大，刮得耳朵發疼。

麗環停下腳步，側著耳朵好像在傾聽什麼。

玉琴莫名感到一陣恐懼，正想拖著麗環離開，麗環卻突然摀住耳朵大聲尖叫起來，手上的護符連同手機散落一地。

那撕心裂肺的叫聲嚇壞玉琴，顧不得地上的東西，趕忙拉著麗環，死命往外拖。逃出防空洞之後，她就成了這副模樣。

前輩聽到了什麼，還是看到了什麼？竟能讓自小習慣撞鬼的她嚇到神志不清。江雨寒無法想像，嘆了一口氣，在病床邊坐下，打開自己的筆電，開始工作。

時值深夜，四周非常寂靜，只有細微的敲打鍵盤聲不斷響起。

驀然，床上的麗環好像說了一句什麼。

江雨寒轉頭一看，卻見她依舊沉睡著。

聽錯了？江雨寒狐疑地皺了一下眉頭，正想繼續寫作，麗環嘴唇開始微動，快速地說了一連串的話。她連忙將耳朵湊過去細聽。

麗環說夢話不稀奇，她知道前輩向來有夢中囈語的習慣，她就聽過好幾次了，有時候甚至還會唸誦劇本台詞，只是這次說的她一句也聽不懂，甚至完全無法理解前輩此刻說的是什麼語言，只覺得彷彿有點熟悉，但又很陌生。

她拿起手機想錄下來，麗環卻安靜了。

就在這個時候，手機冷不防震動起來，她嚇得手一顫，手機滑落在地。

這支新手機是組長送給她的，因為她的舊手機在溶洞中遭到重摔，早已不堪使用，組長說是為了酬謝她這陣子為大家料理三餐的辛勞，於是她就不客氣地收下了。

她趕忙撿起還在震動的手機，看到組長來電。

「組長，這麼晚打電話來，怎麼了嗎？」自從回到這個村子，她好像變得很容易受到驚嚇，連組長的來電都讓她不安，深恐又出了什麼事。

「抱歉，我打擾到妳休息嗎？」承羽歉然地說。

「沒事，我還沒睡，在寫稿。」

「辛苦了。我在醫院停車場，我不放心妳和麗環，去看看妳們，順便帶點消夜給妳。」

承羽很快就來到病房，手上還提著一袋香氣四溢的漢堡套餐。

「組長你特地跑到市區去買的？」她知道這家漢堡連鎖店，在距離此處四十分鐘車程的城市。

「這附近深夜買不到東西。」

「真謝謝你了，組長。」

「麗環最喜歡這家速食店的漢堡，可惜她現在不能吃。」承羽走到病床邊，看著沉睡中的麗環，神情黯然。

「組長，其實我這幾天一直在想……」

「嗯？」

江雨寒壓低聲音：「前輩會不會是中邪了？要不要帶她去附近宮廟看看？」

「玉琴也是這麼說。但是她前幾天想幫麗環向醫院請半天假，帶去知名宮廟收驚，結果被醫生唸了半個多小時，她說她被唸到懷疑人生，再也不敢提了。」

「那……那怎麼辦？」

「相信醫生吧，既然……」

一語未完，熟睡的麗環又開始喃喃自語，聲音很輕很細，但承羽和江雨寒都聽到了。

承羽先是一臉驚訝，繼而俯身諦聽。

低語斷斷續續、若有似無，江雨寒依舊完全聽不清。

幾秒後，又歸於無聲。

「剛才前輩也是這樣，不知道在說什麼夢話。組長，你聽得懂嗎？」

承羽搖搖頭，「聲音太小，且不連貫，不過聽起來有點像日語。」

「是嗎？可是我覺得不太像……」

她雖不懂日語，但看過很多日文發音的動畫，聽起來似乎不是很像。

「妳先吃東西吧，我留在這裡陪妳們，如果麗環待會又囈語，我再仔細聽。」

「好。」她正覺得一個人在這裡有點害怕，組長願意留下來，正是求之不得。

吃完消夜之後，兩人各自用自己的筆電工作。

耀眼的朝陽從窗外直射，照在江雨寒臉上。

她驚醒過來，發現自己不小心趴在筆電鍵盤上睡著了，身上還披著承羽的外套。

「組長？」她連忙轉頭一看，發現承羽還在。

他坐在筆電前，戴著耳機，雙眉微蹙，神情凝重。

病床上的麗環仍安穩地沉睡。

「組長怎麼了？表情這麼嚴肅。」

「沒什麼，」承羽取下耳機，「我只是在聽麗環的囈語。」

「咦？」

「昨天妳睡著之後，我打開錄音筆放在麗環枕上，想試試看能不能錄到。」

「前輩後來又講夢話了？」

承羽點點頭，「天亮之前說了一句話，有錄到，我試著把音量開到最大。」

江雨寒連忙問：「聽得清楚嗎？她說什麼？」

「太模糊了，還是聽不清楚，只隱隱約約聽到幾個字，好像是日語的『かえる』。」承羽不甚確定地說。

「ka e ru？這是什麼意思？」她聽得滿頭霧水。

「蛙，或者帰る，『回去』的意思。」

「青蛙？回去？」她越聽越糊塗。

「也可能是我聽錯了，說不定那不是日語。」

江雨寒愣了一下，「我問問看琴姐。」她傳了訊息給玉琴──「琴姐，前輩會說日語嗎？」

另頭的答覆立刻傳回：「她會說的日語大概只有莎喲娜拉。」緊接著打了電話過來。

「小雨問這個做什麼？麗環怎麼了嗎？」玉琴的語氣有些焦急。

「前輩沒事，只是昨晚一直講夢話。」

「她講什麼？」

「呃，『ka e ru』。」

「ka e ru？」玉琴沉默片刻，「這又是哪一部的台詞？」

「我想應該不是台詞……」

眾人聚在麗環的病房，討論關於錄音筆中的囈語。

雖然連續錄了三天，也只錄到寥寥幾句，都是語意不連貫的隻字片語，而且非常模糊。即使透過喇叭將音量放到最大，仍然聽不清楚。

其中只有幾個音聽起來稍微像句子，小鴻就不斷重複播放那段錄音。

「……mo……ka e ri tai……」小鴻模仿著那段發音。「承羽，你日文比我好，你覺得這句聽起來像不像？」

「是有點像，但聽不出音調起伏，不好判斷。」承羽有些遲疑。

「你們怎麼就覺得是日文，麗環會講日文嗎？不可能嘛！這音調這麼怪異，也許是什麼很少見的方言？」阿星不以為然地說。

小鴻白了他一眼，「麗環會講方言？這不是更奇怪，她連台語都講得零零落落，你什麼時候聽過她講什麼方言了？」

「麗環不會講台語，不代表她不會講其他的方言啊！也許她說原住民語呢，台灣原民語那麼多種，你是都聽得懂喔？」阿星說。

「最好麗環會講原民語，你自己去問玉琴，我懶得跟你抬槓。」

「玉琴也說麗環不懂日語啊，從完全聽不懂的人變成用日語講夢話，是在見鬼？」

「可是聽起來就很像，連承羽都這麼說，你懷疑承羽？」

「組長只說不好判斷吧。那你告訴我好了，麗環為什麼突然會講日語了？」

「這……」小鴻一時語塞。

「組長，如果這一段真的是日語，那是什麼意思？」江雨寒好奇地轉向承羽問道。

「もう帰りたい，『我想回家』。」

不知為什麼，江雨寒聽了這句話，突然一陣毛骨悚然。

「好……好奇怪，是誰想回家啊？」她環抱著自己的手臂，有點發冷。

「妳在說什麼？」小鴻奇怪地看著江雨寒，「話是麗環說的，當然是麗環想回家啊！」

「可是，前輩不就躺在這裡嗎？」

「因為她躺在這裡，所以才想回自己的家，這樣有很奇怪嗎？」

江雨寒愣了一下，「對喔，我剛才不知道想到哪裡去了，不好意思，我胡言亂語了。」

「沒事，妳只是太累了。」承羽同情地拍拍她的肩膀。「這幾天都是妳照顧麗環，還要趕劇本，也真的辛苦了。」

「這沒什麼……」

「這樣當然很奇怪啊，你怎麼會說得一副理所當然的樣子？」阿星對著小鴻說。

「你又有什麼高見了？」小鴻沒好氣地說。

「就算麗環想回自己的家，為什麼一定要用日語說？而且她是根本不會說日語的啊！」

「那你的意思是……」

從頭到尾一直保持緘默的玉琴突然冒出一句話：「不對。」

「什麼東西不對？」眾人不約而同看向她。

「聲音不對。」她重播那小段錄音，再次確認。「這不是麗環的聲音。」

江雨寒倒抽一口氣，語調因恐懼而顫抖：「琴姐，怎麼……不是前輩的聲音呢？錄音筆是放在前輩枕頭上錄的……」

「我們從小一起長大，她的聲音我熟得很，她的聲音不是這樣的。」玉琴篤定地說。

「這個聲音是低沉了點，也粗啞一些，但可能是因為麗環昏迷的關係吧，跟平常有點不一樣也是正常。」小鴻說。

「對呀，如果妳說這不是麗環的聲音，那又會是誰的聲音？這就太離譜囉！」阿星難得和小鴻意見相同。

「所以我在想，麗環是不是被附身了……」玉琴神色凝重地說。

「妳的意思是說，麗環被日本鬼附身了，然後那個日本鬼用麗環的嘴巴說想回家？」阿星說著說著，自己忍不住先笑了，「這劇情不錯喔，有像麗環會寫的劇本。」

江雨寒卻覺得一點也不好笑，「欸……我晚上還要照顧前輩，你們這麼說，我會怕。」

小鴻低頭用手機輸入幾個字，看了一下。「小雨，那個防空洞，曾經有日本人死在裡面嗎？」

「我不知道，應該沒有吧，我沒聽說過。」

「我想也是，我用地名加防空洞加日本當關鍵字搜尋，結果什麼也沒有。如果有日本遊客曾經在那裡出事，應該會有新聞吧？」小鴻說。

「先不管這些，你們不覺得應該帶麗環去宮廟看看嗎？她躺在這裡好幾天了，都沒有起色，我實在很擔心……」玉琴擔憂地說。

「好啊，妳再跟醫生提一次看看。」小鴻說。

「我？我不敢。」經過上次的震撼教育，她知道醫生不僅不信這一套，還非常排斥。

「別怕，這次乾脆把醫生惹毛，讓醫生把我們跟麗環踢出醫院，就可以順理成章帶她去宮廟處理了。」阿星半開玩笑半認真地說。

「不要胡鬧！」玉琴皺眉。「我看我去多求一些護身符放在麗環身上好了，小雨，今天還是要麻煩妳照顧她。」

「好。」江雨寒點頭答應。她雖然害怕，但責無旁貸。

夜裡，麗環睡醒了，癡癡地坐在病床上，仍舊兩眼無神。江雨寒用大棉花棒沾著開水，小心翼翼地餵她。

麗環的嘴唇乾裂，隱隱露出幾絲暗紅色的傷口。

江雨寒見狀，從自己的包包翻出一罐護唇膏，用棉花棒沾著，輕輕塗在麗環的嘴唇上。

「前輩，妳還記得妳會驅邪嗎？以前公司的同事卡到陰，都是妳幫他們驅邪的。」江雨寒一邊擦，一邊跟麗環聊天，雖然明知道對方聽不到。「如果妳能清醒過來，一定可以自救吧？妳從小遇過了那麼多事，不是也好好地活到現在嗎？妳一定有辦法的吧？如果妳能醒過來……」

原本毫無反應的麗環突然伸手握住江雨寒的手臂，同時兩眼睜得極大瞪視著她。

「前、前輩？」

前輩清醒了？可是怎麼看起來怪怪的……江雨寒心裡感到害怕。「前輩，妳醒了嗎？我是小雨，妳聽得到我說話嗎？」

麗環死命攫緊江雨寒的手，情緒開始激動起來：「手機……手機！」

「手機？手機怎麼了嗎？」

「手機！」麗環只是一再重複這兩個字，手也越抓越緊。

就在江雨寒覺得不對勁，試圖用另一隻手按緊急呼叫鈴的時候，麗環身子突然往後一倒，緊握的手也放鬆了。

她連忙跑到護理站請值班的護理師過來看看，護理師卻說她只是睡著了。

看著重新陷入昏睡狀態的麗環，她深感不安，很想找個人商量，可是深夜一點多，她又不敢打擾別人。

猶豫再三，她傳了個訊息給承羽：「組長，你睡了嗎？」

承羽立即回覆她：「怎麼了？」

「前輩剛才有醒來一下下。」

「我方便打電話給妳？」

「好。」她走到窗戶旁邊，和承羽通話。

「麗環現在怎麼樣？」

「前輩又睡著了，只有剛才突然醒來，大概幾分鐘的時間。」

「她有說什麼嗎？」

「一直重複手機兩個字，然後抓我的手抓得很緊。」

承羽靜默了幾秒，「我現在過去看看。」

「不用不用！這麼晚了，不用特地過來。」她連忙說。「護理師小姐有來看過她，說沒事的。」

「我去看看妳。」承羽不容拒絕地說。「如果不是很害怕，妳不會聯絡我。」

醫院距離別墅很遠，但承羽抵達的速度比她預期的快很多。

不知道組長在深夜的山路上怎樣飆車呢……江雨寒心裡很過意不去，早知道就不跟組長說了。

她泡了一杯熱可可端給他。

「謝謝。」承羽雙手接過，放在一旁。「麗環剛才醒來的時候，神智正常嗎？」

「看起來不太正常，她很用力地抓著我，力氣出奇地大。」她拉起右邊的袖子，白皙纖細的手臂上五指握痕清晰可見。

承羽見狀，微微蹙眉。

「組長，前輩這麼執著於手機兩個字，會不會是想要拿她自己的手機？」

「可能吧，但是據玉琴說，麗環的手機掉在防空洞裡……」

「要不，我去幫她撿回來？」

「不行！那裡太危險了，妳不能去。」承羽堅決地說。

「可是，前輩清醒時一直說手機，說不定撿回手機給她，她就會好了。」

承羽苦笑，「妳覺得有可能嗎？」

不太可能。她也知道，但總得一試。「我想試試看……」

「不准！」承羽態度難得強硬。「麗環已經變成這樣，妳還想冒險？」

「可是，琴姐當時跟著前輩去到那個地方，不也沒事嗎？也許沒那麼危險。」她說得十分心虛，因為連她自己都曾在防空洞裡遇到鬼，說不怕是騙人的。

「那裡就是很危險，不要再說了，也不要再動這個念頭！」

一向溫和的承羽罕見地聲色俱厲，嚇得她乖乖閉上嘴，不敢再提。

過了一會兒，承羽神色和緩了一些，態度也有點鬆動，「如果妳一定要拿回麗環的手機，我去。」

她連忙搖頭，「組長不行！現在大家都要倚靠你，如果你出事，大家怎麼辦？」

「妳出事就沒關係嗎？上一次渾身是傷的走出防空洞，已經把大家嚇壞了。」

「對不起，當我沒提這件事，組長你千萬不可以去。」

「那妳也要答應我，不要再去防空洞。」

她遲疑了一下，緩緩點頭。

隔天中午，玉琴和小鴻搭計程車到醫院。玉琴是來和江雨寒交班，小鴻則是為了和老闆進行視訊會議，所以來找承羽。

「我和小鴻去附近找合適的地點和老闆聯絡，結束後就來接妳，在這裡等我。」承羽叮囑江雨寒。

「好。」

他們兩人離開之後，江雨寒告訴玉琴她要去鄉鎮圖書館找一些資料，接著就離開醫院，搭計程車前往防空洞。

雖然對組長很抱歉，可是她真的很想幫前輩找回手機。

站在藤蘿掩映的洞口，正是烈日當空的時候，一旁的大湖碧波粼粼，映照出瀲光萬頃，和鬼氣森森的防空洞兩相對比，宛如兩個不同的世界。

真的要進去嗎？江雨寒心中不無猶豫。她不知道玉琴說的那個指揮室在哪裡，完全沒有信心可以找回前輩的手機，而且萬一迷路了，怎麼辦？可是開弓沒有回頭箭，既然已站在這裡，就先衝再說吧！

她打開手機的照明功能，想起組長，心中一陣難過。

「對不起了，組長。」她低聲說，深吸一口氣，毅然走進防空洞。

一路前進到上次右轉的地方，一轉彎，就看到一個小男孩站在她眼前。

「Hi！」

「……鈞皓？」江雨寒嚇了一大跳，原本有點害怕，但心中的恐懼很快就被驚訝蓋過。

「你怎麼還留在這裡？」

警察先生明明告訴她，鈞皓的家人為他舉辦法事，順利地把他的遺骸和魂魄引進靈骨塔了，為什麼……難道是招魂失敗了嗎？

她睜大眼睛仔細看著他，只見他換了一套長袖的新衣，還穿著一件帥氣的外套，此時雙手正插在外套的口袋中。

「不是我還留在這裡，而是我一直跟著妳，但我只有在陰氣重的地方才能現形。」

「你？你一直跟著我？」她更驚訝了。「你跟著我做什麼？」

「我在這裡待好久了，好不容易能出去，想到處看看，可是我又不知道要去哪裡，所以暫時跟著妳。」

江雨寒怔怔聽著，覺得比麗環的囈語更不可思議。「可是……可是……」她瞠目結舌，一時說不出話來。

「我原本也是不想跟妳的，可是俊毅工作的地方有神明坐鎮，他自己本身八字又很硬，我不能常常靠近他，只好選擇妳了。」鈞皓一臉無奈。

「沒想到你還挺委屈的。」江雨寒苦笑地說。「對了，既然你一直跟著我，那你一定……」

「我可沒有偷看妳洗澡喔！」鈞皓連忙澄清，「該迴避的時候，我還是會迴避的！」

「我不是要問這個啦！我是要說，你一定知道我同事住院的事吧？」

鈞皓點點頭，「我知道，所以我才會出來阻止妳。」

「為什麼？」

「不要去，那裡非常可怕。」

聽到「可怕」兩個字從鬼魂口中說出，她有一種奇異的感覺。

第六章　青梅竹馬

「那一天，我看到妳那兩個朋友往指揮室的方向走，本想把她們引開，可是她們手上的護符有幾個是確實具有神力的，我不敢在她們面前現形。」鈞皓語帶惋惜地說。

「原來，那時你帶我在防空洞兜圈子，是為了不讓我接近指揮室？」她恍然大悟，心中十分感激。

鈞皓點點頭。

「指揮室裡到底有什麼，這麼可怕？」

「其實我也不知道。在這裡待了幾十年，我從來不靠近指揮室。」

「為什麼？既然你沒進去過，怎麼知道很可怕呢？」

「我感覺得到，那裡有強大的惡靈的氣，而且數量不少。」鈞皓清麗的臉上出現厭惡和懼怕交雜的神情。「連我稍微靠近都會不舒服，何況是活人。」

「強大的惡靈？」江雨寒感到困惑。

幼時常聽大人說防空洞裡有鬼，難道是那些鬼魂長年聚在一起而形成的強大惡靈嗎？可是在這人口稀少且封閉的小山村，如此大量的亡靈從何而來？

在她苦思不解的時候，鈞皓說：「所以說，妳還是回去吧！」

「不行，我不能就這樣回去，我要幫麗環撿回她的手機。」

「妳還真頑固啊！」鈞皓翻了翻白眼。

「麗環即使神智不清，還惦記著她的手機，我想一定是有原因的，所以我一定要……」

鈞皓打斷她的話：「就算讓妳拿到手機好了，妳以為妳能活著回去？」森冷的語氣使她心頭一凜。

「有、有這麼可怕嗎？琴姐也進去過指揮室，她現在還好好的，沒事啊。」

「妳有沒有陰陽眼？」他突然這樣問。

「沒有。」她不但沒有陰陽眼，甚至可以說是所謂的麻瓜體質，對靈異現象幾乎無感。

「那妳為什麼可以看得到我？」

「呃……」她愣住了，倒沒想過這個問題。

「因為妳現在運勢低、氣場弱。凡人運勢低的時候特別容易被鬼捉弄，妳就是這種情況。」

她記得麗環前輩說過，身上的氣較衰時，即便沒有通靈體質的人，也可能偶見靈異。原來是因為她最近氣場衰弱，所以回到這個村子之後才會屢屢見鬼嗎？想起之前在別墅遇到的有攻擊性的鬼物，江雨寒不禁心有餘悸。

鈞皓繼續說：「妳如果靠近指揮室，那裡的惡靈將會撕裂妳的靈魂。再說了，當時妳的朋友身上至少帶了幾個有用的香火符，可以暫時擋一擋，妳呢？妳有什麼？」

「帶著護身符就可以了嗎？」雨寒驀然眼睛一亮，「如果有護身符就可以進指揮室，我現在馬上就去宮廟多求幾個再來。」

鈞皓怔了一下，扶額搖頭。

「不行嗎？」

「我覺得，就算我說不行，妳也不會放棄的吧？」

「我會想其他的方法。」江雨寒老實說。

鈞皓嘆了一口氣，舉起雙手作勢投降。「妳不能進指揮室，但是妳可以找人幫忙。」

「找誰幫忙？」

「八字特別硬的人，也許撐得住一時吧！例如，俊毅。」

「警察先生？」江雨寒連連搖頭，「不可能，警察先生最討厭人家進防空洞，跟他提這件事，我會被罵死的。」

「我想也是。」鈞皓兩手一攤，「沒法子，妳只好再找其他人。先回去吧，在這種聚陰之地待久了，妳的氣場只會更衰弱，更容易撞鬼！」

「可是……」她看了一眼鈞皓身後的通道，有點遲疑。

鈞皓見她不聽話，俊秀的臉龐倏然以極快的速度腐化，一坨一坨的爛肉滴溜溜地滑落，露出部分白骨，「想看我現出原形？」

「我知道了！我走我走！」江雨寒嚇得連忙轉身。

「對了，有一件事……」鈞皓的聲音自背後傳來。

「什麼事？」她停下腳步，卻沒勇氣回頭。

「離你們那個組長遠一點。」

「為什麼？」

「他後面跟的東西非常凶惡，會對妳不利。」

江雨寒大驚，「真的嗎？那組長怎麼辦？」

「不如先擔心妳自己。」鈞皓幽幽地說。

江雨寒渾渾噩噩地回到醫院，整個腦袋都在想著剛才鈞皓告訴她的事。

在這個十多年不曾回來過的村子，她可以找誰來幫忙？跟在組長背後的是什麼東西？又是什麼時候纏上組長？自從回到這裡就遇到一堆怪事，連組長都受到波及，會不會是她害的呢？也許當初就不應該回這村子……

「小雨，妳這麼快就回來了，找到妳要的資料了嗎？」

「沒、沒找到。琴姐，妳在做什麼？」她驚訝地看著玉琴。

只見玉琴左手端著一碗水，右手用五指蘸水，灑在昏睡中的麗環身上。

「我在灑符水啊！我昨天去宮廟求護身符，宮廟的人教我這樣做，說是可以除邪祟。」

「喔。」江雨寒走到床邊，發現床頭掛了一大串五顏六色的護身符，還有大量的大蒜、榕枝、艾草。「這些就是妳昨天跑一整天求來的護身符啊？」

「對啊！我跟妳說喔，如果等一下醫生來巡房，妳可要協助我趕快把這些藏起來。」玉琴一邊灑符水，一邊說。

「妳這麼怕那個醫生喔？」

「我怕他又罵我民智未開！妳不知道，那個醫生外表斯文，教訓人可超級毒舌的！」

江雨寒莞爾一笑，不經意看到其中一個紅色的香火符有些眼熟，忍不住拿起來看，上面寫著「崇德宮」。

「崇德宮？」怎麼聽起來這麼熟……

玉琴回頭看了一下，「那個啊，是在村子山腳下的一個宮廟求來的，我問了村子裡的人，他們都說那宮廟挺靈驗的。妳想要嗎？要的話就給妳，妳放在身上保平安也好，我再去求一個就好了。」

江雨寒本想收下，但轉念想到跟在她背後的鈞皓可能會怕，所以就作罷了。「不用了，我只是覺得這宮廟的名字很耳熟，好像有印象。」她努力回想，「是位在村子西南方的山腳下嗎？」

「應該是吧？坦白說我也搞不清東西南北。不過，昨天拿這香火符給我的，是一個年輕人，長得還挺帥的，看起來年紀跟妳差不多，妳小時候在這村子住過，搞不好認識他喔。」

崇德宮，年紀跟她差不多的年輕人……難道是「他」嗎？江雨寒神情乍變。

小時候她有一個同班同學，幼年就被山村的信仰中心——奉祀北辰帝君的崇德宮選為神明乩身。

神明的乩身俗稱「童乩」，屬於靈媒的一種，人選通常是由宮廟主神自擇，稱「採新童」。被神明挑中的生童在通過紅頭法師的種種嚴苛訓練和考驗後，便能請將召神，讓神靈降駕附於其身，以乩語傳達神諭，並用自己的身體貫徹執行神明的意志，一般被視為神祇代言人。

這個男孩就住在她家附近，兩人從小一起長大，可以說是青梅竹馬，但這男孩特別喜歡欺負她，在學校還帶頭霸凌她。

有一次，男孩故意把她最害怕的蛞蝓放在她的課桌上，嚇得她崩潰大哭，從此她再也不跟他講話，而且過沒多久，她們就舉家遷離這個村子了。

如果琴姐在崇德宮遇到的年輕人就是他，或許她可以找他幫忙？畢竟是總角之交，多少有點情誼。但她雖然自以為和他交情匪淺，恐怕對方並不這麼認為，何況十多年不見，那男孩大概早已不記得她了。

江雨寒悵惘地嘆了一口氣，頹然放下手中的香火符。

傍晚回到別墅，她替承羽、小鴻、阿星準備了晚餐。

阿星見她回來，格外高興——

「小雨終於回來了，總算可以吃一頓人吃的飯了！玉琴煮飯超難吃的，餵狗都怕造孽。」他一邊扒飯大嚼，一邊激動不已地說。

小鴻瞪了他一眼，「你還是多吃飯、少說話。這話要是讓玉琴聽到了，你看她會不會剁你手腳去加菜！」

阿星連忙噤聲，不敢再說。

吃過飯，承羽堅持要洗碗，江雨寒只好無所事事地坐在客廳。

看著承羽的背影，她不由得想起鈞皓告訴她的事。

真的有很凶惡的靈體跟著組長嗎？為什麼她現在什麼都看不到？雖然她也不想真的看到，可是她好想知道到底是什麼惡靈纏著組長……

「我覺得，之前麗環說的可能是真的喔！」癱在沙發上看電視的阿星突然冒出這句話。

聽到「麗環」兩個字，江雨寒不由自主地轉頭看他。

「前輩說什麼？」她好奇地問。

「她說妳暗戀組長啊！」阿星一臉促狹地說，連小鴻都忍不住噗哧一笑。

「我哪有！怎麼可能！」她連忙否認。

「可是我看妳的眼睛老是跟著組長轉來轉去，他走到哪，妳看到哪欸！」

「暗戀承羽也不是什麼丟臉的事，承羽在公司行情有多好，人盡皆知，何況大家都老同事了，妳就不用害羞了。」小鴻跟著幫腔。

「小鴻，怎麼連你也跟著亂講，你們兩個……」

江雨寒正想罵人，只見承羽已經洗好碗，走到客廳拿起自己的隨身背包。

「我先回房間了。」他面無表情地說。

等到他的身影消失在樓梯口，阿星才小聲地說：「組長怎麼了？看起來不太高興。」

「都怪你們亂講話，惹組長生氣了！」她有些不安。

「還不都是妳說話太傷人！」阿星咕噥著。

「我哪有，是你們亂開玩笑……」

「承羽才不會因為幾句玩笑話就生氣，我想他心情不好，是因為今天跟董事長吵架的關係吧！」小鴻說。

「組長跟董事長吵架？為什麼啊？」阿星張大嘴巴，十分驚詫。

江雨寒也很訝異。她所認識的組長素來和善有禮，從來不和人起爭端，更不用說會和老闆吵起來了。

「因為董事長逼承羽回公司啊。」小鴻無奈地說。

「前幾天老闆不是才交代我們好好照料麗環前輩，為什麼現在又要逼組長回去？」她不解地問。

「我們這幾個人，只要按時交出劇本，坦白說董事長不太管我們，就都不回公司開會也沒關係，可是承羽跟我們不一樣，他除了是編劇組組長，更是董事長的左右手，他離開公司這麼久，董事長都快抓狂了。」小鴻說。

「那組長答應回去了嗎？」江雨寒緊張地問。

「就是因為他不肯回去，才跟董事長吵起來。承羽說，在麗環痊癒之前，他不會回公司。」

「不愧是組長，真夠義氣！」阿星一臉欽佩。「可是董事長不會答應吧？」

「董事長暫時拿他沒辦法，不過我想承羽壓力也夠大了。」

「我想也是。」阿星點點頭。「唉！不知道麗環什麼時候才會恢復正常。小雨，麗環今天狀況有好一點嗎？」

她只能搖頭以對。

回到房裡，她想了很久。拖累組長一直困在這村子，不是辦法；前輩的狀況一直沒有起色，也不是辦法……即使希望渺茫，她還是決定試試看，反正也沒有其他方法可想。

下定決心之後，她走到承羽房外敲門。

開門後看到是她，承羽有些驚訝。「小雨，什麼事？」

「組長，我可以跟你借車嗎？」

「現在？妳要去哪裡？」

「我想起有一個小時候的朋友住在這村子裡，我想去找他。」

承羽猶豫了一下，看了看手錶，「九點多了，我陪妳去吧，夜裡下山的路不好開。」

「我怕太麻煩你了。」老是麻煩組長，她真心覺得不好意思。

「不用跟我客氣。」

下山之後，江雨寒指示承羽往村子西南方的小路開去，以前她家就在那附近，即使十多年沒回來過，她還記得很清楚。

行經崇德宮時，似乎適逢廟會，廣大的廟埕上人聲鼎沸、鑼鼓喧天，彷彿整個山村的人都聚到此地，熱鬧非凡。

「組長等等，我們下車看看好嗎？」

「好啊。」

附近空地停滿車子，他們只能停在遠處，再步行過去。

廟宇四周煙火鞭炮聲震天價響，硝煙瀰漫，讓他們有如行走在雲霧裡。香煙裊裊中，她看到一名年輕的乩身身穿八卦兜，左手持五營令旗，右手操釘棍狼牙棒，一邊腳踩天罡七星步穿行七星陣，一邊用手中狼牙棒朝自己裸露的背部笞打，打得鮮血淋漓、血花四濺。

她不由得愣住了。「……他不會痛嗎？」她看著覺得好痛。

「《台灣通史》中說：乩童『神所憑依，創而不痛』，大概就是這種情形。」組長沉吟著說。「今天親眼得見，真是長見識了。」

乩童以身借神通靈，在降乩過程中，為了展現神威並驅邪逐穢，通常會進行「操五寶」儀式。五寶為辟邪法器，分別是：七星法劍、銅棍狼牙棒、骨刀鯊魚劍、月斧及刺球。

據說乩童在操五寶時，因有神威護體，雖然渾身創傷卻不會感覺疼痛，在神明退駕後，身上的傷也會很快痊癒。

他們駐足觀看許久，江雨寒越看越覺得那個五官俊朗的乩身很眼熟，好像是她曾經認識的人，只是不敢確定。

乩身通過七星陣之後，附身的神明似乎退駕了，跟在乩身身邊的人連忙將那名年輕人攙扶到旁邊的棚子休息。一群年輕的村民簇擁著幫他穿外套、擦拭血汗、餵他喝水。

江雨寒一直目不轉睛地看著他，正躊躇著要不要直接上前詢問的時候，那名顯得有些疲累的年輕人也注意到她了。

只見他推開圍繞在身邊的眾多男男女女，逕自朝她的方向走過來。

「妳是？」

年輕人霍然伸出右手企圖拉扯她的手臂，但承羽動作比對方更快，一把握住年輕男子的手腕，兩人的手一時僵持在半空中。

年輕人濃眉一皺，但沒有理會抓住他手腕的人，只是定定地注視著江雨寒。

「妳是江小雨？」

「……江雨寒。」她完全可以確定眼前的年輕乩童就是她要找的人──只有他會連名帶姓叫她江小雨。

她示意承羽鬆手，對眼前的年輕人說：「阿凱，好久不見了。」

「真的是妳！」阿凱血汙的臉出現狂喜的表情，一雙大眼在暗夜中發亮。「妳跑去哪裡了？沒說一聲就消失這麼久！這些年妳過得好不好？」

面對連珠炮似的問題，江雨寒正想一一回答，阿凱突然又皺上了眉頭。

「妳也太不夠意思了，十幾年沒見，一見面就帶個又高又帥的男朋友來，想向我示威啊？」

「這位是我的上司，不是我男朋友。」她解釋道。

「喔，原來如此。」阿凱釋然一笑，率直地朝承羽伸出鮮血仍殷的右手。「你好！剛才拍謝嘿，我沒有惡意啦！只是突然看到小雨出現，激動過頭了。」

承羽也伸出右手，和他交握，「沒事，誤會解開就好，很高興認識你，非常榮幸。」

「你太客氣了！不過你剛才那一握，力道可真不小，反應又很敏捷，我看你體格這麼好，有練過的吧？」

「遠不及你高明，剛才看你操持五寶的樣子，足見神威赫赫。」

江雨寒怕他們兩個再繼續客套下去，估計就要拉著去結拜了，連忙開門見山地說：「我來找你，是有事想請你幫忙。」

「妳居然會找我幫忙？說吧！什麼事？」阿凱爽朗地說。

她正要開口，十幾名年輕男女快速地朝他們跑過來，其中一名少女面露不悅地扯了扯阿凱的手。

「宮主找你找到快把屋頂掀了，你還有空在這邊跟人家五四三！還不快進主殿！」

「啊，慘了！」阿凱歉然地說：「抱歉，小雨，我現在還有事。」

「沒關係，你先忙，我就不打擾了。」

「我明天有空，妳現在住哪，我明天去找妳！」

「明天我去你家找你好了。」江雨寒說。

那群年輕人頓時一陣譁然，紛紛對著阿凱擠眉弄眼、露出曖昧不明的笑。

「走了啦！」少女拉著阿凱的手臂，硬將他拖走。

阿凱在眾人簇擁中回頭對她喊道：「對了，以前那件事，我很抱歉。」

「你是說蛞蝓的事嗎？我早就忘記了。」江雨寒微笑地說。

「……妳明明還記得！」

回程的路上，承羽一直不發一語。江雨寒以為他因今天與董事長起爭執的事還在悒鬱，也不敢吵他。

行駛在上山的小徑時，承羽才開口：「妳找他，是為了撿回麗環的手機？」

她猶豫了一下，「算是吧。除了阿凱，我想不到這村子裡還有誰可以求助。雖然十多年沒見面，但我和他青梅竹馬，我想他應該會幫我。」

承羽專注於路況，沒有說什麼。

「對了，組長……」

「嗯？」

「如果阿凱肯幫助我，我們多一個人手，你就可以放心回公司了吧？」這才是她厚著臉皮去找阿凱最主要的原因。

承羽沉默片刻，「小鴻跟妳說了？」

「嗯，他說老闆逼你回公司，你很為難。」

「妳希望我離開嗎？」

「當然不希望！」江雨寒坦誠以告。「可是像你責任心這麼重的人，要你拋下公司的事陪我們在這裡乾耗，心裡一定很煎熬。」

「我不能丟下妳……」似乎察覺自己這樣說不太妥當，他立即改口：「你們和麗環。」

「既然董事長命令你回去，組長你可以先回公司沒關係，麗環前輩還有我們照料，沒問題的。」

「當初是我帶你們來，我一定要帶著大家一起回去。」承羽語氣堅定地說。

「組長……」她本想再勸，突然神情恐懼地側身抓住承羽的手。「組長，那個！」

承羽反握住她冰涼的雙手。他知道江雨寒因何顫慄——

不遠處竹林邊佇立著一道清晰的慘白背影，似曾相識。

第七章 地獄之花

「不要害怕，沒事的。」承羽安撫地拍拍她的手，隨即將手放回方向盤，加速行駛。

車子從白色人影背後疾速通過，結果什麼事也沒發生。

江雨寒鬆了一口氣，正想說話，一個類似小動物的身影突然躥到車前，承羽緊急煞車，那個物體卻瞬間消失了。

「有撞到嗎？」她緊張地問。

「不確定，好像沒有聽到撞擊的聲響。那是什麼東西？」

「看體型大概是小狗或山羌，這附近山區以前有很多山羌，可是怎麼會突然不見了？」

「我去看看有沒有在車底下，妳待在車上，不要下來。」

「好。」

承羽下車之後，坐在副駕駛座的江雨寒莫名感到脖子一片冰涼。轉頭一看，一張慘白的怪臉赫然出現眼前，近到她可以清楚看到那眼白上滿布的血絲，以及臉皮上腐爛的坑洞。

她正想大叫，一隻鳥爪似的嶙峋鬼手朝她纖細的頸項抓過來。

車外的承羽火速打開車門，將呆若木雞的江雨寒拖離副駕駛座。

鬼手攻勢落空，但尖銳的利甲還是在她的脖子劃開四道血痕。

承羽惶急地問：「小雨！妳還好嗎？」

江雨寒整個人嚇傻了，左手本能按住劇烈刺痛的脖子，糊里糊塗地點頭。

「我們快跑！」承羽拉著她的手，迅速逃離車子。

兩人在暗夜的山徑上狂奔，兩側竹林的影子在風中張牙舞爪，有如窮追不捨的鬼魅。

過度的驚嚇讓江雨寒完全無法思考，僅能任由承羽拖著她拚命地跑。好不容易跑到別墅前方的平台，只見那個白色身影早等在大門前。

惡靈散亂的長髮向後方狂舞，露出一張腐爛殆盡的怨毒臉孔，向他們二人逼近。

承羽心知無處可逃，左手將江雨寒護在懷裡，對著惡靈大喊：「劉梓桐！」

那惡靈登時定住不動。

承羽冷靜地說：「劉梓桐，我知道是妳，也知道妳恨我，但雨寒無辜，她這一、兩年才來到公司，她什麼都不知道，妳放過她！」

靈體遲疑了幾秒，腐爛的嘴唇猛然大張，露出森然利齒朝他們飛撲。

承羽反射性舉起右腕向上擋格，卻見那飛撲而來的惡靈嘎吱怪叫幾聲，驟然退避三舍，似乎有所忌憚。

對方的反應讓他訝異，伸回右手看了一下，發現掌心沾著阿凱和他握手時留下的血漬。

惡靈不甘地在周圍逡巡片刻，終於消失不見。

江雨寒坐在客廳沙發，承羽半跪在地上幫她擦藥。

「真的不去醫院處理嗎？」承羽手持消毒棉棒，看著她的脖子上那四道怵目驚心的爪痕，有些猶豫。

「如果醫生問我這傷口怎麼弄的，我要怎麼回答？小傷而已，擦擦藥就好了。」她苦笑著說，滑稽的想起玉琴說醫生罵她民智未開的樣子，她可不敢跟醫生說實話。

承羽嘆了一口氣，開始幫她上藥。

即使他的動作很輕，江雨寒也極力忍耐，但那種椎心的刺痛感還是讓她忍不住倒吸一口氣，淚光湧現。雖然嘴上說是小傷，實際上卻得握緊拳頭、咬緊下唇才能忍住在地上打滾哀號的衝動。

就在江雨寒暗自將那攻擊她的惡靈列祖列宗都問候過一遍之後，藥總算擦好了。

「謝謝……」

正想道謝，承羽卻突然抱住她。

「組長？」

他的臉輕靠在她的右肩，看不到他此刻的表情，只覺得他的身體似乎微微顫抖。

組長在害怕嗎？

也對，被那麼凶狠的惡靈纏上，有誰不怕呢？雖然組長看起來很冷靜、很勇敢，但怕鬼也是人之常情，她也怕得要命。

江雨寒默然地拍拍承羽的背，心情十分複雜。

沒想到那個多次現形嚇她的女鬼，竟然就是跟在組長背後的惡靈，而且組長很明顯認識「她」，到底是怎麼回事？

組長叫「她」劉梓桐，劉梓桐是誰？又為什麼要攻擊她和組長呢？

現在跟組長靠這麼近，她清楚嗅到他身上有一種淡淡的香氣，讓她回想起某次夢見自己昏倒在走廊上的事，莫非那不是夢？

她心裡有許多疑問想問清楚，但顯然此刻不是發問的好時機。

隔天和阿凱有約，承羽讓小鴻和阿星開車陪她去阿凱家。

為了避免嚇到別人，她特地圍了圍巾遮掩傷口，幸好如今天氣冷，這樣做並不突兀。

經過崇德宮後，再往西南方山腳下行駛一會兒，就到了阿凱家。圍牆以及敞開的鐵柵門外爬滿盛開的橘黃色炮仗花，看起來熱鬧哄哄，就跟她記憶中的一樣。

小鴻將車停在門外，驚訝地說：「這就是妳朋友家？這是公園還是民宅啊？你們村裡的房子真是一間比一間大！」

「阿凱的爺爺以前當過幾屆鄉長，他們家在這一帶是望族。」江雨寒說。「車子直接開進去就好了，阿凱知道我要來。」

小鴻依言駛進鐵柵門，順著筆直的車道開往停車場。車道的右邊有幾棟宏偉的建築物和涼亭，左邊則是一大片盛開著鮮豔紅花的花田，只見花而不見葉，遠遠望去有如紅霧。

「這是曼珠沙華？」小鴻問道。「我第一次親眼看到這種花，而且數量這麼多！」

坐在副駕的阿星跟著伸長脖子看。「曼珠沙華？這是什麼東西？好怪的名字。」

「紅花石蒜，又稱彼岸花，不過我們村裡的人都叫它『地獄花』。」江雨寒說。

彼岸花，相傳盛開在地獄入口、三途河畔，接引亡者的黃泉之花。記憶中，村人忌諱這種不吉利的植物，向來不許栽種，只有她爺爺某年從深山裡帶回來幾株，就種在他們江家老宅的小園子裡。

為什麼阿凱家的花園種了數量這麼多的冥府之花，豈不犯忌？

而且紅花石蒜一向生長在外島比較多，很難想像台灣本土竟有規模這麼大的彼岸花海。她按下車窗，凝視著那片彷彿延伸到西北方山腳的紅霧，有種不切實際的夢幻之感。

簡直不可思議……

「這就是彼岸花喔？紅通通的一片，活像血池一樣，真的很不吉利耶！難怪叫作地獄花。妳這朋友的癖好也真奇怪。」阿星說。

「我想應該不是阿凱種的，他向來對這些花花草草沒興趣……」

「妳看，妳朋友他們在那邊。」小鴻把車停好，指向右邊。

只見一座薔薇花架涼亭下坐了大概十來個年輕人，有的在玩撲克牌，有的在吃東西、滑手機。

三人下車朝他們走過去。

「阿凱，昨天那個小妞真的來了欸！身邊還特地帶了兩個保鏢，我看大概是怕你豬哥喔！」站在阿凱後面的雷包說。

「瞧那兩個書呆一副肉腳的樣子，我一個人就打發了，怕個屌……」

小胖一語未完，阿凱就抄起桌上的橘子狠狠塞住他的嘴巴。

「你還是去旁邊咬橘子吧！」阿凱啐了一聲，起身迎向來者。

「阿凱，打擾你了。」江雨寒客氣地說。

「跟我客氣什麼啦，三八才這樣！這兩位兄弟是？」

「這是我同事，小鴻和阿星。」

「你們好！外面冷，客廳坐吧！」阿凱熱情地招呼他們。

「伯父伯母在嗎？」江雨寒朝宅邸的方向探了探。

「我忘了跟他們說妳回來，他們一早就出去了。」

「那我們外面坐就好了。」

「好！坐，大家坐！」阿凱把原本坐在他附近的幾個年輕男女趕走，讓出一排座椅。

「不好意思，打擾你們了。」她歉然地對他們說。

「不用理他們，這群人像寄生蟲一樣，整天在這裡白吃白喝，趕都趕不走。」阿凱說。

小胖拿下嘴裡的橘子遞給她，「對啦，免客氣，都是自己人啊，妳要吃柑仔嗎？」

阿凱朝他後腦杓拍了一下，怒吼：「你是北七膩❶？都給我滾啦！」

一群人在阿凱的怒火威脅之下，默默蹲到旁邊的另一座涼亭。

「真是，難得小雨來找我，久別重逢的感人氣氛都被你們破壞光了。」阿凱不滿地說。

十多雙眼睛同時盯著江雨寒，有的帶著好奇，有的帶著敵意，讓她覺得頗為尷尬，但還是硬著頭皮說明來意。

「阿凱，我遇到了一點麻煩，想請你幫忙。」

「什麼事，妳只管說！能辦的我幫妳辦，不能辦的我也盡力給妳辦！」阿凱豪氣地說。

江雨寒連忙道謝，接著將麗環和防空洞的事一五一十地說出來。

阿凱身後的眾人一開始還交頭接耳地紛紛議論，聽到後來面面相覷，盡皆默然，連她也感到氛圍不對勁。

「所以，妳希望我幫妳把朋友的手機撿回來？」

她點點頭，「是不是很為難？」她發現除了阿凱之外，其他人的臉色都很難看。「如果很為難的話，那就不用了……」

「有什麼好為難！就憑妳跟我的交情，沒有第二句話，我……」

「老大，想清楚再答應嘿！防空壕呢，那個地方不是隨便可以去的。」站在阿凱後面的雷包輕拍阿凱的肩膀，截斷他的話。

「防空壕又怎樣？」阿凱回頭瞪了雷包一眼。

「你忘了？神明今年農曆七月的時候降旨，諭令本村人無事不得靠近西北方山區，指的不就是防空壕嗎？」雷包小聲地說。

「神明說的是山區，哪裡有提到防空壕三個字？」阿凱不服氣地說。

「你這是在狡辯吧！難道山區不包含防空壕喔？」坐在阿凱附近的一名少女看起來十分生氣。「而且那個防空壕老早就鬧鬼出名，你腦衝去送死？」

另一名少女跟著附和：「對呀！前陣子還聽隔壁庄的人說，在防空壕裡挖出死人骨頭欸，大家都說那個人是被惡鬼吃掉的，好可怕！」

「我身為神明乩身，我會怕鬼？笑話！」

「你身為神明乩身，卻帶頭違逆神明的意思，不怕又像上次一樣，被罰跪在神桌下面三天三夜喔？」雷包好意提醒。

阿凱氣勢略縮了一下，似乎想起什麼慘痛回憶，但他又很快地說：「我現在是在做好事，救人為善，神明不會怪我的！」

雷包說：「可是我阿公說，防空壕裡有很多『拍咪呀』❷，還是不要去比較好啦！」

「怕什麼，我童乩呢！神明正牌乩身，專門降妖伏魔，沒在怕的啦！」

「但沒有神明降駕護體的時候，你只是路邊的普通8＋9❸。」蹲在一旁剝橘子吃的小胖涼涼地冒出一句。

「閉嘴啦！」阿凱登時大怒，衝過去把更多的橘子塞進小胖嘴裡，眾人笑成一團。

小鴻看著眼前的鬧劇，忍不住搖頭嘆氣。「小雨，我們還是再想其他辦法好了，妳這位朋友好像不太靠譜啊！」

阿星也認同地點頭。

「欸！兄弟，不要這麼說啦！」阿凱連忙放開小胖，跑回江雨寒面前。「我真的可以的啦，你們不要聽這些垃圾人亂講！」

「阿凱，不要勉強，真的沒有關係。抱歉，讓你困擾了。」江雨寒說。

「哪有困擾！你們等我一下。」阿凱說著，轉頭警告他後面那群人：「現在開始，誰再給我唱衰，我就把他綁起來丟進防空壕獻祭！」

眾人頓時鴉雀無聲。

「這些人就是欠人家電，不要理他們。」阿凱回過頭來。「不過就是進防空壕撿一支手機，交給我好了。」

「阿凱，我不是危言聳聽，但那個防空洞裡面確實凶險，真的沒問題嗎？」江雨寒有些遲疑。

看到阿凱的夥伴們對防空洞的反應之後，她已經開始後悔來找阿凱幫忙了，她實在不應該把自己的麻煩帶給別人的。

「絕對沒問題！」阿凱拍胸脯保證。「妳認識我那麼久，什麼時候看我退縮過？我說了要幫妳，就一定幫到底！」

「我是怕你出事。」她憂心地說。因為想讓組長早日安心回去公司，她嘗試向舊時認識的人求援，事前卻沒考慮到這樣會給阿凱帶來危險，十足是死道友不死貧道的自私行為，想想也真是愧疚。「對不起，阿凱，當我沒有來找過你好了，我不想拖累你。」江雨寒下定決心起身。

「講什麼東西！妳這樣是在瞧不起我？」阿凱霍然拍桌而起。

「呃，我沒這個意思。」

「妳不信任我就是侮辱我！都跟妳說沒問題了，妳就不能信我一次？」阿凱氣惱地說。

「這……」

「好！兄弟，膽識過人，我欣賞你！」阿星走過來搭著阿凱的肩膀。「我們當然相信你的本事！堂堂神明正牌乩身呢，如果連你都沒辦法，大概也沒有人可以幫忙了。」

阿凱點點頭，稍稍霽怒，「這還像句人話。」

「小雨，既然阿凱兄弟義薄雲天、豪氣干雲，妳就不要再多說了。」小鴻走過去握緊阿凱的手，「兄弟，那就萬事拜託了！」

「沒問題！」阿凱慨然允諾，轉向後面那十多名年輕人，「明天上午我要進防空壕，不敢去的，現在就立刻回家，我不怪你，但如果有人敢把今天的事洩漏出去，日後別讓我在村子裡堵到！」

眾人的臉都垮了下來，卻沒人敢挪動一步。

「小雨，妳和這兩位朋友真的不留下來吃晚餐嗎？我爸媽等一下就回來了，他們看到妳肯定很高興。」

江雨寒要回去的時候，阿凱堅持送她到車上。

「我還有事，改天再專程過來探望伯父伯母。」看到那片漫無邊際的紅色花海，她突然想起這件事：「對了，阿凱，你家為什麼種了這麼多紅花石蒜？村子裡的老人家不是最排斥這個嗎？」

「這個啊，是從你們江家的園子裡移植過來的。」

江雨寒大感驚訝，「為什麼？」

「你們江氏一族搬離村子之後，我阿公說，江家老宅要全部打掉，重新整地。我想起妳最喜歡那幾株地獄花，就拜託我阿公挖回來，種了十幾年，就變成這麼大片了。」

「原來是這樣，可是你爺爺怎麼肯讓你移植這種不祥的花？還繁殖了這麼多。」

「他本來有些忌諱，我跟他說這是妳阿公特地從深山裡帶回來種的，他就答應了。」

「謝謝你，阿凱。」

阿凱不自在地抓抓頭，「客氣什麼，三八！」

吃晚飯的時候，氣氛格外壓抑。

組長看起來悶悶的，一臉凝重，小鴻和阿星看他這樣，也不敢像往常那樣隨意笑鬧，只將今天去阿凱家的經過如實告訴他。

江雨寒則想起剛才在車上和小鴻、阿星討論的話題。

她問他們劉梓桐是誰，他們只說有聽過這名字，好像是很久以前的同事，但他們跟她不熟。又說如果想知道關於劉梓桐的事，應該去問麗環或承羽，畢竟他們在公司的資歷最深。

現在當然是沒辦法問麗環前輩，至於組長嘛……她抬頭看了承羽一眼，一時想不出如何開口。

「明天妳也會去吧？」承羽突然問她。

「什麼？」

「防空洞。」

「對，我會跟著進去，阿凱為了我冒險，我不能置身事外。」

承羽點點頭，「我跟妳一起去，小鴻、阿星留下來。」

「可是……」

承羽不給她勸說的機會，接著說：「拿回麗環的手機之後，我就回公司了。」

三人盡皆詫異地看著他。

「欸，組長……」

阿星本想說些什麼，小鴻立刻瞪了他一眼，示意他閉嘴。

「你趕快回去也好，董事長祕書每天都跟我訴苦，他說你再不回去，火山就要爆發了。」小鴻說。

江雨寒若有所思地看著承羽，他卻有意無意地避開她的眼神。

睡前，她對著梳妝台的鏡子幫自己擦藥，脖子上傳來的刺痛感讓她慘叫連連。

突然「啪」一聲，房裡的燈瞬間熄滅了，讓她嚇了一大跳，像受驚的貓般警戒起來。

月光透入窗紗，一道模糊的影子漸漸在鏡中具象成人形。

她鬆了一口氣，轉頭微笑。「是你啊，鈞皓。」

呈現半透明狀的鈞皓手上拈著一朵紅花石蒜，離地一尺飄浮著。

「妳看到我，好像很高興。」

「跟昨夜的惡靈比起來，你可愛多了。」

「多謝讚美。」鈞皓比了比自己的脖子，「不聽我的勸告，吃到苦頭了吧！如果不是剛好沾到神明降駕時的乩童血，妳大概已經來跟我作伴了。」

江雨寒尷尬地笑了笑，「組長明天就要回公司了。」

「他是怕連累妳，算他有自知之明。」鈞皓把紅花石蒜放在鼻尖，嗅了嗅。

「你喜歡這個花？」她注意到鈞皓身上沾了許多紅色的花瓣，看起來就像在花海裡打滾過的貓一樣。

「這個氣味讓我想起許多小時候的事，好懷念。」說這話時，鈞皓那如冰雕般的臉龐稍稍顯得柔和。

「我明天要再進防空洞，你是來阻止我的嗎？」

鈞皓搖搖頭，「妳找來的人，確實是神明的正牌乩身，雖然我不清楚在沒有神靈降駕的狀態下，他能發揮多少作用，不過既然妳堅持，那就這麼做吧！我來，是為了向妳道別。」

「道別？為什麼？你要去哪裡？」江雨寒深感突兀，連忙問道。

「不知道為什麼，我突然很想念我的爸爸、媽媽，還有姐姐、妹妹，我想回家去看看他們，以後就不跟著妳了。」

「哦……這也是應該的，不過今後不能再看到你了？」雖然對方是鬼，但想到他從此離開，她竟有些依依不捨。

「若有事找我，就在防空洞口放一朵地獄花吧，我聞到這個氣味，會來找妳的。」

江雨寒點點頭。

1 北七腻，台語，白痴嗎。
2 拍咪呀，台語，不好的東西，意指鬼怪。
3 8+9，網路用語，八家將的諧音，但非指真正的八家將，而是指血氣方剛、好鬥勇的年輕人。

第八章

冥府之路

上午九點多，離眾人集合的時間還有半小時，小鴻開車載著江雨寒和承羽、阿凱來到防空洞外。沒多久，十幾輛深色系轎車陸續抵達，在防空洞前的空地一字排開，十分壯觀。

「你們這些人……誰叫你們開車來的？不會騎摩托車就好喔？」阿凱快昏倒的樣子。

「老大你昨天又沒有交代……」雷包一臉委屈地說。

「用點腦袋好不好？十幾台車大剌剌排在這裡，是怕別人不知道我們偷跑進防空壕？」

眾人恍然大悟，「對喔，那怎麼辦？我們回去換車好了。」

「算了，停到附近廢棄遊樂園的停車場吧！就算被發現，人家也只會以為我們去遊樂園探險。」阿凱說。

「老大英明！我們這就把車開過去。」雷包連忙招呼眾人移車。

被載來的人下車在原地等候，阿凱的目光一個一個掃過去。

「你帶這堆是什麼東西？」他皺眉看著小胖身上揹的登山大背包。

小胖身高一百八〇公分，體重一百多公斤，體型龐然，但他的背包竟有他半個身軀那麼大，看起來沉甸甸。

「必備糧食啊，裡面有罐頭、餅乾、礦泉水、巧克力、泡麵……」

阿凱不耐煩地打斷他：「好了好了！我們只是進去拿個手機，不是要住在裡面好嗎？」

「我知道啊，所以我只準備半天的量，而且都是很快就用得到的。」

「你……你爽就好。」阿凱懶得和他多說，繼續打量其他人。

只見三個女生身上掛滿佛珠項鍊、手串、平安符之類的東西，琳琅滿目，好像夜市賣飾品的攤位那樣。

正想說些什麼，那群去停車的人已經從山坡上走下來了，幾個臉上彩繪著八家將臉譜，另外幾個手持鯊魚劍、月眉斧、刺球等法器。

阿凱頓時傻眼。「……只是撿一支手機，要不要這麼誇張？你們這麼害怕嗎？」

那些人尷尬地笑笑，「帶著防身嘛！人家都說防空壕鬧鬼啊……」

阿凱嘆了一口氣，看著雷包說：「好像只有你正常一點。」

「是的，老大，我只帶了一本佛經。」雷包說著，從衣服裡掏出一本金剛經。

「阿凱。」江雨寒走到阿凱旁邊。

「小雨什麼事？」他低頭看她。

「我想，你陪我進去就好，其他人就不要進去了。」看大家對防空洞畏懼成這樣，她感到於心不忍。

阿凱還沒回應，一名少女大聲地對她說：「妳以為妳誰？憑什麼要阿凱單獨陪妳去冒險？要就大家一起進去，不然阿凱也不准去！」

「黃可馨，我做事需要妳批准？」阿凱瞪了她一眼。「妳問小雨憑什麼是嗎？就憑她跟我是青梅竹馬，從小一起長大，我甘願為她做牛做馬，妳管得著？妳最好……」

「好了，阿凱，不要這樣。」江雨寒連忙制止他。「你念在小時候的交情願意幫我，我很感激，但其他人跟我沒有交情，我也不想拖累大家，你讓他們回去吧！」

「我沒逼他們來。」阿凱轉向自動排成一列的眾人，說道：「我再說一次，會怕的人，現在就轉頭回去，沒人會怪你；如果硬要跟進去，到時又在那邊唧唧歪歪，別怪我翻臉！」

「老大說這話就太傷兄弟們的心了，我們是那麼沒義氣的人嗎？當然是老大去哪，我們就跟到哪啊！」雷包說。

「隨便你們！」阿凱逕自轉身走進防空洞。

承羽交代完小鴻一些工作上的事項，很快地帶著江雨寒跟上阿凱。其他人見狀，趕忙抄著傢伙隨後進入。剩下三名女生，互看一眼，十分不情願地跟在眾人後面。

防空洞裡暗如黑夜，即使他們帶著數把狼眼強光手電筒，仍照不亮這偌大的闃暗空間。

「小心腳下，別絆倒了。」江雨寒上一次進來時，被地上莫名的凸起物害得很慘，忍不住提醒眾人。

「要妳多嘴！當別人都白痴……」黑暗中一個女生說，聽起來像是黃可馨。話還沒說完，走在人群後方的雷包驚叫一聲，整個人猛然向前撲倒。

「怎麼了？」阿凱回頭走過來，用手電筒照著他。

其他人連忙把雷包扶起來。

「沒事沒事，被凸出來的磚頭絆倒，還好我身上帶著佛經，沒傷到要害。」雷包用手撣了撣衣服上的泥土。

「真的沒事嗎？你好像流血了耶。」身旁一個年輕人說。

眾人的手電筒照在他身上，只見淺色的外套上沾著些微血跡。

雷包看看自己的雙手，「手掌擦傷破皮而已，血祭保平安，沒事！」

「其他人注意腳下，別再出事！」阿凱說著，重新回到隊伍前頭。

「我有帶藥膏，你自己擦點藥，以免細菌感染。」江雨寒遞給他一條藥膏。歷經上次的慘痛經驗，她這次可是準備周全。

「多謝妳啊，大嫂！」雷包伸手接過。

對方戲謔的稱呼讓她瞬間紅了臉，尷尬地微微一笑，快步回到承羽身邊。

「叫什麼大嫂，死狗腿子！連走路都會跌個狗吃屎，雷包就是雷包！」黃可馨恨恨地罵了他幾句，跟上隊伍。

走到第一個岔路前，阿凱停下腳步，猶豫著該往哪邊走。

「岔路啊，怎麼辦？如果有帶地圖就好了。」小胖說。

「這種地方有個狗屁地圖，你以為在玩線上遊戲？」一名年輕人說。

「不然我們來投石問路好了……」另一個年輕人開玩笑地說。

正說著，站在人群中的黃可馨突然陣陣慘叫。

「又怎麼了？」阿凱蹙眉看向她。

「有一個冰冰的東西……鑽進我的衣服裡面！它它它還在動！」黃可馨指著自己背部，害怕得渾身發抖。

江雨寒見另外兩個女生縮在一旁不敢靠近，而男生又不便扯開她的衣服，只好走上前。

「得罪了。」她拉開黃可馨的後領，用手電筒照了一下，接著從自己的口袋掏出面紙，伸到她的背部擦拭。

「是……是什麼東西？」黃可馨緊張地問。

「一些水滴落在妳背上而已，沒事。」江雨寒說。

「防空壕裡怎麼會有水？」有人不解地問。

「這裡是石灰岩地形，容易有地下水滲透岩層滴下來。」承羽用手電筒照著防空洞的頂部，只見長期遭到侵蝕而裸露的灰白岩層上有一些水珠。

水珠滴下來的時候，眾人紛紛閃避。

「這水會不會腐蝕啊？小說裡不是常說古墓裡有一些含劇毒的水……」雷包問道。

「只是富含碳酸鈣，無毒的。」承羽說。

「沒有毒我就放心了。」雷包說。

「這個我知道。」小胖很快地說。「我家附近的山壁也有這種從岩層裡滲出來的水，老人家叫這個『石母乳』，收集起來給小孩子泡牛奶喝，喝了就會像我這樣頭好壯壯。」

「喝了就會跟你一樣喔？那還是不要喝比較好！」

雷包忍不住吐槽，眾人都大笑了起來，一時充滿歡樂的氣氛。

阿凱卻絲毫笑不出來，「你們鬧夠了沒有？」他冷然問道。

眾人連忙收斂臉上的笑意，不敢再嬉鬧。

看著眼前這個十字形的分岔路，江雨寒對阿凱說：「這裡應該要右轉，但右轉之後要怎麼走，我就不記得了。」因為第一次進來的時候，她在這裡遇到鈞皓，接下來就全程被他帶著跑，所以對路況印象不深。

她昨天問過玉琴，可是玉琴完全不記得當初前往指揮室的路線，她說她嚇都嚇死了，哪裡還記得這些。要是鈞皓還跟著她的話，或許可以給她一些指示，可惜他離開了。

「指揮室在哪我不知道，但往溶洞的路我還記得，我們避開通往溶洞的路線，試試看吧！」承羽說。

阿凱點點頭，「好，兄弟，你來帶路。」

於是承羽和阿凱並排走在前頭，小胖和江雨寒走在他們後面。

「大嫂別怕，我保護妳！」小胖對她露出友善的微笑。

「謝謝你，但不要叫我大嫂……」

右側這條通道的地面散落著大量冥紙，有些燒了一半，有些則很完整；兩邊牆面也有一些符咒。腳踏冥紙發出的碎裂聲響不斷迴盪在通道中，讓眾人越走越膽寒。

「這裡為什麼有這麼多冥紙和符咒啊？挺邪門的。」後方有人低聲地說。

「這還用說！都說了這裡鬧鬼啊！一定是為了鎮壓這裡的鬼魂啊！」

「撒了這麼多，這裡的鬼一定很凶！」

「廢話！如果不凶，神明會不讓我們來嗎？」

「等一下鬼跑出來怎麼辦？」

大家越說越害怕，連映照在牆壁上的光影都開始抖動。

「這是前陣子在防空洞尋獲一名小男孩遺骸時，隔壁村莊的宮廟前來招魂用的紙錢，並不是用來鎮壓鬼魂的。」江雨寒忍不住回頭說明，沒想到她這麼一說，眾人更加驚恐——

「所以這裡是真的有死過人喔？」

「我的媽呀！我起雞皮疙瘩了！」

「我知道了！之前有聽隔壁庄的人說在這裡發現白骨，那個人一定是被鬼吃掉的！整個人被吃到只剩骨頭！」一個女生帶著哭聲說。

「不是，那個小男孩是幾十年前受困在溶洞而遇難的，跟鬼沒有關係，而且那個男孩的魂魄已經順利回家了，你們不用害怕。」江雨寒解釋道。

「真的嗎？」

「還好不是因為鬧鬼才貼這些符，嚇死我了……」

「那個孩子好可憐，一個人困在這裡一定很害怕！」

部分的人雖仍半信半疑，但惶恐驚懼的情緒明顯鬆泛了些，有人對當年受困在溶洞的年幼遇難者表示同情。

說著說著，承羽引領眾人左轉，脫離通往溶洞的路線，這條左側的通道地上就沒有冥紙，只有不知延伸向何處的無盡黑暗。

「姑且試試這條路吧！」他撿起地上的碎石塊，在轉角處的牆面刻上醒目的記號。

「沒事，萬一不是這一條，退回來就好。」阿凱說。

眾人一路前進，沿途沒有任何分歧的岔路，走到底卻是一堵灰色的水泥牆橫在前方。

「沒路了。」承羽說。

「怎麼會這樣？這條通道這麼長，卻沒有通到任何地方？」阿凱狐疑的打量牆面。

「這樣的結構確實奇怪。如果無路可通，特地修築這條地道的用意是什麼？」承羽左手拿手電筒，右手在牆壁上摸索著。突然間，觸摸到一個凸起不平的地方，他用手摳掉牆面的石灰和土塊，露出木板的一角。

似乎是有一塊木板被釘在牆壁上，但大量的石灰和落塵覆蓋其上，讓它乍看之下和灰暗的牆面融為一體。

「小胖，扳開木板！」阿凱示意小胖上前。

小胖毫不遲疑地抓著木板的邊緣，往外一拉，沒費多大力氣就將整片陳舊的木板扯了下來，牆面上露出一個大約B4紙張大小的長方形孔洞。

「有一個洞，可是這麼小的洞，能做什麼？人也過不去。」阿凱奇怪地說。

「看看後面是什麼地方。」承羽拿著手電筒往孔洞裡面照。

江雨寒努力踮高腳尖朝裡面看，「看起來像一個房間，會是指揮室嗎？」

「這裡的內部空間好像沒有玉琴說的那麼大，應該不是指揮室……那是什麼？」承羽將手電筒照向左邊。

她正想把臉湊近孔洞看清楚，承羽卻稍稍將她往後推。「小雨，妳站後面，不要看。」他說。

「什麼東西這麼神祕啊？我來看看！」雷包好奇地擠到前面來。

「你看，那裡是不是站了一個人？」阿凱的手電筒跟承羽照著同一個方位。

「真的，有一個人影！」雷包說，「可是，這種地方怎麼會有人？」

承羽和阿凱看著那個黑色的背影，沉吟不語。

雷包又說：「會不會像嫂子剛才說的那個小男孩一樣，是受困在這裡出不去的人呢？」

「你怎麼就知道那個是人？」一個女生恐懼地說。

「不是人，難道是……」說到一半，雷包自己閉嘴了，不敢繼續往下說，因為那個人影瞬間消失了。

「有點邪門，我們退回外面的通道吧！」阿凱對著承羽說。

就在眾人轉身準備撤退的時候，一個黑色的物體倏地從牆壁上的孔洞竄出，以極快的速度飛掠過眾人頭頂。

眾人猝不及防，嚇了一大跳，一夥人立刻蹲在地上抱頭發抖。三個女生抱在一起，驚恐的尖叫聲持續迴盪在地道中，震耳欲聾。雷包拿出懷中的金剛經死命地翻，卻一直翻不到他要的那一頁。壯碩的小胖則是整個人緊緊黏在阿凱身上。

等那個物體飛遠之後，江雨寒連忙說：「不要怕，只是蝙蝠而已，蝙蝠而已！」

她的聲音傳到眾人耳中，大家都愣住了。

「蝙……蝙蝠？」

「剛才那個是蝙蝠？」這時才有幾個人敢抬起頭來。

「對，我看得很清楚，是一隻黑色的蝙蝠。」江雨寒肯定地說。

「一隻夜婆就嚇成這樣，你們真有出息。」阿凱冷冷地推開巴著他不放的小胖，率先往外面的通道走去。

驚魂甫定的眾人一一起身，有些不好意思地跟在他後面。

走在人群後方的承羽小聲地對江雨寒說：「妳真的看清楚了，是蝙蝠嗎？」

她示意承羽蹲低一點，在他耳畔輕聲說道：「我看清楚了，那東西長著大量的毛髮。」

承羽十分驚訝，「那妳……」

「大家已經夠害怕了，不要增加他們的恐懼。」

承羽了解她的意思，認同地點點頭，不再提此事。

眾人走回散落滿地冥紙的主通道，繼續前行。過沒多久，左邊又出現另條較小的通道。

「這次試這條。」承羽在轉角處的牆面刻上別於第一條地道的記號，帶領大家左轉。

「這條路跟剛才那條真像耶，兩邊都是牆壁，也都沒有其他的路可以通。」雷包說。

「說不定這裡的地道都是長這樣啊，所以看起來都差不多。」一個年輕人回答。

「難怪要做記號，這沒做記號真的會迷路。」另一個人說。

「如果不是鬧鬼，把這裡當成迷宮探險其實還滿好玩的。」

一夥人逐漸淡忘方才的恐懼，越聊越起勁。

地道的終點，是一堵灰暗的牆，牆上一個黑漆漆的方孔。

「咦？這裡跟剛才那裡的格局一模一樣耶，都是牆上只開了一個小洞，連洞的形狀大小都差不多。」雷包驚訝地說。

阿凱的臉色非常難看。「不是格局一模一樣……這裡根本就是我們剛才來過的地方！」他說。

「老大你說什麼？」大家聽他這麼說，都嚇了一跳。

「你們看地上的木板。」阿凱指著斜倚在牆角的那片木板。「那不就是小胖剛才拆下來的嗎？」

小胖上去仔細一看，「真的欸，上面還有我的手印。」

眾人不禁一陣驚恐。

「怎麼會這樣？」承羽困惑地看向阿凱。

「沒關係，我們退回主通道，再試下一條。」阿凱拍拍承羽的手臂，顯然不想多說。

「老大……」雷包顯得十分惶恐不安。

「閉嘴！」

走到轉角處，承羽發現牆壁上的記號竟變了，變成第一條通道的記號。他倒抽一口氣，但沒有說什麼，繼續帶領大家往前走。

前方再次出現左轉通道時，他特意看了一下，轉角赫然有他之前刻下的第二個記號。為什麼會這樣？他實在無法理解。

承羽對阿凱搖搖頭，表示不走這條通道。

走到第三條左轉通道，他仔細地刻上不同的記號，然後才領著大家左轉。

這次眾人都不敢再隨意談話，緊緊靠著身邊的人，謹慎小心地前行。

好不容易走到終點，等著他們的依然是開著黑洞的牆。

「老大……這就是那個……什麼什麼擋牆的……」雷包聲音顫抖地說，下意識不敢提到「鬼」這個字眼。

眾人害怕地縮成一團，女孩們已經開始啜泣。

「退出去，再試下一條。」阿凱心知八成是遇到鬼擋牆了，但在這種陰氣奇重的鬼地方遇到鬼擋牆，本來就是預料中的事，所以絲毫不為所動，沉著地下令。

眾人退回主通道，轉角處標記的果然仍是第一條通道的記號。

「阿凱，我們回去吧，不要再試了。」江雨寒認為還是盡快離開防空洞比較好，以免出什麼意外。

「再試一次。」阿凱堅定地說。

江雨寒看看手錶，「前輩告訴過我，中午十二點以後，陽氣由盛轉衰，不宜逗留在陰氣重的地方，只剩一個小時了。」

「還有時間，再試一次。」阿凱說。

大家都很害怕，但沒有人敢反對他的指令，只好硬著頭皮繼續往前走。

承羽在左側第四條通道轉角刻上記號。

「剛才是誰說要把這裡當成迷宮？這下真的變迷宮了！」一個年輕人故作輕鬆地調侃。

此時已沒有人有心情答腔，眾人悶著頭默默前行，四周氛圍異常壓抑。

「老大！」小胖突然叫住阿凱，走在他後面的人都嚇了一大跳，紛紛警戒起來。

「怎麼了？」阿凱轉頭看他。

「我餓了，可以吃飯了嗎？」在這些地道來來回回反覆走了好幾趟，實在是很消耗熱量和體力的事，他覺得自己的能量都快用盡了，不補充不行。

「……先走出這條地道再吃。」

說話間，牆上的長方形黑洞已出現在不遠處，幾乎不用走近，大家就已經知道——又繞回第一條通道了。

「老大，怎麼辦啊？是不是有什麼『拍咪呀』在捉弄我們？」雷包用力抱緊懷中那本金剛經，克制不了身體的顫抖。

阿凱並不害怕，只是有些惱怒，「沒有路，我就開路！小胖，拆了這道牆！」

「老大你瘋了！牆後面如果有鬼……怪物衝出來怎麼辦？」雷包緊張地攔住小胖。

「對呀！我們又不知道這後面是什麼地方，直接拆牆太可怕了吧！」黃可馨跟著說。

「困在這裡有比較好嗎？小胖，拆！」

小胖雖然也怕鬼，但他一向服從阿凱的指令，於是放下沉重的背包，走上前去，兩隻手伸進黑漆漆的孔洞中，扳住裡面的磚牆，試圖往外拆。

這道牆實際上就像外表看起來那樣不牢固，只是由破磚和一些石灰水泥隨意砌成，小胖沒使多大氣力就扳下了好幾塊磚。

就在他再次把手伸進孔洞內側時，裡面驀然伸出一隻黑色枯爪，攫住他的右手腕，嚇得他大聲怪叫。

隊伍後方的人看不到前面怎麼回事，聽見小胖慘叫，也跟著抱頭慘叫起來。慘烈的叫聲此起彼落，迴盪在甬道中，震落一堆粉塵。

阿凱連忙自外套內側抽出一張符咒，覷準那隻怪爪拍了下去。

只見那隻怪手冒出一陣輕煙，驟然鬆開。

「快跑！」阿凱催促眾人。

大家聞聲拔腿就跑，小胖逃跑前仍不忘扛起自己的大包包。

「老大，你還笑我們，你自己還不是偷偷帶了廟裡的靈符！」混亂中，不知是誰一邊跑一邊說。

「身上沒帶一些法寶，怎麼跟人家出來走跳！」阿凱說。

眾人一下子就跑回撒滿冥紙的主通道，跑得喘息不已。

「洞裡那是、那是什麼鬼？」一個身材很高、綽號百九的年輕人上氣不接下氣地問。

剛才他雖跟大家一樣站在後方，但因為身量較高，有稍微看到一點孔洞裡的狀況。

雷包瞪了他一眼，「別多問啦！」

「兄弟，這條通道走到底是哪裡？」阿凱問承羽。

「走到底右轉是通往溶洞，左轉也有通道，但不知通往何處。」

「那我們直接走到底，再左轉。」

「好。」承羽點點頭。

沿途冥紙引路，彷彿通往地府。滿地紙錢向前方無限延伸，這條路徑也似乎無窮無盡。走了十幾分鐘，仍看不到承羽所說的盡頭。

「這條通道有這麼長嗎？」阿凱越走越疑惑。

「應該沒有，我印象中頂多幾百公尺……」壕中寒風習習，承羽額頭卻微沁著汗珠。

「幾百公尺，我們卻走了這麼久……」

正說著，小胖猝然摔倒在地上，揚起大片冥紙的灰燼。

「你怎麼了？」走在他旁邊的江雨寒連忙蹲下來看他。

「我……」小胖一臉灰敗，氣若游絲地說：「我餓到走不動了……」

阿凱嘆了一口氣，「大家停下來休息。」

小胖得了這句話，連忙從背包裡拿出幾大片巧克力，大嚼特嚼起來。

他一邊吃，一邊掏出幾包洋芋片遞給其他人。大家都對他搖頭，沒有人伸手接過。

「這種時候，也就只有你還吃得下。」百九幽幽地說。

「我想回家了，我不要在這裡……」一個女生掩面痛哭。

黃可馨蹲在她旁邊輕拍安撫，眼睛惡狠狠地看著江雨寒：「都是那個『衰尾查某』害的，沒事牽我們來這個鬼地方送死，搞死大家了！她想死怎麼不自己去死一死，還要拖我們下水！」

「對不起，我……」

她深感愧疚地道歉，阿凱立刻護在她身前，瞪向黃可馨。

滿肚子火的黃可馨本想繼續罵，但一觸及阿凱冷漠的眼神，就不由得閉嘴了。她心裡恨極江雨寒，但也清楚惹怒阿凱對自己沒有好處。

「好了，別吵了，我們不都是自願進來的嗎？老大也沒逼我們啊。」雷包苦笑地說。

「還是想想看怎麼離開這個地方吧！」

阿凱突然從外套口袋抽出一把摺疊瑞士刀，銳利的刀尖在手電筒的強光下閃爍鋒芒。

「欸，老大你這是……」

阿凱不發一語地朝自己左手掌用力劃出一道傷口，涔涔鮮血當即灑落在冥紙上，發出「啪嗒」、「啪嗒」的聲響。

「你想用乩血破邪？」雷包立刻明白他的意圖，乩身在神明降駕操持五寶時所流的鮮血，確實可以辟邪驅煞。「可是現在沒有神明降身，這招有用嗎？」

「試試。為了成為正統乩身，我好歹修煉了十幾年，就不信這個地方困得住我！」阿凱轉身繼續往前走。

眾人默默跟著阿凱滴下來的血跡前進，不到一分鐘，就看到前方出現一堵長牆，左右各有一條和主通道垂直的路徑。

「走出來了！」

江雨寒連忙拿出傷藥和繃帶為阿凱包紮止血。

第九章

厲首橫空

眾人順著左邊的通道走至盡頭再右轉，眼前赫然是一個巨大的山洞，甬道兩側的泥牆由嶙峋的山壁取代，崢嶸山石在狼眼手電筒的強光下反射出銀白的光芒。

「這是……鐘乳石洞。」承羽說。

眾人看著四周那些平滑晶瑩的奇岩怪石，不禁愣住了。

「村子裡有這種地方？」

手電筒光線所及的地方，盡是光滑剔透的鐘乳石，有些從洞頂垂下，尖似冰凌，有些狀如地面冒出的石筍，更有許多上下相接形成的石柱，在燈光下閃爍著晶瑩的光華。

「這是妳說的那個溶洞？」阿凱回頭問江雨寒。

「不是，我上次掉進去的那個洞，沒有這些鐘乳石。」她搖搖頭。

「我的天！這也太神奇了，看看這些又光又滑像寶石一樣的山壁和石頭，簡直可以開放觀光收門票了！」雷包伸手撫摸著身旁的石筍，忍不住驚呼。

「開放觀光你敢來喔？我他媽的逃都來不及！」心有餘悸的百九不以為然地說。他此刻的想法跟大多數人一樣，巴不得趕快逃離這個鬼地方，完全無心賞景。

「這裡好冷，你們不覺得嗎？」一個女生拉緊身上的外套，直打哆嗦。

「是啊，這裡風特別大，連我都覺得冷。」雷包說。

「這風的聲音聽起來好可怕，好像鬼哭一樣。」另一個女生抱緊了黃可馨的手臂。

「呸呸呸！不要胡說八道啦！沒事提那個字幹嘛！」黃可馨罵道。

雷包轉向阿凱，「老大，我們現在要往哪邊走啊？這裡到處是大石頭，還有路可以通嗎？」

阿凱正想回答，江雨寒走過來拉拉他的手，「阿凱，借一步說話。」她說。

「有什麼事不能當著大家的面說，要這樣鬼鬼祟祟？見不得人喔？」黃可馨不滿地說。

阿凱沒有理會黃可馨，命眾人暫時在此休息，他則跟著江雨寒走到一旁的大石柱後方。

「剛才小胖伸手進牆洞的時候，發生什麼事？」此處與眾人相隔一段距離，江雨寒還是特地壓低聲音，唯恐被人聽到。

阿凱猶豫了一下，「妳還是不要問比較好。」

「你不說，我也知道一定是非常可怕。」她的神色慘然。「一開始從牆洞上飛出來的東西，你有看清楚嗎？」

「妳……妳看到什麼？」

「我看到一顆長著毛髮的人頭。」

「其實我也看到了。」因為不想讓大家陷入恐慌，當時他故意不明說。

「我們似乎驚動了棲息在此的鬼怪，情況比我料想的還糟糕，阿凱，趁現在還有退路，你快帶大家離開。」

阿凱神情驟變，「我帶大家離開，那妳呢？」

「我自己前往指揮室。」

「妳知道路線？」

「走到這個地方之後，我有一個想法，說不定可以找到指揮室的位置。」

「那就大家一起去。」

「不行！我不能拖累大家。」江雨寒堅定地說：「我自己決定的事，我生死自己負責。謝謝你陪我到這裡，我已經感激不盡……」

阿凱打斷她的話：「開什麼玩笑！我能丟下妳一個人嗎？要撤退一起撤退，要前進一起前進！」

「我知道你重義氣，但是……」

「不要再說了！」

江雨寒看了看時間，「快十二點了，阿凱，你再不趕快帶大家離開，就來不及了。」

「我知道十二點以後陽氣漸衰，兩點以後陰氣大盛，這樣吧，以下午一點為限，不管有沒有找到指揮室，時間一到我們就撤退，明天我再陪妳進來。」

她搖搖頭，「接下來的路很不好走，萬一出了什麼意外呢？我希望你能把大家平安地帶回去。」

「承羽會留妳一個人在這裡嗎？」

江雨寒認真地思索了一下，據實回答：「我想他不會。」以她對組長的了解，他不可能讓她獨自留下。

「他可以陪你，我就不行？」

「不是誰陪誰的問題，你現在不走，我怕你後悔，時間有限……」她面有難色地說。

「把妳丟在這裡，我才會後悔！我這輩子最後悔的事……」

一語未完，那三個女生跑了過來。

「悄悄話講完了沒有，到底是走不走？」黃可馨不耐煩地說。

阿凱白了她一眼，轉向江雨寒：「既然時間有限，我們就快點前進吧！」

她嘆了一口氣，放棄說服阿凱，走回眾人聚集的地方。

「這個鐘乳石洞範圍很大，現在該往哪裡走，我完全沒有頭緒。」承羽坦白說。

「我們逆著風向行走，應該會有出路。」江雨寒說。

「何以見得？」承羽問道。

「我上次掉進去的那個溶洞完全沒有風，這裡風勢卻很大，空穴來風未必無因，也許這裡的風就是從連接的甬道吹過來的。」

「就算這個山洞真的有連接其他通道，那又怎麼樣？妳怎麼知道那個通道通往哪裡去？如果走錯路怎麼辦？浪費大家的時間！」黃可馨翻了翻白眼。

「我同事曾經說過，她們當時一路頂著寒風前進，越接近指揮室，風勢越大。當天吹的是西北風，今天也正好是西北風，風向相同，我覺得可以一試。」江雨寒說著，從背包拿出指南針辨認方位。「風從這裡吹來，大約是北北西的方位，我們朝這方向前進吧。」

承羽點點頭，接過江雨寒的指南針，和阿凱兩人帶頭前行。

「後面的人跟緊，這裡地勢複雜、容易走失，不要落單了。」阿凱回頭提醒。

大家手上的手電筒都往前方及地上照，兩側光線照不到的地方則是絕對的黑暗，好像隨時都會有東西從暗處冒出來。

雷包原本還饒有興味地欣賞那些奇形怪狀的鐘乳石，可是越看心裡越毛，深怕突然瞥見什麼不該看到的物件，所以到後來手電筒只敢照地上。

「欸，這些垂下來的鐘乳石一直弄到我的頭，好煩！」百九忍不住抱怨。

「誰叫你長這麼高，我們就沒這困擾。」他身旁的年輕人說。

「這些石頭又尖又利，你可要小心，別刺破頭。」走在最後面的雷包提醒他。

「刺破頭是不至於，就是有點癢癢的，很不舒服。」百九說。

「癢癢的？你有沒有說錯，被石頭刮到怎麼會癢？應該是會痛吧？」小胖好奇地舉起手電筒往上面一照。

只見從洞頂垂下的，並不是灰白色的鐘乳石，而是數以百計的人頭狀物體，其上附著或長或短的黑色毛髮懸掛而下，黑暗中看起來形似鐘乳石錐。

「這是什麼東東……」小胖愣住了。

三名女生慘叫一聲，往前衝了出去。

「喂！不要亂跑！」阿凱立即喝止，卻叫不住她們。

數名年輕人見她們跑了，也跟著尖叫著狂奔而去。

「他們跑錯方向了，我們快把大家找回來，在這裡迷路就慘了！」江雨寒連忙對阿凱和承羽說。

剩下的幾個人只好追在那些人後面，往山洞的右側跑去。

追了許久，總算看到那些人的背影，在前方不遠處站成一排，靜止不動。

阿凱正想罵人，突然聽到女生的呼救聲傳來——

「快救我！有人在抓我的腳，快拉我上去！」

是黃可馨的聲音。

阿凱跑到人群中一看，只見前方就是斷崖，下方地層和眾人目前所站之處大約有一、兩公尺的高度落差。黃可馨掉在下面，半截身子似乎陷在黑水之中，漸漸下沉。

「快救我！有人在抓我！有人在抓我！」黃可馨淒厲地大喊。

一開始跟著她跑到這裡的人們怔怔地站在崖邊，看她在黑水中撲騰掙扎，呆若木雞。

「快救人啊，愣著看什麼？」阿凱氣得大罵。

「老大……下去就上不來了欸……」那些人害怕地說。

「嘖！」阿凱立刻躍下斷崖。

為了照應阿凱，承羽也跟著縱身一躍。

幸好那窪黑水周圍是乾硬的泥土地，讓他們不至於像黃可馨那樣陷在泥濘裡。

江雨寒和雷包等人見下面有地方可以站，也跟著跳了下去。

阿凱和承羽合力將黃可馨從黑水中拖了出來。

「有人在抓我！有人在抓我！救命！」黃可馨整個人癱軟在乾泥地上，仍不斷揮舞雙手、驚慌大喊。

「沒事了！不要害怕！」阿凱蹲下來安撫她。

「真的有人在抓我！有人在抓我！」黃可馨雙手慌亂地指著自己的右腳。

眾人目光順著她的手指看去，只見她穿著短褲的纖瘦小腿上附著兩條怪異的軟體動物，形似蛞蝓，顏色卻是有光澤的暗紅色帶黑色直條紋，長約十公分，有兩個指節那麼寬，體形飽滿，看起來圓滾滾的。

「這……什麼鬼東西？」阿凱不禁愣住了。

「魔蛭！」江雨寒湊近細看，嚇得倒退三步，還好承羽及時扶住她才沒有跌倒。

「魔蛭？」眾人顯然都沒聽過這東西。

江雨寒驚恐地說：「我阿嬤跟我說過，這是一種可怕的吸血蟲！」除了蛞蝓之外，她這輩子最害怕的就是這種台語稱為「魔蛭」的怪異生物。據說這種東西不僅會吸血，還會從傷口處鑽進皮肉裡寄生、繁殖。

「會吸血啊，那不得了！」雷包拿出小刀，想把那兩條還在不斷蠕動的怪蟲挑掉。

「不可以！」江雨寒見狀連忙阻止。

但已經來不及了，雷包的小刀刺中其中一條魔蛭，本想把牠扯下來，卻只劃破牠的表皮。無數細小的魔蛭幼蟲瞬間從母體破口鑽出，轉眼爬滿黃可馨整條腿。

看到這萬頭鑽洞的樣子，百九忍不住跑到旁邊嘔吐起來，黃可馨更是嚇得一直蹬腿、崩潰大哭。

江雨寒立即從背包翻出兩包驅邪用的粗鹽，並將其中一包遞給承羽。「組長，揉碎撒在她腳上！」

她將大量的粗鹽放在掌心揉成粉末狀，然後撒遍黃可馨的大腿和小腿，承羽也照著她的樣子做。

大小魔蛭碰觸到鹽巴之後，立刻蜷曲縮成一團，紛紛掉落在地上。不過幾秒的時間，黃可馨腳上的魔蛭就已全數清除。

江雨寒持續將剩下的鹽巴撒在落地的魔蛭母體和幼蟲，直到牠們不再蠕動。

「好了，這種東西怕鹽和火，這樣處理就沒事了。」她拍拍手，將指縫間的粉末抖落。

「魔蛭生活在有水的地方，大家要小心，不要靠近水邊。」

「我不要待在這裡！我要回家！我要回家！我要回家！」黃可馨情緒激動地大聲哭喊。

「老大……我也不想繼續走了，這裡好可怕。」站在阿凱身後的年輕人怯怯地說。

「我也想回家了！」

「早知道不來了，什麼鬼地方！」

「真的不應該違背神明的旨意……我們還能活著回去嗎？」

「我們到底來這裡幹嘛？沒事自討苦吃……」

越來越多人小小聲地表達不滿之意。

阿凱聽見這些抱怨的聲音，也不生氣，轉身交代雷包：「你和小胖帶大家出去，我自己留下來。」

「老大！我哪有辦法啊！我不知道路啊！」雷包連忙搖頭。

「承羽沿路都有留下記號，連跟著記號走都不會？」阿凱瞪著他。

「如果……如果又遇到那個什麼擋牆怎麼辦？我的血可沒有用，小胖更不用說，小胖的血只能做豬血糕。老大，我還是跟著你走，不管你去哪我雷包都跟到底，絕對沒有第二句話！」

「我也要跟著老大，我不回去！」小胖連忙說。

「雖然我也很怕，可是我覺得跟著阿凱比較安全。」百九說。

「你們……」阿凱無奈地看著眾人，左右為難。

「阿凱，我們撤退吧！」江雨寒突然說。

「為什麼？」他深知小雨誓必取回同事手機的堅定決心，即使只剩她自己一個人，她也會執意走到底，為什麼突然改變心意了？

「時間差不多了，現在再不離開，恐怕大家都走不了。」

「可是妳朋友的手機……」

「沒關係，大家的安全比較重要，我們回去吧！」她拍拍他的手臂。

阿凱狐疑地盯著她，「妳該不會是想……」

「先別說了，我們快走！循著原路回去。」

決定撤退後，雷包和小胖把不斷號哭的黃可馨扶起來。

「好了，我們要回去了，不要再哭了，回音這麼大，聽起來很嚇人。」雷包對她說。

「我不要走有人頭的路！我不要！」黃可馨大叫。

「那裡真的很可怕呢，哪來那麼多人頭掛在上面啊？嚇死人了！好像被斬首示眾一樣。」百九回想起剛才看到的景象，心有餘悸。

「老大，有別的路可以走嗎？剛才那裡很危險欸，要是那些人頭飛起來追我們怎麼辦？」有人這麼說。

黃可馨聞言，哭得更大聲，站在高處的那兩個女生也嚇哭了。

於是眾人一致表達不循原路的意願。

「小雨，有辦法走其他的路嗎？」阿凱無奈地問。他實在很後悔帶這一群人進來。如果只有他和小雨兩人，說不定早就找到指揮室了。

「我看一下。」江雨寒向雷包借了狼眼手電筒，仔細查看周圍地貌。「這裡的地勢跟我上一次掉進去的那個溶洞很像，看起來是通過溶洞的地下河道。沿著河道邊緣走，也許上面會有其他的甬道相通。」

「好，那我們就從這裡走。上面的人都下來！」阿凱很快地下令。

眾人小心翼翼地貼著右邊的岩壁前進，唯恐再像黃可馨那樣陷在有魔蛭的黑水潭中。

大概走了二十分鐘，終於在離地約三公尺的山壁上發現一個門洞。

「有洞！我們可以從這裡爬出去了！」雷包興奮地說。

「這麼高，怎麼爬？我爬不上去。」小胖抬頭看了一下，搖搖頭。

「簡單啦！你肩膀讓我踩一下，我就爬得上去了。」雷包說。

「啊你爬上去了，我怎麼辦？我還是爬不上去啊！而且這裡十幾二十個人，大家都要踩著我爬上去喔？你怎麼不給我踩踩看！」小胖表示不滿。

「你那麼重，踩一下我就扁了啊，我哪有辦法！誰叫你最胖……」

「我胖也不能給這麼多人踩啊！當我肉墊不會痛的喔！」

江雨寒打斷他們兩人的爭執，「小胖，麻煩你先協助組長上去，可以嗎？」

小胖說：「如果只有這個兄弟一個人，我當然是沒問題啊！」

「那就好，我有帶繩梯，請組長先上去把繩梯固定好，大家就可以踩繩梯爬上去了。」

江雨寒說著，從背包抽出一套繩梯工具組，遞給承羽。

「哇，嫂子，妳背包裡怎麼什麼都有啊？比小胖的背包有用多了！」雷包不禁讚嘆。

「我曾在這裡吃過大虧，若是沒有周全的準備，我也不敢貿然進來。」她苦笑地說。

承羽在小胖的協助下，先爬上去固定好繩梯之後，眾人耗費將近一個小時的時間，才全數爬到上方的門洞。

門洞裡面是一個很大的房間，三面牆壁皆有甬道連接。

「這裡該不會就是我們一直在找的指揮室吧？」雷包用手電筒四處照看。

「跟我同事形容的空間結構不同，應該不是。我們還是快點離開這裡吧！」江雨寒對時間的流逝感到焦慮。

「有三條通道，往哪邊走？」阿凱問道。

她拿出指南針辨認方位，「防空洞出口在東南方，走前面這條。」

才走了幾步，四周驟然響起雜沓的巨大聲響，由遠而近，眾人皆是悚然一驚。

「什麼聲音？」小胖四下張望。

「很像穿著軍靴的踏步聲。」阿凱說。

「你怎麼知道一定是軍靴的聲音？藍白拖不行？」小胖好奇地問。

「聽就知道了，你是沒當過兵？」阿凱沒好氣地說。

「我體重超標，還真的沒當兵欸。」小胖說。

「阿凱！你看那個！」三個女生突然尖叫著縮到阿凱背後，身體不斷發抖。

只見數排穿著軍靴的腳赫然出現在眾人面前，腰部以上盡是黑霧籠罩。

陽光普照的病房中，麗環依舊沉睡著。

輪值照顧她的阿星坐在床邊，手上端著一碗熱騰騰的牛肉麵，正唏哩呼嚕地吃著。小鴻則趴在一旁的桌上補眠。

「小雨！」雙目緊閉的麗環倏然抬起右手，用力抓住阿星的手臂。

突來的動靜讓阿星嚇了一大跳，整碗牛肉麵打翻灑在大腿上。「燙燙燙燙燙死我了！」他連忙衝進浴室狂沖冷水。

為了趕稿整夜沒睡的小鴻硬生生被他吵醒，睡眼惺忪地抬頭看著他。「你搞什麼啊？這麼大的人了，吃個麵也會打翻！」

「都是麗環害的啊！誰叫她突然抓我的手！」

小鴻看向床上的麗環，「麗環好好地在睡覺啊，你哪根筋不對勁？」

「真的啦！她剛才突然抓著我叫小雨！」

「小雨？小雨！糟了！現在幾點了？」小鴻猛然想起一件很重要的事，連忙抓起桌上的手機看時間。「完了！」

他立刻撥打小雨的電話，對方的手機卻是沒有訊號的狀態。

「你在緊張什麼？小雨怎麼了嗎？她不是跟組長去防空洞了？」阿星圍著大浴巾，從浴室走出來。

小鴻自外套口袋抽出一個對摺的信封，「小雨早上交代我下午一點打電話給她，要是聯絡不上，就馬上打開這封信；如果聯絡得到她，就不要拆信，等她回來，把信還給她。」

「那你剛剛打她的電話有通嗎？」

「沒有。」小鴻臉色慘白地說。

阿星看了看手錶，「現在兩點了欸。」

「完蛋了。」

第十章 陰魂奪魄

一團黑霧擋住前方甬道入口，霧中赫見數十雙穿著軍靴的腳，行伍整齊。頃刻間，霧氣散盡，手持刺刀、身著軍服的士兵在眾人眼前現形，一個個容色灰敗，面無表情。

眾人既驚且恐地躲在阿凱和承羽後方。

「阿娘喂啊！這是什麼東西啊？」雷包從阿凱手臂右側露出半顆頭窺伺。

「陰兵！大家快低頭！」阿凱的聲音微微顫抖。「這是敗亡軍隊陰魂不散形成的怨靈，大家小心眼睛不要跟它們對上！」

百九抱著頭，整個人縮在阿凱背後，「如果……如果眼睛對上了會怎麼樣？」

「陰兵現形，生人勿近！勾魂牽亡，非死即殤！這些亡靈會攝走生人的魂魄！」

陰兵又稱為鬼兵，是戰敗之亡魂凝聚而成的軍隊，自古有之。

相傳東漢末年五斗米道的首領張魯有役使陰兵之法，書聖王羲之次子王凝之虔信鬼兵之道，見於《晉書》。後代史書如《北齊書》、《舊五代史》、《金史》等亦曾有記載。《太平廣記》中說：「開元二十三年夏六月，帝在東京，百姓相驚以鬼兵……其鬼兵初過於洛水之南……」，唐玄宗為了驅逐鬼兵，特別命令巫祝、法師等在洛水邊魘禳作法。

據說陰兵的形成，乃是因為殞命的士兵意識存留在戰亂之時，不知道自己已然身亡，所以鬼魂徘徊於世；又或者是不甘戰死，心懷怨念而陰魂不散。不論是什麼成因，陰兵煞氣極重，一旦直視或稍稍接近，便能傷人於無形，甚至勾魂奪魄。

眾人聽了阿凱的話，更加恐懼，在他身後哭成一團。

江雨寒轉頭看了看房間右側的甬道，悄悄地拉拉阿凱的袖子，低聲說：「既然陰兵擋道，前方的路不通，不如……」

一語未完，眾人右方黑霧驟湧，數排亡靈士兵陰惻惻現蹤列形。

江雨寒倒抽一口氣，立即看向左方，另一隊陰兵早已無聲無息的陳列在左側甬道之前，對眾人形成三面包夾之勢。

一直四下偷瞄的雷包也發現了，慌張地向阿凱求救：「阿……」

江雨寒連忙伸手摀住雷包的嘴：「不要叫名字，會讓陰兵有可乘之機！保持冷靜，我們人多氣盛，諒想它們一時半刻不能對我們怎樣。」

她話說得篤定，卻是虛實參半：前半不假，後半不真。但當下為了穩定人心，也只好這麼說。

雷包連連點頭表示理解，江雨寒才緩緩鬆手。

「那……現在該怎麼辦？」雷包小聲地問。「這些陰兵三面包抄，擺明不讓我們通過啊！」

阿凱神色凝重，沉思未答，小胖率先在人群中坐下，從背包拿出餅乾，「卡滋卡滋」的大嚼起來。

「什麼時候了，你還在吃！」雷包瞪了他一眼。

「嫂子不都說了，這陰兵一時不會對我們怎麼樣，你在那窮緊張頂個屁用？」小胖一邊往嘴裡塞洋芋片，一邊含糊不清地說。

「都是那個賤貨把我們害成這樣，你還他媽的相信她的話！如果不是她，我們現在會困在這裡？她想死不會自己去死，憑什麼拉著我們陪葬！」黃可馨低著頭，咬牙切齒地說。

「黃……妳閉嘴！」阿凱轉頭怒斥。「有人逼妳進來？妳自己愛跟，一路上又盡惹麻煩！是誰任意脫隊亂跑掉在泥漿裡？是誰執意不肯循著原路回去？我還沒說妳，妳倒有臉指責別人……」

「好了好了，我們先想辦法離開這裡，要算帳等出去再算！」雷包連忙安撫阿凱。

「不要急啦，大家先填飽肚子再說啊！這些陰兵雖然看起來很可怕，但也只是乾晾著而已，反正敵不動、我不動，我們就和它們比比看誰撐得久。」小胖吃完洋芋片，又拿出一大包玉米棒。

「說什麼鬼話！等你東西都吃光，肚子餓的時候，看你還會不會這樣想！」雷包氣急敗壞地說。

「如果這些怨靈只是在這站衛兵，那還無所謂，我就只怕它們會想不開衝過來啊……」將自己高大身軀縮成一團的百九顫慄地說。

阿凱握緊口袋裡的幾張符咒，思忖著要強行殺出一條生路，還是後退循原路逃生？要是我方人數不多，靠著符籙和乩血的威力強行闖關，或許尚能全身而退，可是……回頭看看身後這群嚇到渾身發抖、哭爹喊娘的夥伴，阿凱不禁嘆了一口氣，鬆開手中的符咒。

他沒有把握可以同時保住這麼多人。

「架回繩梯，我們從剛才爬上來的洞口撤退。」阿凱毅然決定。

「從原路回去？那……那些長毛的人頭怎麼辦？」人群中陣陣驚呼。

「先下去再說！」他低聲沉著地說。

承羽接過江雨寒遞給他的繩梯工具，退回後方門洞，將繩梯固定在崖邊。拿著手電筒協助照明的江雨寒突然低呼一聲。

「怎麼了？」他抬頭看她。

「你看。」她將光線投向黑黝黝的溶洞。

只見無數長著毛髮的人頭狀物體在門洞外盤旋飛舞，有如蝙蝠一般。

「數量好多，可是它們好像不敢接近這裡，略靠近一點，就飛走了。」江雨寒注視著那些人頭的動向。

「這……這到底是什麼？」

「你看過《搜神記》嗎？書上記載：『中國有落頭氏之民，其首夜飛，以耳為翅』，跟這些人頭有點相像，但是感覺又不太一樣……」江雨寒沉吟道。

《搜神記》是晉代干寶撰寫的志怪小說，內容多記錄蒐集自民間的神仙鬼怪故事，其中提到古代南方有「落頭氏」一族，據說該族人晚上睡著之後，頭顱就會離開身體，然後在空中飛來飛去，直到天亮才會回復原狀。

依照《搜神記》的記載，落頭氏除了其首夜飛這一點令人驚悚之外，外表看起來與常人無異，但眼前這些飛舞的頭顱卻十分妖異醜惡，似人非人。

「什麼狀況？」阿凱察覺有異，朝他們走過來。

江雨寒示意他看門洞外飛舞的人頭。

為數眾多的鬼首妖氣森然，散發強烈的惡意，阿凱心中一凜，腦海不自覺浮現「逃生無門」四個字。

「我覺得這些人頭非常詭異，如果大家從這裡撤退，怕是會有危險吧。」她輕聲地說。

阿凱點頭，正想說話，四周驟然響起旱雷般的踏步聲——

橫擋前方甬道的陰兵向眾人踏近兩步，嚇得大家連滾帶爬地往門洞逃來。

「動！動、動了！它們動了！怎麼辦？」嚇破膽的百九拉著阿凱的手猛力拉扯。「我們從這裡跳下去逃走吧？」

雷包也很害怕，但比百九略膽大一些，勉強勸道：「雖然高度不高，直接跳也不是鬧著玩的，萬一不小心摔斷腳，還怎麼逃跑？你先冷靜一點！」

「摔斷腳也比被鬼抓走好！你們不跳，我自己跳！」

阿凱伸手攔住瀕臨崩潰的百九，「從這裡恐怕更危險，外面有什麼，你自己看清楚！」

眾人聞言，紛紛拿手電筒往外頭照，空中飛舞的人頭似乎感應到這些強烈的光線，一窩蜂朝門洞飛過來。

「哇哇哇哇哇！」大家見狀，嚇得驚聲怪叫。

所幸那些人頭飛到門洞前方就盤旋返回，並沒有躥進來。

「這些人頭似乎忌憚陰兵，不敢靠近，但要是我們自己跑出去，那就不好說了。」阿凱皺著眉說。

眾人嚇呆了，好半晌說不出話來。

「那……那怎麼辦？我們大家在這裡等死嗎？」過了一會兒，人群中爆出恐懼的哭號聲。「如果那些鬼陰兵再移動幾步，我們就死定了！大家都死定了！」

「不要害怕，會有人來救我們的。」江雨寒連忙安撫眾人。

「放妳媽的狗屁！誰會來這裡救我們？誰知道我們在這裡？都這種時候了……」黃可馨淚眼怒瞪著她。

「進防空洞之前，我曾交代同事，如果下午一點聯絡不到我，就去搬救兵，他們一定會找人來救我們的。」江雨寒冷靜地說。

「騙人！說謊！現在幾點了妳知道嗎？已經五點多了，如果有人會來救我們，早就來了！」另一個女生哭著駁斥。

「就是說，說不定妳的同事根本不理妳！妳還在這裡幻想！」

「妳是不是以為這樣說，我們大家就會感謝妳？少做夢了！我們現在會困在這裡就是妳害的！」

三個女生輪番圍剿江雨寒，小胖看不下去，一邊啃著玉米棒一邊說：「欸欸！妳們這幾個女的怎麼這樣講話？嫂子託她同事去搬救兵，這不是很好嗎？我們有救了耶，妳們這樣唱衰幹嘛呢？」

黃可馨聞言更加生氣：「誰准你嫂子嫂子的叫！你這個只長力氣不長腦袋的死胖子，輪不到你說話！」

「喂，妳現在是在大聲什麼？小胖說的也沒錯，是妳們幾個太過分了。剛才魔蛭爬到妳身上，好歹是嫂子救了妳，現在翻臉跟翻書一樣了？」雷包忍不住說。

黃可馨瞪大了眼睛，「你們是都喝了這爛貨的符水是不是？竟然幫著她罵自己人！我才不需要她假好心！」

阿凱臉色鐵青，正想發作，江雨寒伸手制止了他。

「我不想和妳們吵架，但我相信我同事一定會想辦法援助我們。要是妳們覺得在這裡發抖哭泣有用的話，那就繼續！」她說完後率先坐了下來，不再理會她們。

承羽也在她身側坐下。「上午進防空洞之前，妳匆匆寫了一張字條交給小鴻，那就是求救信嗎？」他問。

「嗯。小鴻發現我們超過約定的時間還沒回去，就會把信件轉交給信中提到的人，他們一定會來救我們的。」

承羽從她眼中看到憂心忡忡的神色，心知她自己也沒有十足的把握，但他明白她特地這樣說的用意。

「我相信小鴻。」他配合地點點頭。

眾人見江雨寒一派沉著冷靜的樣子，放心不少，停止哭號，紛紛鬆懈地坐下來。

「原來嫂子早安排下了救兵，也不早點說，害我多掉了幾滴淚！」雷包半開玩笑地說。

江雨寒勉強對他笑了一下，沒說什麼。

「萬一……如果在救兵到達之前，這些陰兵又動了，怎麼辦？」隨著大家坐下的百九稍稍鎮定下來，但心裡仍然很害怕。

「我已經做好最壞的打算。」站在眾人前方、保持警戒的阿凱手插口袋，一臉凝重。

「萬一等不到救兵，我們只能硬闖。」

眾人一陣譁然：「怎麼闖？」

「我這裡還有幾張符咒，我會設法擋住陰兵，你們乘隙逃走，如果有人能僥倖逃出防空洞，就去宮廟請我師父過來救人！」

雷包神情驟變，「不會吧！你要驚動宮主？」

「還有其他選擇嗎？」阿凱無奈地說。原本他不敢讓師父知道他擅闖防空洞，但事到如今，他只怕連驚動他老人家的機會都沒有。

「我的前輩很可能就是被這些陰兵攝去魂魄，才會變成現在這樣。非到萬不得已，你不要以身犯險！」江雨寒擔憂地看著他。

「我知道。」

正說著，眾人手中的手電筒同時閃爍了幾下，緊接著「啪」的一聲，四周頓時陷入絕對的黑暗。

原本稍稍鬆懈的眾人又驚慌騷動起來，哭喊、尖叫聲此起彼落。

「怎麼了?手電筒沒電嗎？」

「有沒有備用電池！」

「快打開啊！這麼暗好可怕！」

「根本沒有人帶備用電池啊！不可能這麼快就沒電的吧？」

「手電筒壞了？」

「我不玩了！我要回家！」

「不要亂擠亂動！會掉下去的！冷靜點！」

一陣混亂中，江雨寒從背包摸出一支備用的螢光棒折亮，幽幽的螢光在偌大的空間顯得微弱，雖僅聊剩於無，但也足以讓驚慌失措的眾人暫時安靜下來。

「幫我拿著。」她把螢光棒交給身旁的承羽，藉著黯淡的光線繼續從背包翻找電池，更換新電池之後，手電筒卻仍是不亮。

她皺眉看向阿凱，內心十分不安：「看來不是電池的問題。」

「嗯。」阿凱捏緊口袋裡的符咒，提高警覺戒備著。

失去手電筒的光源之後，四周變得模糊難辨，佇立前方的陰兵像是三座沉默的黑色山丘，靜定不動。

因為看不清楚，反而感覺沒那麼可怕。

「老大，你說這些陰兵把我們困在這裡，是什麼意思？如果它們真的像你說的那麼可怕，為什麼一直不出手？這樣站是要站到什麼時候？真的在站衛兵喔？」雷包好奇地問。

「恐怕是在等待時機。」阿凱神情異常沉重，緊握符咒的手隱隱沁汗。

「什麼時機？」

「陰兵向來入夜之後才會現形，雖然防空洞裡不同一般，但我想它們是在等候陽氣衰竭、陰氣大盛的時刻，例如：日落之時。」

承羽看了看手錶，面露憂慮。「秋冬日落早，最近日落時間都是下午五點五十分左右，差沒幾分鐘了。」

阿凱深吸一口氣，「我知道。」看來只能賭命一拚了，他已做好心理準備。他掏出所有的符咒，看著承羽和江雨寒說：「如果你們能逃出去，千萬不要顧慮其他人，儘速去找我師父——崇德宮的宮主蕭巖，以他的法力，一定有辦法救人！」

「我……」

江雨寒本想說些什麼，踏步聲震地如雷響起，蟄伏許久的陰兵驀然移動了。眾人驚跳而起，倉皇地往狹隘的門洞邊緣推擠，一時險象環生。

「小心！」

「前輩？」兵荒馬亂中，她聽到右側傳來一個熟悉的聲音，轉頭一看，驟見一隻手朝她推來。

她下意識閃避，無奈周圍地窄人多，避無可避，硬生生被那隻手從崖上推落。

「危險！」距離她最近的承羽眼明手快，在她摔落之際及時拉住她的手臂，讓她的身體得以懸在崖邊，免於墜地。

「怎麼了？為什麼會摔下去？」阿凱撿起掉在地上的螢光棒，緊張地蹲身探視。「妳沒事吧？」

「我沒事。」

「別怕，另一隻手給我，我拉妳上來。」承羽說。

「好，謝謝。」

在承羽和阿凱兩人試圖把江雨寒拉起來的時候，一顆鬼首火速朝他們飛過來。

鬼首猶如乾癟風乾的人類頭顱，灰白面皮緊緊綳著髑髏，沒有眼睛，卻有一張極大的嘴，嘴中布滿細長利齒。

見這顆鬼首張大嘴巴襲向承羽的手臂，阿凱連忙出手攔阻，右手手掌準確箝住鬼首兩頰。鬼首不甘受制，甩動著毛髮抵死掙扎。

「天網恢恢，地動山摧，四方靈駕，勗我神威，道法無極，伏妖破邪！」阿凱口中念念有詞，手上勁道登時加重，瞬間將整顆鬼首捏得粉碎，化為一陣灰煙。

「帥啊老大！」身邊雷包諸人忍不住大聲喝采。

阿凱卻絲毫不感喜悅，因為緊接著更多鬼首同時向他們蜂擁而來。

他認命地將所有符咒拈在指尖，準備背水一戰。

就在此刻，他背後突然寒光一閃，一把七星劍破空而至，凌厲鋒芒橫掃前方，頓時妖氛盡蕩。

「宮……宮主！」耳畔傳來眾人驚喜交集的吶喊。

阿凱驚愕地回頭一看，「師父！」

「……怎麼會是你們這群蓋畚箕仔❶？」左手持狼眼手電筒、右手握著七星法劍的蕭巖看著眼前這夥人，表情有些意外。

「宮主，你不是來救我們的嗎？」

「我是來找人的，江家後人在哪？」

1　蓋畚箕仔，台語，罵小孩子的話。台灣早期農村社會將夭折的嬰幼兒以畚箕覆蓋，草草掩埋。

第十一章　萬鬼伏藏

一臉驚魂未定的眾人，在宮主及候在防空洞外接應的三位員警護送下，回到崇德宮。

下車後，宮主一言不發踏進宮門，其中兩名員警則在廟埕上狠狠將大家訓了一頓——

「……你們這群小8+9，成日裡在村子胡鬧滋事也就算了，還敢揪眾溜進禁區，活膩了是不是？還是想學周處除三害，啊？連周處都不知道？就說你們這些小8+9不讀書、不思長進！有那美國時間給大家找麻煩，不如在家好好唸點書，我們省事，你們爸媽也少操點心……」

有些人拳頭緊握、露出不悅的表情，似想頂嘴，但大概知道此時此刻不宜再惹事，只得低頭忍耐。

兩位員警輪流罵了十多分鐘，絲毫沒有休止的打算，最後還是俊毅出面制止了他們——

「好了好了！他們闖的禍，待會兒宮主自會跟他們算帳，在人家廟門前教訓崇德宮的人也不雅相，給宮主留個面子，我們先回派出所吧！」

「如果不是看在宮主的份上，我還真想把這些小王八蛋吊起來修理一番！整天找麻煩！嘖！」兩位員警走向停放警用機車的地方，嘴上還不停地碎碎唸。

眾人鬆了一口氣，有的人朝著員警們的背影大做鬼臉、比中指。

阿凱輕嘆一聲，神態有些疲憊地走進廟裡，大家連忙跟上他的腳步。

江雨寒沒有隨著眾人進廟，而是跑去找正要發動機車的俊毅。

「真的非常抱歉，今天又給你們添麻煩了，我沒想到我同事會報警，驚動你們。」她歉然地說。

俊毅示意其他兩位同事先離開，自己留下。

「沒事啦。因為妳同事說崇德宮宮主堅持不肯幫忙，才慌慌張張跑來報案，沒想到他最後還是伸出援手，我們也沒幫上什麼，只是在防空壕外等宮主把你們救出來而已。」

「不管怎樣，還是感謝你們跑這一趟，浪費你們的時間，真的很不好意思，下一次一定不會再麻煩你們了。」

「下一次？」俊毅挑了挑眉毛。「妳是說，妳還要再進防空壕？」

「呃……這……我是說……」

俊毅笑了一下，「妳還真不怕死。是因為妳同事的手機還沒撿回來嗎？」

不小心說溜嘴的江雨寒無法遮掩，只得承認：「對，不過下次我不會再勞師動眾了。」

反正如今鈞皓不在，不會再有人攔阻她，她決定自己一個人行動。

「就算我勸妳不要去，妳也不會死心的吧？」

「很抱歉。」

她一直覺得神智失常的麗環心心念念自己的手機，必有緣故，也許撿回手機，麗環的精神狀態就有機會好轉，所以無論如何，她一定要這麼做。她也知道警察先生必然會阻止她，不過她並不想說謊騙人。

「好吧！下次妳進防空壕之前，先聯絡我，我跟妳一起去。」俊毅在一張便條紙上寫下自己的手機號碼，塞在她手上。「這是我的電話，我以私人的立場幫妳，千萬別讓其他人知道喔。」

「為什麼？」俊毅的反常行為讓江雨寒十分驚訝。「警察先生，你不是非常反對別人跑進防空洞嗎？」

俊毅沉默片刻，說：「我昨天晚上夢見鈞皓了，外表還是像小時候那樣，我看見他在一片紅色的花海中玩耍，很開心的樣子。」

昨天晚上鈞皓來找過她，大概也去向警察先生道別了吧？因為警察先生八字重，他不能靠近，所以才用託夢的方式。江雨寒心裡這樣想。

「鈞皓跟我提到妳，他說妳這個人有義氣，如果妳遇到困難，要我幫妳一把。」

「呃……這只是夢而已。警察先生，你千萬別當真。」嘴上雖這麼說，江雨寒心裡卻萬分感激——這確實是鈞皓會做的事——他擔心她進防空洞遇到危險，才事先交代了警察先生。

「我本來也覺得是夢，可是我昨天才夢見鈞皓來委託，今天就聽說妳出事，有這麼巧的事嗎？鈞皓一定是真的來找過我吧！」俊毅情緒有些激動，「他真的來找過我，他沒有忘記我，他還記得我這個害死他的人……」

江雨寒看到點點星光在夜空閃爍，也在俊毅的眼中閃爍，突然覺得他很可憐，因為童時玩伴的意外，承受良心折磨幾十年，沒有結束的一天。

「警察先生，你別這麼說，鈞皓……鈞皓並不認為是你害了他。他沒有忘記你，是因為把你當成永遠的好朋友。你這樣責怪自己，他也會難過的。」她安慰地說。

「真的嗎？是他告訴妳的嗎？」

「是……發現鈞皓的遺骨之後，我還……『夢見』過他幾次，是他告訴我的。」

她謹慎地考慮過是不是要把鈞皓曾經當她背後靈的事全盤托出，但她又怕說得太多，警察先生會懷疑她的精神狀態是否不正常，所以還是不說了。

「謝謝妳。」俊毅用手背擦去眼角的淚光。「在妳出現之前，鈞皓從來不曾找我託夢，他一定是相信我可以完成他的請託才會來找我，要是妳需要人幫忙，請務必讓我效勞。」

他說得十分懇切，江雨寒遲疑了一下，只好點點頭，「……好，有需要再麻煩警察先生，感激不盡。」

俊毅跨上警用機車離去之後，她看了看手中寫著手機號碼的紙條，緩緩將之揉掉，丟進金爐旁邊的垃圾桶。

她並不想連累他。

宮主蕭巖回到崇德宮之後，先淨手更衣，恭敬地把七星法劍安放回神案上的劍爐，然後點上一把香，在廟中所有香爐前拜過一遍。

眾人惴惴不安地站在側廳，屏氣凝神，誰也不敢出聲。站了一會兒，不知是誰先跪下，大家突然「咚咚咚」地自動跪成一排，像倒塌的骨牌一樣。

「這是在幹嘛？」阿凱背倚蟠龍柱而立，沒好氣地看著那些跪在地上、縮成一團的人。

「你沒看到宮主的臉色嗎？我們這次玩完了，等一下一定會被修理得金光閃閃，我們識相一點，先跪下認錯，也許待會兒可以少挨幾下。」百九壓低聲音小聲說。

「需要怕成這樣嗎？真沒出息。」阿凱不以為然地說。

「你是知道宮主的脾氣的，最是愛面子，我們違反神諭跑進防空洞，還驚動派出所的員警，鬧得全庄頭都知道了，他還不扒了我們的皮！現在不求饒還能怎樣？」雷包一張臉皺得跟苦瓜一樣，簡直快哭出來了。

「我要求宮主早點放我回家吃飯，我肚子餓扁了。」小胖雖然也跪著，心裡想的卻跟大家不一樣。

雷包推了小胖一下，「吃狼牙棒啦！吃什麼飯？現在還有心情想吃飯，我也真服了你，等一下宮主一定給我們一頓『粗飽』你信不信？撐都撐死你！」

「挨揍我沒關係，不要罰我不准吃飯就好了。與其罰跪不給吃飯，我寧可挨打。」小胖皺著眉頭說。

「你們這些人……」阿凱離開柱子，瘦長的身形微晃了晃，緩緩地跪了下來。

「欸！老大，你剛才罵我們沒出息，自己還不是跪了！」

「是我帶你們闖防空壕，所有的罪責我扛。看是要站刀梯，還是要跪劍山，我一人做事一人當。」

「好啊！不愧是老大！」雷包感動得一把鼻涕一把眼淚。

這時才回到側廳的江雨寒，來到阿凱身邊，跟著跪下。

「小雨，做什麼？」阿凱驚訝地看著她。

「我陪你。」她微笑地說。

「不用，妳走開，沒妳的事。」

「以前你闖禍被叔公罰跪的時候，我不也總是陪著你嗎？」

想起幼年的往事，阿凱的神情不自覺柔和許多。「是啊，小時候只要妳陪我罰跪，我阿公總會馬上原諒我。」阿凱淡淡一笑。「可是宮主不一樣，宮主這個人心狠手辣、鐵石心腸……」

「欸……老大……好像太大聲了喔……」跪在阿凱後面的人害怕地低聲說。

「沒關係，我陪你。」江雨寒說。

站在一旁的承羽和小鴻、阿星在她身邊蹲下。

「小雨，妳真的要在這裡陪跪喔？會不會有事啊？我看那個老人家很凶的樣子耶！」阿星擔心地問。

「別擔心，不會有事的，只是我惹出來的麻煩，不能自己置身事外。謝謝你們，你們先帶組長回去休息吧，組長也折騰了一整天，辛苦了。」

「我沒事，我在這裡等妳，我們一起回去。」承羽說。

江雨寒深知承羽的個性，也不再多說，轉向小鴻說：「對了，謝謝你們及時去請宮主他老人家援助，我們才能平安回來，太感謝你們了。」當時眾人面臨那樣前狼後虎的險境，要是宮主蕭巖沒有及時趕到，她簡直不敢想像他們的下場會如何。

小鴻搔搔頭，「說來慚愧，我不小心睡過頭，兩點才打開妳留給我的信。不過拖到這麼晚才去救你們，可不是我的問題喔，而是這位宮主不肯出手幫忙的緣故。」

「喂！你沒跟宮主說我們困在防空洞嗎？」黃可馨問道。

「我把小雨留給我的信送到這位老先生手上之後，立刻就被他趕出去了，根本沒機會說。」

「非親非故的，居然寫信向我們宮主求助，有夠厚臉皮，以為自己什麼東西！」黃可馨嗤之以鼻。

「黃可馨！嫂子也是為了救我們，妳有必要這樣講話？」雷包罵了她幾句，轉向江雨寒問道：「對了，嫂子，既然妳早已經向我們宮主求救，在防空壕時為什麼不告訴我們？如果妳早點告訴我們，我們就不用怕得要死啊！」

「抱歉，我沒有提早說，是因為我不能確定宮主是不是願意前來救援。」

昨天晚上她和姑媽聯絡，詢問關於當年江家祖厝拆除的原因，言談間提起崇德宮和阿凱家的事。姑媽告訴她，崇德宮及阿凱家與江氏一族關係匪淺，如果住在村裡的這段時間遇到困難，可以找崇德宮現任宮主幫忙；只要報上潁川江氏的名號，對方絕對不會袖手旁觀。但她畢竟和崇德宮現任宮主不相熟，即使姑媽說得信誓旦旦，她也不敢過於奢望，只是孤注一擲罷了。

「說得也是，我們宮主的口頭禪就是『不管閒事』，居然會為了嫂子的一封信就親自衝到防空壕救人，也真是奇了。」雷包小聲地說。

「他老人家看了小雨的信之後，原本是拒絕相助的，所以我和小鴻才會跑去派出所報警，還被那幾個警察狠狠地臭罵了一頓，結果他們也沒幫上忙啊！」阿星說。

「怪了，既然宮主拒絕相助，為什麼又突然帶著七星劍衝防空壕？」百九奇怪地說。

「我哪知道……」

正說著，蕭巖已朝拜完畢，往眾人的方向走過來，威嚴的目光聚焦在江雨寒身上，沒有看其他人。

「寫這封信給我的人，就是妳嗎？」

他攤開一張A4紙，只見上面寥寥三行——

伏乞崇德宮宮主垂援

西北防空洞

潁川江後人頓首

措辭雖極恭敬有禮，字跡卻龍飛鳳舞，顯見是倉促之間疾書而成，且「伏」字右上角還漏掉一點。

江雨寒連忙回答：「是，晚輩冒昧驚動伯伯，十分抱歉。」

「崇德宮向來不涉因果、不管閒事，就算是出自潁川江氏一族的請求，我也不是非答應不可。」

阿星湊近小鴻耳邊竊竊私語：「下午我們來求援的時候，姿態擺得半天高，最後還不是乖乖去救人，這老人家也口嫌體正直，那句日語怎麼說來著，口が嫌だと言っても……」

小鴻用手肘撞了他幾下，示意他閉嘴。

蕭巖沒有理會他們，繼續對著江雨寒說話：「但我考慮再三，最後還是決定進防空洞救人，妳知道為什麼？」

江雨寒搖搖頭，「我不知道。」

「因為這個字。」蕭巖指著A4紙上那個少了一點的「伏」字。「我原以為這是急忙間寫錯的字，後來仔細一想，應該是故意缺筆迴避直系尊親名諱，是不是？」

「是。」

蕭巖鎮定嚴肅的臉龐難得出現了一絲急切，「果然！君家尊諱伏藏的前輩，和妳是什麼關係？」

「正是先祖父。」

「妳是伏公的孫女？看妳的年紀不大，是江家雨字輩中最小的阿寒嗎？」

「是。」乍聽到「阿寒」這個稱呼，江雨寒莫名有些感傷。小時候只有阿公會這樣親切地叫她，而阿公早已不在人世了。

「居然是阿寒！伏公駕鶴之後，江氏全族匆匆搬離村子，十多年全無音訊，沒想到還能再看到妳！」蕭巖屈身把江雨寒扶起來。「快起來！快起來！跪在這裡做什麼？」

「謝謝伯伯，那阿凱他們……」

蕭巖這才瞥了眾人一眼，「你們出去，我有話跟阿寒說。」

眾人想不到宮主這麼輕易就放過他們，都是一臉難以置信的樣子。

「宮主，你不處罰我們了？」雷包怯怯地問。

蕭巖冷冷地說：「想死不怕沒鬼可做，都給我滾！」

眾人巴不得這一聲，立即連滾帶爬地鑽出廟門。

阿凱看了江雨寒一眼，緩緩地轉身走出去。

「組長，你們也先回去吧，我在這裡不會有事的。」

眾人都離開之後，蕭巖讓江雨寒在側廳旁的辦公室坐下，親手替她張羅茶水點心，一副準備長談的架勢。

「好久沒有你們江家後人的消息，這些年來，你們過得如何？」

「這我也不清楚。」江雨寒據實以答。「我們族人遷走之後，四下離散，我也不知道其他親戚在哪裡，我唯一有聯繫的，只有二姑媽一家而已。」

蕭巖聽了，不勝唏噓。「潁川江世家大族，不料後代子孫這般飄零。那令尊還好嗎？」

「離開村子不久，我爸爸就失蹤了，至今下落不明。」

「是嗎？我記得妳幼年就失去母親，爸爸又下落不明，煢煢孤女，何以維生？」

「幸蒙二姑媽收養，姑媽對我很好。」

「可憐、可憐！」蕭巖憐憫地看著她。「伏公生前最疼愛的孫女落得寄人籬下！伏公天上有知，是否後悔當初……」

蕭巖話說到一半，嘆了一口氣，不再繼續說下去。江雨寒雖然好奇他想說什麼，卻也不好意思多問。

「算了，不談這些。剛才回來的路上，俊毅跟我說了妳執意進防空壕的原因，他希望我不要過於責備妳。」

「對不起，伯伯，您盡量罵我沒有關係，處罰我我也接受，因為我的請託，阿凱他們才會闖入防空洞，一切都是我的錯，還請您寬恕他們。」

蕭巖擺擺手，「那群孩子，惹事生非、搗蛋闖禍不是一天兩天的事，我懶得理會他們。妳為了朋友的執著，我也可以諒解，只是這種行為，希望沒有第二次。」

江雨寒猶豫了一下，說：「對不起，伯伯，我絕對不會再拉著阿凱去冒險，但我個人……可能無法答應您。」

「我不擔心阿凱。今天如果不是累贅太多，以他修為要護著幾個人全身而退，還是綽綽有餘。我擔心的是妳，妳不應該去那個地方。」

「可是我……」

「妳知道，你們潁川江氏一族已在這村裡扎根數百年，一向好端端的，為什麼要在一夕之間倉皇出逃，導致數百族人顛沛流離嗎？」蕭巖乍然話鋒一轉。

「我不清楚，那時候我還小，只記得彷彿聽大人說過，因為爺爺仙逝，所以我們不能繼續住在村子裡。我還是昨天聽阿凱說才知道，我們江家古宅早已經全數拆除，且翻地三尺，如今一片荒蕪。」

昨晚她打電話問姑媽，拆除祖厝的原因，可是姑媽說她也不曉得，阿公生前只交代一定要這樣做，沒有細說原因。

「這都是因為伏公在防空壕設下封印的緣故。」

「封印？什麼封印？」江雨寒大感驚訝。村裡妖異傳說甚多，但她從來沒聽過此事。

蕭巖告訴她，距今大約七十多年前，村子西北方的山區突然出現妖物作亂，深夜或陰雨天常聞鬼哭，上山撿柴的諸多村民無故失蹤，過了許久才被發現頭顱倒掛在無人能達的山崖樹梢。

過了一段時間，作亂的妖物行跡更加猖狂，漸次騷擾附近的村莊，鬧得人心惶惶、民不聊生。

當時在崇德宮修行的青年江伏藏前往探查，發現妖物出自山腳的防空壕，因數量過多，無法全數殲滅，在纏鬥若干年之後，最終借助神明和靈獸的力量設下法陣，將妖物封印在洞壕深處。

江雨寒怔怔地聽完這個故事，心中半信半疑。

她不敢質疑蕭巖宮主說的話，只是事件發生的年代距今七十多年，也不算太久遠，為什麼不曾聽其他親戚或村民談起這個傳奇？而且她從來不知道自己的爺爺有什麼法力，只記得爺爺很疼她而已。

「封印之事，是村裡的禁忌，數十年來無人敢提起，且知悉內情的人也不多，之所以破例告訴妳，除了因為妳是伏公直系子孫，有必要知道之外，就是希望妳不要再涉足防空壕，那裡不是妳可以靠近的地方。」蕭巖正色告誡。

「謝謝伯伯告訴我這件事，若不是您告訴我，我真無從得知，但我的朋友在防空洞出事，至今神智不清，我幫不了她，只是想多少為她做一點事……所以，恕難從命。」

「妳執意再進防空壕？」

「是，很抱歉。」

蕭巖輕輕一笑，並不惱怒。「知其不可而為之，這性情像極伏公。這樣吧，如果只是要撿回掉在那裡的手機，且靜候幾日，我有辦法。」

「伯伯，請不要冒險，我不敢以自己的私事煩瀆伯伯。今天是因為看到那麼多人要進防空洞，唯恐變生不測，才斗膽……」

蕭巖打斷她的話：「稱不上冒險，只是，我也只能幫妳到這裡，崇德宮向來不管閒事，更不能觸犯村中禁忌。還有，今天看到妳，我很高興，不過，希望妳儘早離開村子，不要久留。」

「為什麼？」

「當年伏公預知自己的死期，於是告誡江氏族人在他升遐之後務必盡速離開村子，同時委託阿凱的阿公代為拆除江家祖厝、並掘地三尺。江家人不能留居此地，這是伏公遺命。」

原來是這樣，難怪阿凱可以及時移植她們家的紅花石蒜。江雨寒恍然大悟。可是，為什麼要做到這個地步呢？她提出她的疑問。

「原因伏公沒有多說，料想和防空壕的封印有關。」

「我知道了，謝謝伯伯。可以再問伯伯一件事嗎？」

「妳問。」

「那個防空洞裡，為什麼會有數量那麼多的妖物和陰魂？那些陰兵是怎麼來的？」

蕭巖神情微變，但隨即鎮定如常。「我不清楚。伏公設下封印的時候，我也還沒出生。」

「喔……」

「如果妳想知道更多，翻找伏公生前的手札，或許有線索。」

「可是先祖父逝世之後，所有遺物都付之一炬了。」江雨寒遺憾地說。

「廟後方有一棟伏公晚年清修時住過的紅瓦厝，自伏公辭世閉鎖至今，妳閒時可以進去看看。」

「真的嗎？謝謝伯伯！我可以現在就進去看看嗎？」

「現在時間有點晚了，不過妳若不覺得累，就隨妳吧。」

江雨寒謝過蕭巖，前往廟後方的紅瓦厝。

那棟小屋座落在竹林深處，此時雲翳月隱，林下小徑格外陰暗；習習夜風吹動竹叢，互相摩擦的竹竿發出似哭似笑的詭異聲響。

但因為此處離廟宇不甚遠，江雨寒心中倒也不怕。

走到鐵鏈扃鎖的木板門前，她忽想起自己的手機放在側廳的背包裡，便折返回去拿。

正要踏進側廳，隱隱聽到蕭巖不知在對誰談話——

「……罪孽深重，天理不容。崇德宮向來不管閒事，但若想替天行道，也不過舉手之勞。」

「不！請您放過她！」竟是承羽的聲音。

第十二章　鹹首破骸

承羽開車送小鴻、阿星回到別墅之後，因不放心江雨寒，所以又跑回崇德宮。

蕭巖告訴他，阿寒在廟宇後方的磚瓦屋。

「謝謝，我可以去找她嗎？」

「當然可以。」蕭巖定定地看著他。「不過在那之前，先把你的業障處理掉如何？」

承羽驚愕地愣在原地，「您看到了？」

蕭巖望向廟埕外圍那片沉睡在靜夜下的柚子樹林，微微蹙眉。「大殿神光爍爍，陰魂莫敢靠近，只在遠處徘徊。但這怨靈十分凶惡，即使距離遙遠，我仍感應到她背負的罪孽深重，天理不容。崇德宮向來不管閒事，但若想替天行道，也不過舉手之勞。」

「不！請您放過她！」承羽情急地說。

「此鬼怨力強大，極具攻擊性，你何以袒護？」

承羽神情黯然，「她……她也曾經是個可憐人，生平悲慘，不忍心再見她魂飛魄散。」

「罷了！惡貫滿盈，自有天命誅之，我也不想多事。」

「謝謝您高抬貴手……」

「不過，我怕她終究會對你下手。」蕭巖說著，鄭重地從五斗櫃中取出一個長型檜木雕花小盒，遞給承羽。「拿著。」

他遲疑地接過那個精緻異常、看起來很有歷史感的小木盒，「這是？」

「本庄修為最高深的道者留下的五雷符，威力雷霆萬鈞、所向披靡，本殿也僅剩下這麼一張，用來對付區區怨鬼是浪費了，但還是送你防身，若有變故，不必婦人之仁。」

「這……既然這麼珍貴，我不能收。」承羽想把盒子還給蕭巖。

蕭巖搖搖頭。「此符是阿寒的祖父伏藏公親手所繪。今日防空壕中，我見你在厲首的襲擊之下，仍緊緊拉著阿寒的手，這份恩德，伏公在天之靈也會感謝你的。」

「我救小雨是應該的。」

「那這五雷符送你，也是應該的。好了，我還有事，就不奉陪了，你自便吧。」

蕭巖擺擺手，不再和他多說，轉身走向正殿，將供在神像前三杯茶水中間那杯倒進乾淨的塑膠袋中，逕自離開了。

承羽見對方堅持不肯收回，只得將裝有五雷符的小木盒放進自己的背包。才剛收好，背後就響起一個熟悉的聲音——

「組長，你怎麼會在這裡？」

承羽轉頭一看，江雨寒正從側廳小門走進來。

「剛才打電話給妳，妳沒接，我不放心，所以過來看看。」

「抱歉，我的手機正好沒放在身上，不知道你打給我。」江雨寒歉然地說。「蕭伯伯人呢？」

承羽仔細打量她的表情，見她神色如常，並無異樣，應該是沒聽到之前他和宮主的對話吧？不禁暗自鬆了一口氣。

「他將神像前方中間那杯茶水倒進透明塑膠袋裡，然後就離開了，不知去哪裡。」

「伯伯取走中杯茶？」

在民間信仰中，敬奉過神明的茶水具有奇效，尤以中杯殊勝，俗稱「中甌茶」。伯伯這時候帶中杯茶上哪去呢？江雨寒微微感到憂心。

「怎麼了？有什麼不對勁嗎？」承羽注意到她細微的表情變化。

「沒事。」江雨寒搖搖頭，不欲多說，隨即走向正殿，跪在拜墊上，雙掌合十默禱。

承羽走過來，也學她的樣子，跪地膜拜。

拜完之後，江雨寒起身，指著立在神桌旁的大型竹製籤筒說：「組長，你抽過詩籤嗎？」

「沒有。我很少到宮廟，沒機會抽。」

「這個詩籤很有趣，小時候我和阿凱常來這裡抽籤玩耍。」想起童年舊事，江雨寒不禁微笑。「我還記得阿凱總是抽到同一支，好奇怪。」

「他抽到什麼內容的籤？」

「出自《樂府．雞鳴》的典故：『李代桃僵』。阿凱剛好姓李，很巧吧！」

「那妳抽到什麼？」

「我不記得了，我每次抽到的都不一樣。小時候只是抽著玩耍，從沒當成一回事。我們現在來抽抽看吧！」她提議道。

「好啊！」

承羽欣然同意，率先從籤筒中掣出一支籤，江雨寒也跟著抽出一支。

「先看看你的。上面寫什麼啊？」

「《詩經．素冠》：『與子同歸』……」他輕聲唸著，突然神情驟變。

「與子同歸？與……子同……歸……」江雨寒也不自覺皺起眉頭。

她從小在祖父的教導下熟讀五經，自然通曉「與子同歸」的典故涵義，但不知道為什麼，她當下直覺聯想到的竟是詭異的諧音──與梓桐歸。

真不吉利啊。看組長的表情，該不會也聯想到了吧？她逕自抽走承羽手中的籤，放回籤筒，「隨便看看就好，別放心上。現在來看我的籤吧！」

「嗯，好啊！」他勉強一笑，接過江雨寒的詩籤。「妳的是《東征傳》：『風月同天』。」

「風月同天？這典故倒少見，有什麼涵義呢？」

「這四個字讓妳聯想到什麼？」

江雨寒不假思索地說：「我只想到易經卦象，風在天上，為『風天之卦』。」

「風天之卦代表什麼？說來慚愧，我對易經一竅不通。」

「意指小有蓄積，但能力未足，不宜輕舉妄動……」她說著說著，忽然轉頭望向慈藹的神像。

莫非這是神明賜予她的指示嗎？要她別輕舉妄動？

但她很快就否定這個念頭，說：「不可能的，我們抽籤之前沒有事先請示神明，抽到的籤便不作數。不玩了，組長，我們回去吧！」

車子行駛在幽暗的小路上，山間籠罩的濃霧給人一種沉重的壓迫感。

江雨寒一直握著自己的手機，一下子滑開螢幕，一下子又關閉，反覆數次，有所躊躇的樣子。

「妳怎麼了？看起來憂心忡忡。有什麼事嗎？」

「我想打電話給阿凱。」

「哦？」

「我之前看他好像氣色不太好的樣子，不知道有沒有事。可是這麼晚了，我怕打擾他睡覺……還是明天早上再打好了。」

「他今天確實辛苦了。麗環手機的事，妳打算怎麼做呢？」

「蕭伯伯說他會幫我，要我靜待數日。」

「那就好，這樣我就放心了。」承羽長長吁了一口氣。「明天我要回公司了，已經答應董事長，不回去不行。」話雖這麼說，他卻是前一刻才下定決心。

「應該的，組長離開公司太久了，難怪董事長著急。我和小鴻他們會好好照顧前輩，你不用擔心，劇本我們也會按時寄給你，絕不拖延。」

承羽點點頭，「明早麻煩妳開車送我去高鐵站。」

「咦？為什麼？」

「山村交通不便，車子留給你們使用。反正我回去之後，還有公司的配車可以開。」

「謝謝你，組長。」

組長真的是個大好人，又溫柔又體貼又善良，唯一美中不足的地方，大概就是被鬼纏住了……江雨寒忍不住這麼想。

「對了，晚上玉琴有跟我聯絡。」

「前輩今天狀況好嗎？」她連忙問。

「玉琴說，今天傍晚麗環一直昏睡，囈語不斷，不過語調奇異且細微，她都聽不懂，只有接近六點時說的一句話，她聽清楚了。」

「前輩說了什麼？」

「她說：『小心』。」

江雨寒心中一凜，背脊發涼。

今晚接近六點的時候，她還在防空洞裡，被那隻不知名的手推下斷層之前，隱約聽到有人對她說了一句小心，聽起來很像是麗環的聲音……

目送承羽搭乘高鐵遠去之後，她獨自開著車返回山村。

因為一早撥打阿凱的手機一直無人接聽，於是她到市場買了一些禮盒和水果，直接跑到阿凱家探視。

阿凱的母親沈秋棠看到她，高興異常，立刻將她抱個滿懷。

「十幾年不見，小雨都長這麼大啦！越長越漂亮，簡直像極妳媽媽當年的模樣。」沈秋棠一手拭淚，一手親暱地拉著江雨寒，在沙發上坐下。「妳媽媽在我們村子可是出名的美人，剛嫁過來的時候轟動了整個庄頭……對了，小雨對自己的媽媽沒印象吧？因為小雨很小的時候，媽媽就已經……」

阿凱的爸爸李景揚不悅地打斷沈秋棠的話：「小雨難得回來，妳說這些做什麼？」

「抱歉抱歉，一看到小雨，我就忍不住想起穎華……」沈秋棠拿起衛生紙擦掉眼淚。

「不好意思，小雨，伯母說錯話了。」

「沒有關係，我對媽媽完全沒有印象，族人也很少提起她，能夠聽到關於她的事，我很高興。」

「妳現在住在哪裡？江家大宅已經不在了，如果不嫌棄的話，住到伯母這裡來吧！我們家空房還有好幾間。」沈秋棠熱心地說。

「謝謝伯母，我住在二姑媽的別墅，那裡環境還可以。」

李景揚重新泡了一壺茶，倒了一杯遞給江雨寒。「昨天阿巖來找我，提起妳回到村子的事，秋棠高興了一整個晚上，我知道她有很多話想跟妳說。不過，妳是來找阿凱的吧？」

「對，阿凱在家嗎？我打了很多次電話給他，他都沒有接，我有點擔心。」

「阿凱發燒了，昨晚昏睡了一夜。一大早他那群狐朋狗黨來鬧了他好一陣子，我剛才去看他，他又沉沉睡去了。」沈秋棠說。

「發燒?為什麼?」江雨寒驚訝地說。

「他這體質,只要去到不乾淨的地方就會大病一場,只是這次好像特別嚴重呢!」沈秋棠皺著眉頭,面露憂色。「我們昨天帶他去掛急診,吃了醫生開的藥,好像也沒比較好。」

江雨寒心中一陣難過,低頭致歉:「對不起,是我害的,我不應該叫阿凱陪我去防空洞,對不起……」

「沒事,阿巖說了,就當成給孩子的一次修煉,不算什麼。」李景揚不以為意地說。

「有阿巖在,也出不了什麼事。」

李景揚的寬慰,讓她更加愧悔。「真的是很抱歉!」

「沒事啦,不要這樣。」沈秋棠安慰地握著她的手。「我雖心疼阿凱,但他是男孩子,我知道就這點病痛,他擔得住。」

李景揚轉向沈秋棠:「對了,剛才說到隔壁庄承天府今天進香的事,妳到底決定怎麼樣?主委一大早打了好幾通電話來跟我確認。神轎下午就要起駕了,要早點給人家答覆。」

「就……就不去了吧!」沈秋棠說。

「不去?」李景揚大皺眉頭。「妳這個人怎麼這樣?我們幾個月前就答應對方要去幫忙,現在臨時說不去就不去,妳好意思?」

「孩子生病了，高燒不退，我哪裡還有心情去進香！又是三天兩夜的行程，丟下阿凱一個人在家，誰照顧他？要去你自己去。」

「我們崇德宮有事的時候，承天府也是大力幫忙，從來沒有第二句話，這次阿凱因為發燒不能去幫忙，我已經很不好意思了，連妳也不去，叫我面子往哪放？」李景揚微有慍色。

「是孩子重要，還是你的面子重要？」沈秋棠不悅地瞪著李景揚，聲音也大了起來。

眼見他們好像要吵起來，江雨寒連忙說：「伯父、伯母，如果你們信得過我，這幾天我來照顧阿凱。」

「真的嗎？」沈秋棠突然眼睛一亮。「妳真的願意照顧他？」

「真的，我害他發燒，照料他是應該的，如果你們放心的話……」她誠摯地說。

「放心、放心！有什麼好不放心的！」沈秋棠立刻轉向李景揚：「告訴承天府主委，我們馬上就過去。」

走進阿凱位於二樓的房間，一陣熟悉的氣息迎面而來，讓她好像回到小時候。阿凱的房間還是如她記憶中那麼大，空中仍飄著窗外紫荊花的香氣，一切猶似當年，卻令人悵惘。

她放輕腳步走到阿凱床邊，他仍沉沉睡著，棉被半掩；或許是發燒的緣故，雙頰緋紅，眉宇微蹙，神情不太安穩。

她輕輕幫他蓋好棉被，四周看了一下。

房裡很整齊，但床邊的茶几上堆滿雜七雜八的東西，有幾個炸雞桶、幾隻烤鴨、汽水、啤酒、A漫、水杯、藥包、寫真集、耳溫槍、各種水果，地上還散落了幾顆碩大的榴槤和波羅蜜。她心想大概是剛才他的朋友拿來的吧！

什麼東西都有，就是沒有退熱貼。

她從背包拿出小毛巾，到浴室打濕之後，摺成適當大小，輕輕敷在他滾燙的額上。

冰涼的觸感讓他陡然從睡夢中驚醒。

「小雨？」他睜大眼睛，怔怔地看著她。「我又做夢了？」

「對不起，吵醒你了。」小雨用手背輕輕碰觸他的臉頰。「身體還是很燙，你早上吃過藥了嗎？」

阿凱沒有回答，依舊瞪視著她。「妳怎麼會在這裡？」

「早上打電話給你，你都沒接，我就直接過來了。」

「是嗎？」阿凱的手在床上摸索，「手機不知丟哪去了。」

「我幫你找找。」

「不用了，不重要。」他把貼在額頭上的濕毛巾拿下來，看了一眼。「我沒事，妳可以回去了。」

「燒成這樣，怎麼能說沒事呢？」她接過那條小毛巾，翻面折好，重新貼回他額上。

阿凱有氣無力地拉過被子，兜頭蓋住。「真不想讓妳看到我這窩囊的樣子。」

她把被子拉下來，幫他齊肩蓋好。「不要這麼說，都是我的錯，我不應該拖你去防空洞那種地方，害你高燒不退……真的很對不起！」

「……沒什麼，妳不要自責，這點小病小痛都頂不住的話，不是男人。」阿凱見她難過，忍不住反過來安慰她。

他說這話的神態，讓她依稀想起當年青梅竹馬的小男孩，不禁莞爾一笑，「我知道阿凱最棒了。」她讚許地說。「你先休息，我去煮粥，桌上這些炸雞烤鴨，你大概吃不下吧。」

「妳什麼時候回去？」

「煮好就回去了。」

他明顯鬆了一口氣。

「回去拿行李。」她接著說。

「拿行李做什麼？」

「我這幾天要在你家打擾。」

阿凱大驚失色，「為什麼？」

「我答應伯父伯母要好好照顧你。」

「我媽呢？」

「伯父伯母出門了，他們好像要跟承天府的進香團，三天兩夜。你放心，這幾天我會住在你家陪你，直到你病好。」

「……可以不要嗎？」

「可能不行。」她微笑地說。

深夜十一點多，她看著吃過藥的阿凱沉沉入睡之後，自己回到隔壁的小房間。梳洗完畢，正想上床睡覺時，意外接到組長的電話。

「抱歉，我回到公司之後，董事長交辦很多事項，忙到現在才能打電話給妳，有打擾到妳嗎？」承羽一貫溫文有禮的口吻。

「沒有，我還沒睡，組長有什麼事？」

「那個……妳前幾天傳的檔案，能再寄一次嗎？我剛才整理信箱時，不小心誤刪了。」

「可是，我現在在阿凱家，沒帶筆電。組長有急用嗎？」

「妳在阿凱家？這麼晚了……」承羽的語氣有些驚訝。

「阿凱發燒了，他爸媽不在，我這幾天要在他家照顧他。不然這樣好了，我現在打電話請小鴻開我的筆電，把檔案傳給你。」

「……好，那……就麻煩你們了。」

處理完檔案的事，她躺在床上，很快就睡著了。可是夢境並不安穩。

她夢見自己深夜在漆黑的片場大門外徘徊，好像有所等待。

突然幾隻大手從後方抓住她，七手八腳地將她拖到附近長滿蘆葦的荒地。

她驚恐地抵抗，卻是徒勞無功。

那些看不清長相的人緊緊壓制住她，粗暴地撕裂她身上的衣物。

一陣陌生的痛楚襲來，讓她淒厲慘叫，幾近瘋狂。

「……小雨！小雨！妳怎麼了？」

渾噩中，她聽到阿凱的聲音，連忙睜開眼睛。

只見阿凱在她身邊，焦急地喊她的名字，她卻看不清他的表情，眼前一片模糊。

「妳怎麼了？嚇成這樣，做惡夢了嗎？」阿凱用手幫她擦去臉頰的眼淚，可是淚水越擦越多，像潰堤的洪流。

江雨寒用力地眨眨眼，好一會兒才回神。

她發現自己好端端地睡在阿凱隔壁房間的床上，而阿凱此刻就蹲在床邊注視著她。

「……夢？我做惡夢了。」大概是剛才在夢中叫得太慘烈，她的嗓音有些嘶啞。「對不起，吵醒你了……」

她掀開被子，想起身拿衛生紙擦眼淚，不料阿凱竟驀然撲了上來，大掌牢牢抓住她的手腕，將她壓在床上。他的重量讓她忍不住悶哼一聲。

隔著兩人身上的衣物，她仍感覺得到對方身體的高熱，而且比白天時更滾燙，幾乎要灼傷她。

「阿凱？你沒事吧？怎麼了？」

他沒有回答，灼熱的雙唇在她頸間狂野地吸吮著。

「阿凱！」她恐慌地掙扎閃躲。

阿凱倏地抬起頭，唇角微揚，勾勒出一抹冷笑。「以為我現在虛弱，就想控制我？太天真了……」

他放開江雨寒，雙手以飛快的速度在胸前結起印契，隨著結契的動作，口中誦念咒令：

「乾元資始，日月貞明，神光昭著，至道無形。除邪蕩穢，廣祐生靈！」

音量雖不大，卻厲如金石，擲地有聲。

黑暗中，只見胸前結印的雙手紫光隱隱，似有雷霆流竄。

咒語甫落，一道鬼影便猛地從他體內彈躍而出，踉蹌立於窗前。形容狼狽，仍猶自張牙舞爪。

江雨寒驚慌地抱緊棉被，藉著透進屋內的清冷月光偷偷打量。

這隻惡鬼長髮散亂，一身白衣，乍看之下還以為是曾多次騷擾她的劉梓桐，但一經細看就知不是，因為這鬼面貌猥瑣，看起來像個獐頭鼠目的中年大叔，令人見之生厭。

此時惡鬼被阿凱逼到角落，一雙賊眼卻仍覬覦地緊盯著縮在床上的江雨寒。

將企圖附身作惡的鬼魂逼出體外後，阿凱緩緩吁了一口氣，有些疲倦地說：「天道好還，恣凶逞惡，自有天誅，但你既犯我，我就不客氣了。」

阿凱將右手食指中指併攏，劍指朝天。「聚五方之氣，借七星之靈，急急如令，聖威奉行——天樞破穢、天璇斬邪、天璣滌妖、天權……」隨著他的念誦，劍指上方紫氣翻湧，氤氳之中漸次浮現金色七星光點，最終連線形成一把七星光劍，靈燁爍爍。

惡鬼見此靈光，更加畏懼不安的往牆角縮去。

不料才過了幾秒，阿凱手上的七星劍影遽然消失。

「啊，我的真氣不足……」阿凱看著靈燁消散的右手，濃眉微蹙。「沒關係，就算只用左手，我也可以把你釘在牆上……」

惡鬼見有可乘之機，突然暴跳而起，從另一側衝向床上的江雨寒。

阿凱踏罡步斗向左橫移，一掌攫住惡鬼的臉孔，狠狠將它甩飛出去。惡鬼重重撞到牆上，向下滑落時，阿凱箭步向前，單掌掐住它的脖子。

「我不是說了嗎？只用左手，我也可以把你釘在牆上啊。」

他加重左手的力道，被固定在牆上的惡鬼面目極度扭曲，有如獸爪的雙手在胸前合十，並發出嗚咽的困獸哀號之聲。

「求饒？遲了，你犯了我的大忌。」阿凱左手手掌逐漸收攏，惡鬼四肢拚死扭動，喉間發出咯吱咯吱的聲響。魆地手勁一暴，惡鬼咽喉應聲而碎，醜惡形骸隨之灰飛煙滅。

在惡鬼化為黑色煙塵的剎那，另一道模糊的白色靈體瞬間脫逸而出，火速往門口衝去。

「那是?!」江雨寒忍不住驚呼。

「還有一隻，可惡！」阿凱轉身欲追，追了幾步，身形一陣晃動，高瘦的身子忽然向前逕直撲下。

江雨寒見狀，連忙衝下床扶住他。然而瘦弱的她完全支撐不住阿凱的重量，立刻被他壓倒在地，成了他撞擊地面的緩衝墊。

「阿凱，怎麼了？」

她忍著渾身疼痛，勉強坐起，急忙查看伏在她懷中一動也不動的阿凱。只見他雙目緊閉，對她的呼喚毫無反應。

昏倒了？她直覺想叫救護車，但再仔細審視，阿凱鼻息均勻穩定，似乎只是睡著了。見他沉睡的容顏平靜寧和，她才鬆了一口氣。

或許是一時精氣耗損過度，讓他好好睡一覺就沒事了吧？她這樣想。

但是阿凱壓在她身上，要怎麼睡？憑她的力氣，沒辦法將體型比她高大許多的阿凱扛回床上；直接讓他躺在堅硬冰冷的花崗岩地板上，又好像太殘忍了。猶豫了一會兒，她努力伸長手扯下垂掛在床沿的棉被，裹在阿凱身上，讓他維持靠在她懷裡的姿勢睡著。

那個惡靈……劉梓桐應該不會再回來吧？隔著棉被抱著沉睡的阿凱，她腦中只有這個念頭。白色靈體從中年大叔惡鬼身上脫蛻而出時，她看得很清楚，那怨毒的臉孔、瞪向她時那充滿憎恨不甘的眼神，確實是劉梓桐。但為什麼？劉梓桐不是應該隨著組長離開了嗎？為什麼又來找她？還附在阿凱身上想對她不利，她們有什麼深仇大恨？何以不放過她？

難道是因為組長身上帶著爺爺的五雷符，劉梓桐不敢靠近，所以改纏上她嗎？

昨天晚上，她在側廳外聽到蕭伯伯和組長的對話。

她和蕭伯伯一樣，有著同樣的疑問——劉梓桐這麼凶惡，多次作祟傷人，為什麼組長還要護著她？日前那次遇襲，若不是碰巧身上沾著阿凱的血，他們兩人大概凶多吉少。

組長說劉梓桐是個可憐的人，生前境遇悲慘。就因為她可憐，所以要容忍她作惡嗎？還是因為劉梓桐悲慘的生前境遇，和組長有關，所以才明知她作惡多端，還不得不袒護於她？

她不由自主想起曾在組長房裡看過一張漂亮女孩子的照片。

事情真相如何，她不得而知。不過她怕組長尷尬為難，所以假裝什麼都沒聽到，也不想追問。爺爺留下的五雷符在組長手上，要不要使用，相信組長自有決斷。只是沒想到，組長離開了，劉梓桐竟沒有跟著走，反而變本加厲。雖暫時被阿凱打退，但會不會去而復返呢？

此時蟾宮斂形，密雲橫天，凜凜山風從微啟的窗縫襲入，僅穿著單薄睡衣坐在地板上的江雨寒忍不住一陣哆嗦。

「小雨……」懷中的阿凱突然低聲輕喚。

她連忙低頭探視，「阿凱？」

「小雨別怕……」

只見他依然沉睡，唯有雙唇微微翕動，片刻歸於無聲。

江雨寒不禁莞爾，用棉被裹緊他，輕輕拍了拍，「有你在，我不怕。」

她從小格外依賴阿凱，雖然他的年齡不過跟她一樣大，但個性沉穩，比她那些年長的堂兄們可靠得多。可是隨著年歲漸長，阿凱不知道為什麼變得很討厭她，常拿可怕的毛蟲丟她、一夥人去山上和廢墟玩的時候把她一個人丟包、扯斷她綁辮子的蝴蝶結、命令大家孤立她……她開始害怕阿凱，兩人漸行漸遠。

直到蛞蝓事件，她有生以來第一次哭著對阿凱說再也不理他的時候，他們這對青梅竹馬算是徹底決裂了。

過沒多久，祖父仙逝，她跟著族人匆忙搬離村子，從此再也沒有回來過。

昨天和伯母沈秋棠聊天，伯母說阿凱在得知她離開之後，難過得好幾天不吃飯，日日跑到已被夷為平地的江家舊址徘徊，這真是她始料未及的。

或許阿凱雖不喜歡她，但在心裡還是把她當成青梅竹馬的好朋友吧？畢竟在兩小無猜的童稚時期，他們兩人也曾經那麼要好。所以這次她貿然向阿凱求助，他明知自己的體質不應該去那種鬧鬼的地方，卻還是義無反顧地幫她一把。

江雨寒凝視著像個孩子般熟睡的阿凱，心裡十分感激。她伸手摸摸他的額頭，指尖傳來的體溫讓她放心不少。

但她不明白的是，阿凱的體質為什麼變成這樣？以前他們和村裡的孩童們最喜歡在山村四處探險，墳山、墓園、鬼屋、廢墟無所不至，不管去過多可怕的地方，隔天阿凱還是活蹦亂跳、生龍活虎，絲毫不受影響。是與他後來成為神明乩身有關嗎？

背負著大人口中所謂的「天命」，他真的從小吃了不少苦啊……江雨寒不自覺回想起幼時的點點滴滴，一夜無眠。

第十三章 **暗夜驚聲**

耀眼的朝陽照進房裡許久了，江雨寒被阿凱重重壓著的雙腿早已麻木到沒有知覺，但因為阿凱還沒醒，她也就盡量維持坐姿不動，唯恐驚擾他。

樓下突然響起一陣騷動，一群人腳步雜沓的衝上二樓。

「阿凱！我們幫你帶早餐來啦！」

她聽到雷包活力充沛的聲音，及小胖獨特的沉重腳步聲，一路衝進隔壁的阿凱房間。

「咦？老大不在耶？」

「不會才過了一天就好了吧？這麼神勇！」

「果然是打不死的蟑螂之身，昨天看老大還一副病懨懨半死不活的樣子欸！上哪浪流連去了？」

「會不會在隔壁，我去看看。」雷包說著，走了過來。

在他的視線和江雨寒對上的那一刻，手上那十幾袋各式各樣的早餐瞬間散落在地。

「按怎啦？早餐都被你弄掉了！嚇成這樣，係咧看到鬼喔？」

其他十幾個人被雷包怪異的反應吸引過來，一群人擠在門口。

「哇！」

眾人一時呆若木雞，過了幾分鐘才紛紛回神。

「水啦！老大終於破處了哦！」小胖輕佻地吹了一聲口哨。

百九用力巴了小胖的頭一下，「你在爽三小朋友？看到不該看的還敢亂說話，等一下被老大聽到，他會把我們都給埋了！」

眾人熙熙攘攘的聲響吵醒了阿凱，他揉揉眼睛，有些艱難地從江雨寒懷中抬起頭來。

「……我怎麼會睡在這裡？」他連忙離開她懷裡，拉出一段距離。

「昨夜你體力不支昏倒了，總不能讓你睡地上。」江雨寒苦笑地說。

門外立刻傳來竊竊私語的騷動——

「哇！你們聽到沒有，體力不支欸……」

「怎麼會在地上，到底是多激烈……」

「姓江的！妳怎麼可以趁阿凱身體虛弱的時候、怎麼可以……」黃可馨漲紅了臉，氣到說不出話。

雷包忍不住說：「妳這人怎麼這樣睜眼說瞎話？沒看到嫂子脖子上那些抓痕和草莓嗎？很明顯就是阿凱霸王硬……」

阿凱抬頭冷冷看了他一眼：「想死？」

驚覺失言的雷包立即雙手摀住自己的嘴巴，不敢再出聲。

惱怒至極的黃可馨用力推開擋在身邊的人，下樓而去。

江雨寒撐著床沿起身，套上自己的長大衣，用圍巾遮掩住傷痕累累的頸項。

「有他們陪你，我就放心了。我去醫院看看我同事，中午前回來煮飯給你吃。」她對阿凱說，隨手拿起自己的包包，往門外走去。

因為雙腿麻木感還沒完全消退，顯得舉步維艱，身形顫顫巍巍。

「嫂子……妳、妳沒事吧？」自動讓開一條通道的人們擔憂地看著她，卻沒有人敢伸手去攙扶。

「沒事。」她微笑地說。

在李家占地數千坪的庭園中，江雨寒攔住怒氣沖天的黃可馨。

「幹什麼？我還沒找妳算帳，妳反而找上我？想跟我示威？」黃可馨惡狠狠地瞪著她。

「前天在防空洞中，是妳把我推下去。」她開門見山、語氣十分篤定地說。

黃可馨霎時變了臉色，「妳……妳亂講！妳有證據嗎？妳有什麼證據？」

「當時我清楚看到妳手腕上的那串佛珠。」

黃可馨冷笑了一下，「我還以為是什麼呢。其他兩個女的手上也有佛珠，妳怎麼不去找她們？」

「雖然另外兩位手上也有佛珠，但她們佩戴的是硨磲和水晶，只有妳的是檀木，帶有一股香氣，所以我肯定是妳。」

黃可馨愣了幾分鐘，臉上一陣青一陣白，忽然心虛地轉身，「我……我為什麼要在這裡聽妳胡說八道？無聊！」

江雨寒再次攔下她。「敢做卻不敢承認，不覺得可恥嗎？」

「妳到底想幹嘛？」黃可馨瞪著她，眼神依舊凶狠，氣勢卻弱了許多。「如果妳認定是我害妳，為什麼不去跟宮主說？不去跟阿凱說？」

「我不想跟妳計較這件事。」

「那……那妳攔著我做什麼？」

「我只想問妳，在那種情況推我下去，妳是想要我的命？」

黃可馨緊咬下唇，「是又怎樣？妳本來就該死！」

「為什麼？在這之前我並不認識妳，我們無冤無仇，妳為什麼這麼恨我？」江雨寒不解地說。「如果是為了阿凱，我跟他不過是青梅竹馬，妳可能有點誤會……」

「因為妳害慘了阿凱！」她咬牙切齒地說。

江雨寒歉然說：「這次防空洞的事，我真的很抱歉，因為我個人思慮不周，害得阿凱大病一場，還連累你們大家身陷險境，確實是我的錯，我在這裡向妳道歉……」

黃可馨憤恨地打斷她的話：「妳是白痴啊！妳跟我道歉幹嘛？妳聽不懂人話是不是？我說妳害慘了阿凱！」

「我知道，這次防空洞的事……」

「誰在跟妳說防空洞的事！」

江雨寒怔了一下，不是為了她拖累阿凱去防空洞冒險的事嗎？她真的聽不懂黃可馨話裡的意思。

「如果不是因為防空洞的事，我和阿凱十幾年沒有見過面，我什麼時候害了他？」

「原來，原來妳真的什麼都不知道，阿凱就這麼護著妳……妳憑什麼！妳憑什麼！妳這賤人！害人精！掃把星！衰尾查某！」黃可馨突然瘋狂地大肆咒罵。

江雨寒被罵得滿頭霧水，莫名其妙。「我不明白妳的意思，說清楚一點。」她皺眉說。

「妳很想知道？」黃可馨恨恨地瞪視著她。「我偏不告訴妳！」她用力一推，把江雨寒推倒在地，然後轉身跑掉了。

「喂！」身陷爛泥坑的江雨寒無奈地看著對方遠去的背影。

因為一身泥濘，她只好先返回山上的別墅洗澡換衣服，再去醫院探望麗環和玉琴。接著幫小鴻、阿星採購日常用品和午餐送回別墅，在中午之前回到阿凱家。

那群年輕人早已離開，只有阿凱在自己的房間熟睡著。十多份早餐堆在床邊小桌上，沒有動過的跡象，早上該服用的藥也沒有吃。

因為醫生交代過，以阿凱的情形，充分休息比吃藥重要，所以她沒吵醒他，默默幫他蓋好被子，然後把他換下來的衣服拿去洗，再把房間打掃乾淨。家事都做完之後，她站在床邊窗前眺望。

從阿凱房間往東邊看，可以看到環立村子東南方的蒼翠群峰，以及山腳下那一大片曾經是江氏大宅的舊址。

從前那裡有十數座擁有四、五進院落的四合院比鄰而居，如今雜草叢生，只剩荒蕪，再也聽不到院落中傳來的孩童笑聲。

「小雨？」阿凱睡夢中隱隱聽到低泣的聲音，模模糊糊醒來。

她匆匆擦掉臉上的淚水。「你醒了。肚子應該餓了吧？我去煮粥給你吃，很快就好了，等我一下。」

阿凱坐在床沿，慢慢吃著她剛煮好的粥，眼睛不時瞥向她的方向，似乎欲言又止。

「怎麼了？」

「妳脖子上的傷口……」他看著她刻意用大圍巾層層圍繞的頸項。

「你說昨天被你咬傷的地方嗎？」

「……那不是咬傷。」阿凱忍不住抗議。「別把我說得像狗一樣。」

「抱歉抱歉，不過那地方沒事，只是有點瘀血，不會痛。」

「我是說，那四條爪痕。」阿凱神色凝重地說。「那爪痕怎麼來的？」

「這……」江雨寒遲疑未答。

「因為妳一直圍著圍巾，我昨晚才注意到，爪痕帶著鬼氣，而且氣息和逃脫的那個惡靈相似……妳最近遇到什麼麻煩？」

她考慮著要不要把劉梓桐的事告訴阿凱。

她知道以阿凱的個性絕對不會善罷甘休，但一來她不想再連累阿凱，二來考慮到組長的心情，她決定不多說。

「沒有，我沒遇到什麼事。這爪痕我也不知道怎麼來的，也許是我在睡夢中自己抓傷的。」

「是嗎？」

「真的，我沒事，你放心。」江雨寒勉強一笑。

阿凱凝視著她的眼神擺明了不信，但卻沒揭穿她拙劣的謊言。

「好吧，不想說沒關係。只是若有狀況，一定要告訴我。」他說到這邊，突然放下手中的湯匙，長長地嘆了一口氣，神情頹喪。「不過，我好像也沒有資格誇口說什麼必定護妳周全的大話。我學藝不精、能力不足，這次沒能幫妳拿回妳要的東西，我很抱歉。」

江雨寒在他身邊蹲下，安慰地輕拍他的手。

「不要這麼說，阿凱現在已經非常厲害了，我知道這一次是我們拖累你。昨天晚上你不就成功消滅惡鬼，救了我嗎？阿凱真的很棒。」

阿凱赧顏地笑了笑，「妳什麼時候變得這麼會講話了，妳以前可不會這樣恭維別人。」

「我是說真的，蕭伯伯也說你很厲害的。」

「師父？難得師父會誇我。」他大感意外。「對了，妳還沒告訴我，離開村子這十幾年，妳過得好嗎？」

「我過得很好。」

「當初要是早知道妳會離開的話，我……我……」阿凱躊躇了一下，似乎在猶豫要不要繼續說。

從他的語氣聽來，江雨寒料想阿凱是想為當年霸凌她的事道歉。因不忍心見他困窘，於是轉移了話題：「粥快涼了，先吃吧，等一下還要吃藥呢！」

「我不吃藥，那些藥吃了也沒用。」

「伯母說你一定又會耍賴不肯吃藥，但是醫生有交代，他開的那些藥一定要全部吃完才行。」她把湯匙塞回阿凱手上，微笑地說：「如果你堅持不吃，我很樂意餵你。」

於是阿凱吃完粥之後，在江雨寒關愛的注視之下，默默把藥吞了。

她把桌上的餐具收拾乾淨，然後將生理食鹽水、藥膏、紗布、棉棒和繃帶一字排開。

「做什麼？」

「幫你擦藥，你前天割破手掌滴血破邪的傷口。」她說。

「不用了，小傷而已。」

江雨寒沒理他，逕自拉過他的手掌，細心地清潔傷口。

「真的不用費事，這點小傷也要擦藥，擦不完的。」他雖然乖乖讓江雨寒上藥，嘴裡卻忍不住唸叨。

看到他裸露的手臂上大大小小、層層疊疊的傷疤，她心裡有點難過——光是手臂傷痕就不少，身上想必更多。

她輕撫阿凱手臂內側那些新舊交錯的疤痕，「乩身的修煉很辛苦吧？」

他遲疑片刻，說：「一點也不。我很開心。」

「是嗎？我記得很小的時候，常常看你站在刀梯上練金雞獨立，一站就是八、九個小時。扎馬步一整天不准吃飯，更是常有的事。有一次，你被罰跪釘床，跪到兩個膝蓋鮮血直流，我還逼著爺爺去向當時的宮主求情。」

她還記得，小時候她常哭著問大人們，為什麼阿凱非得受這種苦不可？親戚們總告訴她，因為阿凱是神明選中的人。他在連湯匙都還不會握的嬰孩時期就會舞弄七星法劍了，這是他的「天命」。

而爺爺只是用一種哀憫的神情看著她，什麼也沒有說。

在這個封閉而宗教信仰強烈的山村裡，神祇崇拜是村民精神的寄託，而乩身是神明的代言人。被神選中的阿凱，身處這樣的環境，也只能接受眾人賦予他的所謂「天命」。

「妳的記性真好。」阿凱淡淡一笑。「老記著這些糗事做什麼？我都忘了。」

憶起人事已非的過往，她不禁感慨：「因為現在的我什麼都沒有了——沒有家、沒有家人，剩下的也只有以前的回憶，所以我要牢牢記著。」

阿凱見她自傷身世，本想說些什麼安慰她，猶豫再三，最終一聲輕嘆。「可惜我帶給妳的，都是不好的回憶。」對於這個令人愧悔的事實，他挺有自知之明。

「別這麼說，我記得很清楚，以前在山裡被野狗包圍、還有被國小高年級學長欺負的時候，你也曾經護著我，阿凱對我很好。」她俐落地替他包紮好傷口，強行將他壓回床上，蓋好被子。「不說這些了，躺下休息，你昨晚也沒睡好。」

「我今天好很多了，其實妳可以不用在這裡守著我……」他看著一直坐在床沿的江雨寒，突然有點不自在。

「嫌我煩？」

「當然不是。」

「那就好。要是你還不想睡，我可以問你一些問題嗎？」

「客套什麼？儘管問。」

「就是……你聽過西北防空洞的封印嗎？」她不自覺壓低聲音，彷彿怕被別人聽見。

「封印？沒有聽說過。」

「果然。」江雨寒對他的反應並不意外，連蕭伯伯都不清楚的事，也難怪阿凱不曉得。

「那你知道防空洞內鬼怪的來歷嗎？」

「我不知道來歷，只知道防空壕鬧鬼的傳聞，很久以前就有了，似乎從我阿公那一輩就流傳下來。但真正鬧出大事，是從十幾年前開始。」

「鬧出什麼事？」她連忙追問。

「你們江氏一族遷離不久，西北大湖邊的遊樂園一夕之間倒閉，負責人全家下落不明。村民都說是因為經營不善，所以負責人連夜跑路，但我曾聽前任宮主對師父說過，九成和防空壕有關。」

「是被防空洞裡的鬼抓走了嗎？」她知道那個遊樂園，小時候也去過很多次，確實和防空洞有密切的地緣關係。

「可能。接下來連續數年的夏天，西北大湖都發生多起戲水的孩童失蹤事件。起初眾人以為是溺水，可不管怎麼打撈，始終找不到那些孩童的屍體。那湖雖然水域遼闊，但水位並不深，為了尋回失蹤孩童的遺骨，村民也曾利用旱季枯水期把湖水抽乾，卻仍一無所獲……」

江雨寒聽著聽著，不禁一陣毛骨悚然。

「妳怕嗎？」阿凱注意到她微微瑟縮的動作，停止述說。

「沒，我沒事，你繼續說。」

「除此之外，屢有夜遊的年輕人在西北山區撞邪發瘋，據說到現在也還沒恢復正常。為了避免傷亡繼續發生，崇德宮主神才諭令本庄村民不得接近西北山區。」

「原來如此。」她不知道防空洞竟這麼可怕，還拖著阿凱他們去冒險，心中深感歉疚。

「至於妳說的封印，我真的沒聽過，或許我阿公知道？」

「對了，我來你家兩天了，怎麼都沒看到你爺爺？」

她記得阿凱的爺爺，年紀比她爺爺小一些，好像曾經擔任過幾屆鄉長之類的職位，據說在本地極有威望，印象中是個不苟言笑、十分嚴肅的老人家。

「我阿公嫌住這裡太吵，十幾年前就搬到山上的別墅養老，久久才回來一次。」阿凱說著，伸手拿起放在床頭的手機。「我替妳打電話問問。」

她想起蕭巖曾說，封印一事是村中的禁忌，觸碰不得，於是連忙阻止阿凱：「不用了，別打擾他老人家。我只是隨口一問，你不要放在心上，也不要跟別人提起喔！我還有一件事想問你。」

江雨寒告訴他，前天傍晚她在防空洞裡聽到麗環的聲音一事。

「根據在醫院看護麗環前輩的同事所說，當日同一時間，昏迷中的麗環前輩確實說了『小心』兩個字，這是為什麼？」這不可思議的巧合，讓她感到不安。

「我猜測，妳同事的部分魂魄因為某種原因失落在防空洞裡，由於軀體魂魄不全，導致心神喪失。」

「是防空洞裡的惡靈抓走了她的魂魄嗎？」

「或許吧，但照妳說的，似乎她失落的魂魄尚處於自由狀態，沒有受制於惡靈。若是這樣，也許前往當初出事的地點進行招魂，就可以讓她恢復正常。」阿凱沉吟地說。

「真的嗎？」她似乎在絕望中看到一線曙光。

「這只是我的猜測，沒有親眼看到，我也不能肯定。這樣吧，等我好了，妳帶我去醫院先看看妳同事再說。」

「好……呃，還是不用好了。」她原本開心地答應，但立刻就改變主意。「你已經幫我很多，不要再為我的事費心了。」如果真的要進行招魂，她寧可去找專門收人錢財、替人消災的職業法師，也不想再連累阿凱。

「妳又和我見外了。」阿凱明白她的意思，苦笑地說。

「不是見外，我不希望你出事。若是再牽連到你，我會一輩子良心不安。」她意有所指地說。「我想問你最後一個問題。」

「妳說。」

「『李代桃僵』，是什麼意思？」

阿凱頓時怔住，俊朗的容顏如石化一般僵硬。

「……我……我不知道。」

「你還是跟以前一樣，說謊的時候就會結巴。」看到阿凱緊張的樣子，她笑著摸摸他僵硬的臉頰。「當我沒問吧。不打擾你了，你先睡一下。我在隔壁寫稿，有事隨時叫我。」

深夜，陣陣濃烈的桂花香氣，讓她夢迴童年，又將她從睡夢中熏醒。她莫名其妙地從被窩爬起來。

哪裡來的桂花香？

阿凱家有一大片桂花林，都是一、兩層樓高的老欉，但白天她曾留心細看，還沒有開花，而如今這時節，窗外盛開的紫荊花香氣遠壓過其他花香，這濃烈的桂花香從何處飄來？

她好奇地走到窗前，將原本就沒有密閉的窗戶打開。

猛烈的山風將花香襲進屋內，也帶來一陣幽泣之聲，在靜夜中格外清晰。

……聽錯了吧。

可能是草蟲樹蛙的鳴聲、夜鴞的叫聲，甚至是風吹葉落、降露凋花之聲，怎麼樣都不可能是人的啼泣之聲吧？

但那嗚嗚咽咽、如泣如訴的哭聲不斷隨著夜風拂過耳畔，讓她說服不了自己。

風吹來的方向是江家遺址。

那片荒地離此不遠，盛開的蘆葦芒花在銀白月華下一片蒼茫。

有人……在那裡嗎？

江雨寒心念一動，連忙穿上大衣、披上圍巾，跑出門外。

下樓之前，她遲疑了一下。躡手躡腳地走進阿凱房間，悄悄幫熟睡的他蓋好被子，才放心轉身離去。

順著李家圍牆外筆直的村道往山腳方向，通過一座斑駁古橋，就是江氏一族世居之地。

相隔十多年後重返村子，她原本並不打算回江家祖厝看看，因為她直覺認為祖厝這麼久沒有人住，早已荒廢得可怕，見了也只徒增感傷。沒料到，事實比她想像的更淒涼——昔年氣勢赫赫的江家大院，竟連半片殘牆頹垣俱無。

記憶裡，那曾經矗立著雕梁畫棟、碧瓦朱甍的地方，如今黃土漫漫、蘆荻蕭蕭。

看著眼前這萬門千戶成野草，江雨寒不禁一陣惘然。

她記得變故驟起的那一天，親戚們在堂屋前搭起大片白色捲棚，幾位伯母在棚下不知在忙著摺些什麼。

「……今天阿爸做忌……」

隱約中，她聽到其中一位伯母淒淒慘慘地這樣說。

當時她年紀很小，但也知道「做忌」指的是在亡者忌日進行祭拜。她很不高興，因為爺爺明明還好端端地在廳堂上讀書。活生生的人做什麼忌？可是她怕被罵，也不敢多問。

到了夜裡，她在睡夢中被族人們驚天動地的哭聲嚇醒，連忙跑到大廳上，發現爺爺還是維持坐姿坐在廳堂，可是團團圍住他的大人們卻說爺爺「升遐」了。

「升遐」是什麼？跟生日有關嗎？雖然爺爺教導她唸過許多古書，但她還沒學到這個辭彙。她到處拉著人問，卻沒有人理她。

緊接著眾族人火速處理完爺爺的後事，就急忙搬家了，連她那從小甚少謀面的爸爸都匆匆趕回祖厝將她帶走。

從此再也沒有回來過。

原先以為只是人去樓空的祖厝，怎麼會變成眼前這片荒地？

蕭伯伯說，爺爺是自斷江氏地脈。

何至於如此？跟她最親的二姑媽也不知道緣由，其他親族離散、不知所蹤，沒有人能告訴她。

方才聽到祖厝的方向傳來哭泣的聲音，她還以為有江家的人回來了，連忙跑過來查看，結果只看到比人還高的芒草靜立，明月無聲。

大概真的是聽錯了吧？最近太勞累，連續許多天都沒好好睡覺，產生了幻覺。江雨寒失望地嘆了一口氣，轉身想回阿凱家。

颼地一陣山風襲來，吹亂了她披散的長髮，她又在桂花濃香中聽到清楚異常的啜泣聲，彷彿近在耳邊，且似曾相識。

她訝然回首，望向江家遺址後方那大片幽深的竹林。

第十四章 古宅恨事

老宅舊址後方幽篁森森，延伸到東南山區。

她想起小時候有一次為了追蝴蝶，意外發現那片竹林深處，有一座土坍厝。當時她非常震驚，因為從來不曉得有人住在這片竹林裡。

有一位陌生的老婆婆蹲在屋前桂花樹下，兩隻手不知道在地上扒什麼，走近才看清楚，原來她在種空心菜。

老婆婆察覺到她的存在，抬頭端詳了好一陣子，原先詫異的表情突然轉為驚喜。

「妳是……穎華的女兒？」

「穎華」是她的母親，這個名字極少有人提起，江雨寒乍覺既親切又陌生。她不明白這位老婆婆為什麼知道她的媽媽是誰，但還是點點頭。

老婆婆布滿皺紋的臉笑意越深，「穎華剛嫁到村裡來的時候，也是像妳這樣突然出現在我的院子裡。時間過得真快啊……妳都長這麼大了……穎華離開那時，妳剛出生不久，伏藏兄還曾託我照顧過妳好一陣子……」說著說著，她竟老淚縱橫，用沾滿泥土的手背拭淚。

聽聞老婆婆認識爺爺，還曾照顧過她，江雨寒不禁和老婆婆親近起來，一有空就往老婆婆的土堉厝跑，看她種菜，聽她絮絮說起那些往事。

從閒聊中得知，老婆婆是自己一個人住，他的兒子媳婦則住在村裡的新樓房，相距不到幾公里，但也不常往來。

老婆婆的屋子老舊而破敗，沒有水電，煮飯時用磚砌成的灶燒柴生火，飯菜亦不豐盛，菜餚經常只有山野裡採來的龍葵菜和自製的蔭鳳梨。

有一次，老婆婆好像感冒了，眼睛紅通通的，不停擤鼻子，精神也不太好。江雨寒向她攀談，甚少回應。她想老婆婆大概是因為身體不適，懶怠說話吧？

在老婆婆身邊默然靜坐良久，直到小徑旁的紫茉莉漸次開花，她知道回家的時間到了，於是起身道別。

「婆婆，起風了，多穿衣服，我下次再來看妳。」

「妳不用再來了。」老婆婆用沙啞的聲音說。

她不明白這話的意思，也不知道該說什麼，只好默默離開。

不久之後，她開始上小學，有好長一段時間沒有去看老婆婆。等到她想去找老婆婆的時候，奶奶卻不讓她去，說那裡沒有人。

「為什麼沒有人？老婆婆去哪裡了？她兒子把她接去新房子了嗎？」她興奮地問。她想老婆婆一定是如願以償了，所以很替她高興。

奶奶沉默片刻，嘆了一口氣，「她自殺了。」

據村民表示，老婆婆生病期間，她兒子媳婦始終不聞不問，讓老婆婆既難過又失望，可能還受了一些閒話、惡氣吧，某天晚上喝藥自殺了，過了許久才被發現。

老婆婆亡故之後，再無人居的竹林卻經常在深夜傳出嗚咽的哭泣聲。村民們總嘆息著說，是不是老婆婆還在那裡，等著她的兒子來看她呢？

江雨寒佇立在蒹葭蒼蒼的野地，從竹林方向拂來的風帶著桂花香，勾起她童年的回憶。

老婆婆的菜圃一定已經荒廢了，而那棵兩層樓高的老桂花樹，應該仍在主人已逝的荒園裡自開自落吧？

十多年過去了，老婆婆還在那裡嗎？

長久以來，她一直對這件悲慘的往事心懷愧疚。

要是她當年機靈一點，能察覺到老婆婆隱隱透露出的絕望，多去陪她、安慰她，是不是老婆婆就不會走上絕路？要是她及時把這件事情告訴族人，是不是就有人願意在婆婆孤獨時拉她一把？她的遲鈍和不作為，是否也是將老婆婆推離這無情世界的幫凶之一？時至今日，她仍深感後悔。即使是鬼魂也好，如果能再見到老婆婆，她想當面向她道歉。

恍惚中，她好像聽到當年老婆婆紅著眼睛擤鼻涕的聲響，不自覺往山坡竹林的方向走去，但走了幾步，就停了下來。

那片黑魆魆的山林實在太陰森了，連防空洞都敢獨闖的她都不禁感到害怕。

她拿出放在外套口袋的手機，想找阿凱陪她一起去。躊躇許久，終究不忍心把他吵醒。於是她打開手機的手電筒功能，獨自往山坡上的竹林深處前進。

小徑越接近山區，越發狹隘，兩側夾道的鋒利芒草不時猖狂地割傷她裸露在睡裙下的皮膚，亦阻止不了疾行的腳步。

一路上颯颯山風夾帶的幽泣之聲不絕如縷，彷彿在召喚著她。

她循著越來越清晰的哭聲，在竹擇及膝的竹林中跋涉一段時間，終於在月光的指引下，看到那隱身在龍眼樹叢間的土埆厝。

小園遍地蒿草及腰，瓦松在破敗的屋簷上恣意生長，桂花樹下落花成泥，滿目荒涼。

她小心地撥開蒿草叢，往庭院中走，忽見簷下大甕缸旁蹲著一個黑色的人影，似乎正抽抽噎噎地啜泣著。

這……就是她當年相熟，卻已化為鬼物的老婆婆嗎？江雨寒一路腦衝到這邊，不知道為什麼，突然害怕起來。

雖然頭皮發麻，但她在心裡告訴自己不要怕。鈞皓也是鬼，她就完全不怕鈞皓；如果眼前這背影真的是老婆婆，她就更不應該害怕，因為老婆婆是不會害她的。

她鼓起勇氣，正想再踏前一步，甕缸旁的黑影卻瞬間不見了。同時一陣森然寒意自身後襲來，拂動她的長髮，讓她背脊發涼。

一回頭，赫然對上一張散發磷磷綠光、七孔淌著黑血的鬼臉，距離近到簡直要貼上她。

江雨寒楞了幾秒，慘叫一聲，立即逃離這幢古宅。

她在月光下慌不擇路地逃竄，不知不覺跑出竹林，闖入另一座全然陌生的雜樹林。但此刻她顧不了這麼多，因為剛才驚見的鬼臉根本不是她記憶中的婆婆，而且她覺得逃出古宅之後一直有東西在追她，所以她只能不斷地跑、能跑多遠是多遠。

驀地，她的右腳腳踝不知被什麼攫住，一股巨大的勁道猛力將她向上拉扯，整個人以頭下腳上的姿勢飛騰而起。

危急間，有人一把抱住她的身體，腳邊刀光一閃，倏然斬斷她右腳腳踝上的束縛。

雜樹林樹冠密集，月光照不進來，格外陰暗，她看不清及時救了她的人是誰，但對方身上的氣息卻讓她很熟悉。

「阿凱！你怎麼會在這裡？」她詫異地問。

「應該是我問妳才對。」阿凱沒好氣地說。

「先離開這裡！」她餘悸猶存，不敢逗留。

阿凱話不多說，將她打橫抱起，匆匆離開雜樹林。

竹林外，月明如水。

阿凱讓江雨寒坐在一顆大石頭上，自己蹲在旁邊檢查她的右腳。只見她的腳踝緊緊纏著一圈鋒利帶尖刺的粗鋼絲，幸好她的麂皮長靴相當厚實，只磨破靴子表面，沒有割傷皮肉。

「這是什麼東西？」她好奇地問。

「『山豬吊』。」阿凱小心翼翼地拆除鋼絲。「很殘忍的捕獸陷阱。山裡的動物一旦踩中隱藏在地上的鋼絲圈就會被吊起來，然後因失血過多而死，絕無生路。」

「村子裡怎麼會有這麼恐怖的陷阱？」她還是第一次聽到。

「總有一些貪婪沒良心的人。」阿凱嘆了一口氣。「腳痛不痛？」

江雨寒把右腳長靴脫下來看了看，白皙的腳踝微微紅腫。「有點痛，好像扭到了，不過不嚴重。」她說著又把長靴套回去。

「妳半夜跑到山上做什麼？」

她把一開始以為江家舊址有人、後來想起竹林裡老婆婆，所以跑去查看的經過告訴他。

「真是個傻瓜。」他忍不住說。

「那你又為什麼會出現在樹林裡？你不是在睡覺嗎？」她不解地問。

「我一直遠遠跟著妳。」

在江雨寒一踏進他房裡的時候，他就已經醒了。

「你跟蹤我？」

「不是跟蹤，是保護。」阿凱糾正她的用詞。「我怎麼可能讓妳深夜自己一個人在外面亂跑。」

江雨寒突然覺得有點感動，又有點過意不去──阿凱身體不適，還害他這樣為她奔波。「對不起，讓你擔心了。我也不知道自己怎麼了，一想起過去，就很希望自己可以做點什麼事來彌補……可是其實我什麼也做不了……」她黯然地說。

她想再見一次自己的族人、想再見一次幼時照料過她的老婆婆。於是一有機會，她就努力伸出手，卻什麼也抓不住，所有期盼終究是落空了。

「逝者已矣，別想那麼多。」阿凱安慰地拍拍她的肩膀，「我們回家吧！」

「好。」

她正想站起來，阿凱卻直接拉過她的雙手，轉身將她揹在背上。

「做什麼？你不用揹我啊！你身體還沒好……」她慌亂地說。

「不是腳痛嗎？這樣比較快。」他不由分說地往李家大宅的方向走去。

江雨寒伏在他背上，非常不好意思，卻又感到無比安心。

隔天上午醒來，整棟大宅只剩她一個人。阿凱不見了。找遍所有的房間，都找不到他。

會不會是昨天深夜回來之後，又發生什麼事？會不會是劉梓桐在她熟睡的時候又來找麻煩？不然理應在床上靜養的阿凱，為什麼會不見呢？

江雨寒緊張得快哭了，連忙撥打阿凱的手機。

電話很快就接通了，另一頭傳來阿凱平穩如昔的聲音：「喂，小雨。」

「阿凱！你跑去哪裡了？」

「我在崇德宮。一早師父打電話給我，說廟公今天臨時有事請假，而他跟承天府的進香團還在外地，晚上才能回來，所以叫我到廟裡幫忙。」

江雨寒聞言鬆了一口氣，「原來是這樣，沒事就好，我還以為你出事了。」

「不好意思，出門的時候看妳睡得很熟，就沒吵醒妳。」

「沒關係，我現在過去找你。」

「不用特地過來，廟裡也沒什麼事，妳在家休息吧。」他說。

「我想順便去爺爺晚年住過的紅瓦厝看看。」

因為阿凱家離崇德宮很近，所以她直接步行前往。

遠遠就看到阿凱站在廟埕上，身後跟著二十多個年輕男子。

一對年約五十來歲的中年男女站在阿凱面前，男的身材瘦小，姿態畏畏縮縮地站在一旁，好像想把自己的體型縮得更小一樣。女的身形高壯微胖，一頭亂髮染成紅褐色，兩手還各持一把亮晃晃的剁刀，看起來凶神惡煞。

「……死囡仔你給我講清楚喔！一大清早到底押著這沒用的死鬼上哪去了？你不講清楚，恁祖嬤今仔日絕對跟你沒完！」中年婦女對著阿凱揮舞剁刀、操著台語大聲咆哮。「不要以為你是老鄉長的寶貝金孫、李家大少爺，就可以隨便擄人，這村子還有王法沒有？」

阿凱還沒出聲，他背後那些摩拳擦掌的年輕人就紛紛怒嗆——

「死肥婆！注意妳的態度喔！妳以為現在腳踏的是誰的地盤？當是妳的豬肉攤喔？那麼大聲，想打架啊？」

「不要以為妳是女的，又有點年紀，我們就不敢揍妳！」

阿凱擺擺手示意大家安靜。

「大嬸，妳手上拿著刀子跟我講王法，我嚇都嚇死了。」他嘲諷地一笑，轉向瑟瑟發抖的中年男子：「阿義叔，如果你還有一點天良的話，自己說，剛才是我強行押你，還是你自願跟我走？」

「我……我……」阿義囁嚅許久，鼓起勇氣小聲地對著自己的太太說：「是、是我自己跟阿凱走的。我們回去啦……不要在晚輩面前丟人現眼……」

「你說我丟人現眼？你想死是不是？」中年婦女原本就紅光滿面的臉漲得更紅，像一塊新鮮的豬肝。「你早上跟著阿凱去哪？沒有我准許你敢自己亂跑，現在是造反？」

「喂！你們夫妻要吵架自己回家去吵啦，不要在這裡浪費我們老大的時間，滾滾滾！」雷包不耐煩地驅趕他們。

中年婦女轉頭怒瞪雷包，「好啊！你這蓋畚箕仔，這樣對長輩講話！等我料理了這沒用的死鬼，再去找你老子算帳！」

雷包嘻皮笑臉地回道：「妳盡量算啊！千萬別跟我客氣嘿！」

中年婦女一把揪著阿義的耳朵，氣呼呼地轉身離開。

阿凱看著她的背影，突然說：「天道好還，善賞惡罰，我必須提醒妳，報應將近了。」

中年婦女身軀僵直，「什麼報應？你這死囡仔，敢詛咒恁祖嬤？」

阿凱繼續說：「雖然不一定來得及，還是給妳一個忠告——『一念天堂，一念地獄』，好自為之。」

「你……你身為神明乩身，什麼地獄不地獄的……胡說八道！」中年婦女兀自嘴硬，聲音卻明顯顫抖。

「既然知道我是神明乩身，怎麼會覺得我在胡說呢？」他微微一笑。

中年婦女手上雙刀瞬間落地，嗒然若喪地離開了。

一名年輕人指著佇立在不遠處的江雨寒，對阿凱說：「阿凱哥，那個漂亮的小妞站在那邊看你很久了，大概煞到你囉？長得還真不錯，不是我們這裡的人吧……」

「你沒禮貌欸！什麼小妞？不長眼是不是！叫大嫂！」雷包頓時厲聲怒斥。

那群年輕人被雷包唬得一愣一愣，連忙低頭齊聲叫大嫂，江雨寒一臉尷尬。

「小雨不喜歡這樣，別拿她開玩笑。」阿凱淡淡地說。「你們可以開始做事了，去把附近山區的山豬吊全部拆掉，如果有人攔阻，叫他來找我。」

「是！」

二十幾個年輕人隨即分頭行動，只有雷包和小胖還站在阿凱身後不動。

「啊你們兩個不用去喔？」百九有些不滿地看著他們。

「恁爸要打掃廟裡的公用廁所啦！你要跟我換膩？」雷包不爽地說。

「才不要！」百九一溜煙跑掉了。

眾人解散之後，江雨寒才朝阿凱走過來。

「阿凱，怎麼了？剛才發生什麼事？」

「沒什麼，有人來找麻煩，常有的事。」阿凱不以為意地說。「妳的腳還痛嗎？」

「不太痛了。」

他扶著江雨寒往裡面走，「本來想開車回去接妳的……廟裡坐吧！」

放在口袋的手機突然響起，是沈秋棠的來電。

「媽，什麼事？小雨？在我旁邊。……搞什麼？你們故意的是吧？我已經好了啊……妳找她做什麼？……好啦好啦……」阿凱臉色越來越難看，最後無奈地將手機遞給江雨寒。

「我媽找妳。」

一接過電話，就聽到沈秋棠充滿笑意的聲音：「小雨，不好意思，今天晚上我跟妳伯伯要去阿凱的小阿姨家，明天才能回來，妳願意多照顧阿凱一天嗎？」

「喔，好啊！」她想也沒想就答應了。

「真謝謝妳啊，又給妳添麻煩。」

「伯母不用客氣，我很樂意照顧阿凱，沒問題的。」

結束通話之後，阿凱說：「我已經沒事了，妳不用……」

她打斷他的話：「沒關係，就這樣走掉，我不放心，讓我再陪你一天吧！只是我得先把組長的車開回別墅，我同事可能需要用到。」

「叫雷包和小胖幫妳開回去就好，妳要用車的時候，車庫裡自己挑一輛。」

阿凱把正在洗廁所的兩個人叫過來。

江雨寒把車鑰匙交給他們，並告訴他們前往山上別墅的路線。「謝謝，麻煩你們了。」

小胖伸手接過車鑰匙，一臉憨笑地說：「大嫂，妳很怕冷哦，我看妳的脖子上老是圍著圍巾欸。今天天氣也不是很冷……」

「欸，小雨這麼瘦弱，當然怕冷，哪像你有脂肪盔甲。快走啦！」雷包連忙搶走車鑰匙，拖著小胖離開現場。「都叫你不要開玩笑，還在白目，等一下阿凱抓狂起來，沒有人救得了你我跟你說！」

江雨寒站在爺爺晚年住過的紅瓦厝前。

木門上的獸頭銅環被一條帶著舊式鎖頭的鐵鏈鏈住了，無法打開。

上一次忘記問蕭伯伯鑰匙在哪裡，不曉得阿凱知不知道呢？她拿起那個長滿鐵鏽的大鎖頭看了看，又輕輕放開了。

鎖頭隨著鐵鏈擺盪回木門上，發出「叩」的一聲。只見那串鐵鏈應聲而斷，鏗鏗鏘鏘落在門檻上。

第十五章 風天之卦

江雨寒大吃一驚，拾起落在門檻上的鎖鏈一看，發現老舊的鐵鏈鏽蝕得厲害，因而出現斷口。

她鬆了一口氣，將斷掉的鎖鏈掛回左側的獸頭銅環，然後推開木門。

陳舊的戶樞發出「咿呀」的聲響，與此同時，她感到似乎有人輕輕拍了右邊的肩膀一下，微微撩動她垂在肩頭的長髮。

她不自覺側頭一看，只見耀眼的陽光在微風輕拂的竹葉間喧譁燦笑。

大概是開門時產生的風壓吧？她這樣想著，舉步踏進爺爺的紅瓦厝。

這幢紅瓦厝分內外兩個房間，外間堆滿書櫃，櫃上放的是和阿凱房間一樣的全套《道藏》，不同的是，阿凱的是多達六十冊的大部頭精裝書，這裡的則是歲久年深、出版日期不詳的古老線裝書。

書櫃滿布落塵，看得出來很久沒人打掃，但空氣中並無想像中的腐朽霉味，反而散發著一股祖父生前最愛喝的杏仁茶香。

裡間是睡房，東南方位有一張木床，床頭有窗，床前有一張竹編搖椅。靠門這邊的牆壁放置著簡陋的木製書桌。

一踏進這個房間，她腦海陡然湧升一段久遠的回憶——

二姑媽曾說過，有一天晚上，爺爺正在睡覺的時候，頭上的窗戶突然金光閃閃、熠熠生輝，有一條渾身繚繞紫色祥雲的金龍在窗外竹林中盤桓一時，之後衝向雲霄而去。

還有一次，爺爺坐在搖椅睡午覺，夢見有人來到紅瓦厝外相尋，那個陌生人告訴爺爺，某年立春將來迎接他，請他做好辭世的準備。

這兩個故事中提及的場景，跟眼前所見一模一樣。原來二姑媽說的紅瓦厝，就是此地嗎？這裡就是爺爺晚年最常居留的地方……她懷念地摸了摸布滿灰塵的搖椅，搖椅發出竹節相互摩擦的細響，輕微擺盪起來，就像它昔日的主人還坐在上面。

過了一會兒，她揉揉濕潤的眼眶，走向那張簡陋的木桌。

這個房間裡，唯一有可能存放爺爺手札的地方，就是這張桌子了。

正想打開抽屜，突然看到落塵深厚的桌面上印著一個清晰的右手掌印，這個掌印很大，而且手指很長。

她記得爺爺晚年因為膝關節退化，每每需要用右手撐著桌面，才能順利從書桌前站起來，這個掌印應該是爺爺生前所留下，只是看著這個比常人大上許多的掌印，她倏地想起一件事——

上一次她和組長、麗環他們開車行經村子東北方的山路，因為霧氣瀰漫、能見度低，差點連人帶車衝下斷崖，當時奇蹟似的成功煞住車子。

隔天小鴻他們洗車的時候，在擋風玻璃上發現一個很大的掌印。那時玉琴就推測說，應該是一個比組長還高的人留下的。

爺爺身高一百九十一公分，可不正比組長高嗎？

這個手印的聯想讓她頭皮發麻。

還有一次，她被劉梓桐從二樓樓梯上推下來，當時雖然是組長及時接住她、當了她的肉墊，但在摔落之時她就有一種異樣的感覺——墜地的速度異常緩慢，似乎有人在半空中托著她一樣。

她想起鈞皓說過，她身上有不好的氣，好像被惡靈纏住了，但還好有人暗中保護她，所以不為大礙。

當時她對這番話沒有多想，如今細思，莫非是爺爺在庇護著她？她幾乎渾身顫慄起來，但轉念一想——這有可能嗎？爺爺仙逝多年，要是他老人家的靈魂尚未遠去，為什麼不跟她見面？

如果爺爺還在，不可能不見她的！江雨寒深吸一口氣，強迫自己冷靜下來，不要再胡思亂想。

打開抽屜，就看到裡面整整齊齊擺放數疊藍色封皮的線裝書，每一本都不厚，但大概有三十多本，新舊不一，只是看得出來每本歷史都很悠久，有的書皮甚至發黃泛白了。

她拿出最上頭的那一本，放在桌上。

因為紙張明顯脆化，破損已甚，她小心翼翼地翻開書皮，只見第一頁上面用蒼勁有力的小楷寫著——

丁亥之秋，霜降之日，草木搖落，蟄蟲咸俯。聞艮位驚變，魍魎作厲。當為占卜，得「風天卦」，有山雨欲來之勢，不祥。

丁亥年　霜降。

她在心中默算了一下，現當代歲在丁亥的年份有兩個，分別是民國九十六年、民國三十六年。

先祖父逝世於民國九十六年立春，而霜降是秋天的最後一個節氣，大約十月下旬左右，那麼手札上所指的丁亥，自然不可能是九十六年，而是民國三十六年，西元一九四七年。

一九四七年，曾發生過什麼重大事故？她想到二二八事件，及三二〇清鄉大屠殺。

這兩個事件殺戮甚多，會是和這些慘案有關嗎？

她不自覺皺了皺眉，暫時按下這個疑問，細看其他線索。

艮位。

爺爺所學是先天八卦，先天八卦中的艮位指西北方。

西元一九四七年，歲次丁亥。距今七十多年前，西北山區妖物作亂，與蕭伯伯日前所言傳說相符。

風天卦，即易經第九卦《小畜》，上卦為巽，巽為風；下卦為乾，乾為天，故又稱《風天卦》。

但何謂「山雨欲來」呢？她略一思索，立刻就明白了——

《小畜》卦辭：「密雲不雨，自我西郊」，意指西北方烏雲密布，漸次往東南擴散而來。且《小畜》有陰氣蓄積之象，可理解為陰氣漸盛，將有所為。

這就是爺爺從卦象中感應到的「不祥」吧！

她翻開下一頁。

第二頁不像首頁那麼完整，好幾個字被蠹蟲吃掉了，留下一些坑坑洞洞，但勉強可以看出內容是爺爺前往西北山區附近村落探查的經過。

正想繼續往下翻時，阿凱來找她回廟裡吃飯，於是她謹慎地把手札收回抽屜。

阿凱扶著她，兩人並肩走在陽光燦爛的竹林裡。

「阿凱，你看過我爺爺嗎？」她突然問。

阿凱愣了一下，似乎覺得她的問題莫名其妙，但還是據實回答：「當然見過。我四歲的時候，妳爺爺開始教我識字，五歲開始教我研讀《道藏》。」

「我不是問這個，我是說……」她微微猶豫了一下，「我爺爺逝世之後，你見過他嗎？」

「沒有，為什麼突然這樣問？」

「回到村子這段時間，我總覺得爺爺好像還在的樣子。」她自己說著都覺得有點好笑，但她知道阿凱不會笑她。

「可能我法力尚淺，感應不到他老人家，等我師父回來，我們再問他。」

吃完雷包幫大家買回來的便當，她回到爺爺的紅瓦厝，裡裡外外仔細地打掃一番，又翻了幾頁手札，天色很快就暗了。

蕭巖回來之後，阿凱代她問起關於她爺爺的事。

蕭巖表示，伏公的魂魄確實已經升遐，超脫三界外，不在五行中，但他隱約感應得到似乎有一點靈光猶存。

「所以真的是爺爺在暗中保護我嗎？」

「不無可能。」

蕭巖並沒有給她肯定的答覆，但她寧願相信爺爺一定還在她左右。

阿凱要帶著江雨寒回家的時候，蕭巖叫住了他們——

「等等，我有事要問阿寒。」

「伯伯，什麼事？」

「前陣子西北防空壕發現一副孩童遺骨的事，是不是和妳有關？」

「是，我在防空洞找尋同事的時候，偶然遇到一個小男孩的幽靈。」她把遇見鈞皓的經過大略說了出來。

「果然。」蕭巖那張原本就很嚴肅的臉顯得更加凝重。「這兩天承天府的法師對我提起這件事，據他們所說，這幾十年來，男孩家屬委託承天府前往招魂無數次，始終感應不到他的魂魄，因此眾人原先懷疑那個失蹤的男孩根本就不在防空壕。沒想到妳一回村子，他們就順利將長年困在防空壕的魂魄牽引出來了。」

阿凱聽出端倪，神情微變，「這是為什麼？」

「我和承天府的法師一致認為，恐怕是阿寒那沿路滴出來的血，意外為亡魂打開一條突破封印的破口。」

「我？」江雨寒怔怔地聽著。「伯伯，我不明白您的意思。」她的血為什麼可以打開結界？她又不是阿凱。

「不明白沒關係，只是今後妳千萬別再接近防空壕。」蕭巖正色告誡道。「幸好這次出來的只是個無害的小男孩，若是妳再進防空壕，不但自己有生命危險，更可能帶來浩劫。妳想要的東西，待我這兩天有空，就幫妳取出來。」

「謝謝伯伯，您既然這麼說，我不會再擅闖防空洞，只是您能告訴我為什麼嗎？」她滿腹疑惑。

她會帶來什麼浩劫？她為什麼會帶來浩劫？難道她真的像黃可馨說的一樣，是掃把星、倒楣鬼？

「這樣說吧！妳曾經說過，妳那位有靈異體質的朋友在防空壕前，因為聽到壕裡吹出的風嘯聲中有人在呼喚她，才突然改變主意闖進去？」

江雨寒點點頭。

蕭巖嘆了一口氣，「近年來防空壕惡靈妖氣大盛，確實經常蠱惑生人闖入禁地，但當時它們要的並不是她。」

防空壕惡靈當時召喚的不是麗環前輩，言下之意是……

江雨寒不禁毛骨悚然。

夜裡睡著之後，她夢見自己起身離開房間，慢慢走到阿凱家的紅花石蒜花田。

時有夜風拂過，那鮮紅似血的花瓣就漫天飛舞，縹緲如幻。

她曾經相熟的那位老婆婆正站在紅色花海中央，安詳地等待著她，音容笑貌宛如生前。

「婆婆？」乍見亡者遺容，江雨寒不自覺流下眼淚。

「好孩子，前天婆婆不知道是妳，嚇著妳了。」老婆婆臉上都是皺紋，神情卻十分和藹慈祥。

「婆婆，妳……妳現在過得好嗎？」她心中百感交集，千言萬語不知從何說起，只能問上這麼一句。

老婆婆微微一笑，「昨天早上兒子到我生前的屋子看我，後來那不孝的媳婦也突然跑來我墳前下跪，我知道他們為什麼突然轉性，但過了這麼多年，還能再看到他們，我已經很高興了。」

江雨寒聽了這些話，心裡更覺得悲哀。她本以為婆婆悲憤自殺後，必然深深怨恨自己的不孝子媳，沒想到婆婆十多年來所求的，也只不過是再見上他們一面而已。果真是「癡心父母古來多，孝順兒孫誰見了」……

「好孩子，別再為婆婆難過，我已經放下了。只是有一件事，想請妳幫忙。」

「什麼事？」她連忙問。

「老鄉長的賢孫有神光護體，罪魂不敢靠近，請代婆婆向他道謝。」

原來是阿凱……她恍然大悟。昨天上午在廟前的那對中年夫婦，就是老婆婆的兒子和媳婦了。

「好。」江雨寒答應了。「婆婆，今後妳要去哪裡呢？」

「我將在魂歸之處靜候輪迴。」老婆婆平靜地說。「這次能再見到妳，婆婆很欣慰，不過婆婆必須勸妳，快點離開村子！聽伏藏兄的話，否則……」

話還沒說完，驟然雞啼三聲，江雨寒從夢中醒過來了。

東方微熹的日光透進紗窗，她發現自己安穩地睡在被窩裡，幾片細長的嫣紅花瓣落在她披散於枕的髮絲間。

因為太早起床了，剛好她今天打算煮一頓豐盛的午餐給阿凱吃，所以乾脆借了阿凱的車，直衝村裡的市場買菜。

山村的傳統市場裡，不論店家還是顧客，大部分都是上了年紀的老人家，因此她突兀的出現立即吸引了大家的注意。

許多村民在她背後指指點點。

當她在賣魚的攤位挑選海鮮的時候，就聽到身後議論紛紛，用著絲毫不避諱讓當事人聽到的音量竊竊私語著。

「果然是村南江家的小孫女，前幾天就有聽人家說她回來了。」

「真的是她？江家的人都失蹤這麼多年了……」

「就是她！妳沒看她那眉眼跟她媽一模一樣，狐狸精似的！」

「聽說現在跟老鄉長家的大少爺不清不楚呢，現在年輕人啊，實在太不像話！」

「今天天氣也沒特別冷，還圍著那麼大條的圍巾，明顯就在遮掩什麼，看來傳言不假……真不知羞恥！」

「那有什麼！他們兩個不是老早就訂婚了嗎？聽說是從小訂的娃娃親。」

「不不不！我聽老鄉長家出來的傭人說，是指腹為婚……」

「反正人家天生一對，遲早要結婚的，用得著妳們在這裡嚼碎！」

「可是江家早就破落了，家道式微，李家財大勢大的，還肯承認這樁親事？」

「噯，人家年輕人喜歡就好了，現在這年頭，誰還管什麼家道不家道。妳們看她出落得那麼漂亮，簡直就是她媽年輕時的樣子。」

「就是，她媽當年可是四村八鄉出了名的妖豔狐媚，人家不都說伏藏兄的么兒媳婦是個狐狸精嗎？」

「什麼狐狸精，那根本就是禍水啊！害人不淺……」

「真的。長得漂亮有什麼用？硬生生害死人了……真正禍水……造孽啊！」

聽到這裡，江雨寒不禁心頭火起——

毀謗她無所謂，可是汙衊她的母親，絕不能忍。她從小就聽過村民們說她媽媽長得很漂亮，但她害死誰了？根本是無中生有！

正想轉身去找那些人理論，突然聽到一個蒼老而持重的聲音——

「留點口德吧，妳們這些女人，從年輕到老都是一個樣，嘴巴這麼歹毒。妳們忘了廟裡的老宮主曾經說過，伏藏兄對我們附近這幾十個庄頭有大功德嗎？看在伏藏兄的份上，再怎麼樣也不該隨便議論他的後人！」

聽那位老伯這麼說，她一時反而不好意思回頭找人吵架。

正猶豫著，賣魚的大嬸溫言對她說：「山裡的女人日子過得無聊，也沒別的消遣，就愛這樣東家長西家短的亂嚼舌頭，別放在心上。妳媽媽只是水人沒水命，不是什麼狐狸精。」

江雨寒感激地抬頭看了她一眼，「謝謝。」

至少有人讓她感覺到，不是所有的村民都是那麼澆薄。

阿凱身體復原如初，不用再三餐清淡，所以她精心準備了滿滿一大桌色香味俱全的菜餚，有毛豆蝦仁炒蛋、翡翠椒鑲肉、芙蓉蟹肉、三色蛋、清蒸鱸魚、三杯中卷、百合山藥雞湯、黃魚莧菜羹、糖醋排骨……

他坐在餐桌前，驚訝地看著那十幾道頗費功夫的菜。

「妳一個人煮的？」

「難道你看到我背後有小幫手？」她微笑道。

他笑了笑，「我媽連我喜歡吃什麼都告訴妳了？」

「沒有，我只是記得你小時候愛吃這幾道菜，所以就試著煮看看。有些菜我以前沒煮過，請多包涵。」

「看起來廚藝很好，妳真厲害，現在完全是賢妻良母的樣子。」他忍不住讚美。

「我住在姑媽家的時候，表姐們都在國外唸書，姑媽吃不慣外傭的料理口味，所以都是我負責煮飯。」她一邊說，一邊幫他添好飯、盛好湯，拿好餐具，連現調的新鮮水果茶都倒好了。

「不要把我當成病人，我已經好了。」

「今天晚上我就要回山上別墅，可沒有機會再幫你服務了。」她半開玩笑地說。

他沉默了，沒說什麼，低頭吃飯。

「對了，我夢見土堣厝的老婆婆，她請我代替她向你道謝，是你幫她達成多年來耿耿於懷的心願。」

「舉手之勞而已。」阿凱淡淡地說。

「阿凱，我也要謝謝你……」謝謝他救了在時光長河另一頭愧悔不已的自己。

正說著，放在圍裙口袋的手機鈴響，她拿起一看，是承羽。

「組長，有什麼事嗎？」

「聽說妳還在阿凱家，我下午過去接妳，方便嗎？」電話那頭傳來他儒雅溫柔的聲音。

「組長你回來了？怎麼這麼快？」不是才回公司三、四天嗎？

「董事長交辦的事項處理完了，我放心不下……麗環，所以回來看看。如今還在高鐵上，等一下小鴻和阿星會來接我，順道去載妳。」

「但是……」她遲疑著。

「妳不方便嗎？很抱歉造成妳的困擾，但是我們要開會……」

承羽一貫客氣而堅定的語氣，讓人無從拒絕。

「可以稍微晚一點嗎？至少讓我等到伯父和伯母回來。」

組長說要開會，必定是從公司帶回來很重要的消息，但她受人之託，不能不忠人之事。

「好，那等妳電話。不管多晚，我都會去接妳。」他溫和地說。

「……謝謝組長。」組長果然是個好人！

第十六章　怨鬼夜哭

和煦的陽光懶洋洋地從大片落地窗灑進屋內，庭院中盛開的紫荊花不時飄入帶著甜味的淡淡幽香。

一個寂靜的午後，偶有微風拂過，響起細細的花瓣落在枯葉上的聲音。

阿凱坐在書桌前，對著厚厚數疊空白的各色符紙練習畫咒。

江雨寒替他的大床換上洗淨曬乾的新床單和新被套，再用抹布擦拭那幾個擺放全套《道藏》的巨型書櫃。

「妳不用這麼辛苦，我媽會定期請人來打掃的。」阿凱抬頭看著她忙碌的背影，感到過意不去。

「不辛苦，舉手之勞而已。」她回頭微笑，「你當我不在就好了，專心畫你的符咒吧。」

見她執意，阿凱便也不再干涉。他聚氣凝神，垂眸低聲誦咒：「天地穹蒼，律令九章；靈符鳳籙，烈日飛霜；神臨筆振，道氣顯揚。」接著以毛筆蘸朱陽之墨，在一張黃色符紙上飛速揮毫。

一氣揮就之後，他把那張書寫著大梵起雲符的紙箋拿起來看了看，感覺不滿意，於是擺到一旁，又抽過一張新的。

苦練許久，看著那一疊快堆成小山的報廢符紙，他輕嘆一口氣，「我實在不太會畫符。師父說，妳爺爺是符籙高手，可惜我來不及向他老人家學習。」

「我爺爺大概也不是一開始就會，阿凱慢慢練習，以後必定也很厲害。」

「等我畫出有威力的道符，第一張一定送給妳！」

「好啊！我非常期待。」她開心地說，走過來泡了一杯茶遞給他，順手整理一下桌上凌亂的各色符紙。「這些符紙的顏色不一樣，有什麼分別嗎？」

「黑符五行屬水，用來辟火鎮宅；青符屬木，木屬陰，用於鬥法及調遣陰兵；黃符屬土，可以除煞驅邪，陰陽通用。」

江雨寒點點頭，「原來是這樣，我還以為符咒只有黃色一種。」她拿起架在硯臺旁的硃砂墨條緩緩研墨，在硯臺上磨好足量的朱墨之後，又走回去清潔書櫃。

過了一會兒，李景揚和沈秋棠回來了。

阿凱幫江雨寒提著她前幾天帶來的小行李箱和筆電包下樓。

「小雨，這幾天辛苦妳了！謝謝妳照顧阿凱！」沈秋棠一見到她就熱情的招呼。

「沒什麼，是阿凱照顧我比較多。」江雨寒不好意思地說。

「對了，」沈秋棠轉向阿凱，「這次去你小阿姨家，遇到隔壁楊伯伯的女兒，她還問起你，說很想你呢！你還記得她嗎？」

「不記得。」

「怎麼會不記得呢？楊伯伯的女兒跟你同年紀，你第一次看到她的時候，還把人家誤認成小雨……」

「媽！」阿凱有些侷促地打斷她的話。

「好好好！我不說了。」

「小雨，妳這麼早就要回去了？」李景揚注意到阿凱手上的行李。「留下來吃晚飯吧！晚一點阿凱再送妳回別墅。」

「謝謝伯父，但我同事有事找我，等一下他們會來接我。」

「這樣啊，那就沒辦法了。」沈秋棠遺憾地說。

向他們兩人道別之後，阿凱陪著江雨寒到外面等承羽。

盛開的紅花石蒜在夕陽餘暉下，更顯得豔紅如血。晚風過處，時有花瓣紛舞，一片紅霧彷彿蔓延到西北山區。

她站在花田邊眺望，一朵飛花偶然落在她髮間，像一隻紅色的蝴蝶。

「謝謝你，阿凱。雖然村裡的人都說這是地獄花，不吉利，可是真的好漂亮。」

「妳喜歡就好，無所謂吉利不吉利。」阿凱幫她把被風吹亂的圍巾整理好。「不過師父曾告訴我，這種花有鎮魂之力。」

「鎮魂？」江雨寒訝異地抬頭看他。

「相傳盛開在三途川的黃泉之花，可以讓亡者遺忘生前執念，得到安息。」

「真的嗎？」

她不禁想起鈞皓。原本在當她背後靈的鈞皓，那天跟著她到阿凱家之後，晚上就突然離開了，莫非是受到這些地獄之花的影響嗎？

「師父說的，諒想不假。」

「我真應該送一大把給那天攻擊我們的惡靈，她的執念太深了。」

「妳果然知道那個女鬼的來歷。」阿凱微笑看著她。

江雨寒驚覺自己說溜嘴，尷尬地笑笑。

「我不明白妳想隱瞞什麼，但如果情形不妙，務必要告訴我。」他神情凝肅地說。「那個女鬼再敢傷妳，天涯海角我也會把她抓出來。」

「謝謝你，阿凱！」她覺得無比感動。「你對我真的太好了。」

「不用跟我客氣。我可以問妳一件事嗎？」

「當然可以，你也不用跟我客氣。」不知道為什麼，雖然阿凱對她很好，但她常覺得兩人之間有一種無形的隔閡，再也不能像以前兩小無猜那樣的親密了。也許人長大了，就是這樣吧！

她離開的那年，阿凱還是個體型跟她差不多的瘦弱小男孩，如今已比她高大許多。即使他們靠得這麼近，當她像這樣抬頭仰望著他的時候，總有種疏離之感。

「那我就不客氣地問了——妳喜歡承羽嗎？」

江雨寒愣了一下，沒料到他是問這個。她認真地想了一想，「組長是個好人。」

「看得出來他是個好人，而且對妳特別好。」他意有所指地說。

「我剛到公司的時候，其他部門的同事間流傳一些不好聽的謠言，導致董事長夫人很不喜歡我，多次想把我辭退，是組長極力斡旋維護，我才能保住自己喜歡的工作。組長真的很照顧我。」

「所以，妳喜歡他嗎？」

「很多人都喜歡他。」據她所知，整個公司沒有人不喜歡組長，因為他待人和善、樂於助人。

「我指的不是那種喜歡。我是說，妳想跟他在一起嗎？」

江雨寒理解了他的意思，連忙說：「怎麼可能，組長有女朋友了。」

「要是他沒有女朋友呢？」

「我沒想過這個問題。」她有些憂傷地自嘲：「組長的家世背景及個人條件都很好，就算他沒有女朋友，也不會考慮像我這樣一無所有的人吧！」

一無所有，真是她的最佳形容詞，親族風流雲散、父母不知所蹤，除了二姑媽的家，她甚至連個容身之處也沒有，而姑媽的家也不能說是她的家。

阿凱濃眉微蹙。「妳不是一無所有，妳還有我……我是說，還有我家的人。江家和李家世代交好，妳可以把我們當成自己的家人一樣。」

他的話讓江雨寒驀然紅了眼眶，淚水瞬間滑落。

「……有什麼好哭的，還是像小時候那樣愛哭。」大概不想看到她流淚，他將視線轉向夕霧漸漸瀰漫的紅色花海，和遠方暮雲籠罩的黑色山影。「妳離開的這些年，每次看到這些花，我就會想起妳，很想知道妳過得好不好。可是我不能去找妳。」

江雨寒擦掉不小心滑落的淚水，本想順著他的話問「為什麼」，但又覺得這樣好像在質問人家為什麼不來找她，似乎有點失禮，所以一時遲疑。

「妳這次不會又不告而別吧？」他問。

「不會，而且現在你有我的手機號碼，你也可以隨時來找我，我會很歡迎你的。」她真誠地說。

「如果妳需要幫忙，也可以隨時來找我……」

正說著，只見承羽的車從敞開的李宅大門開進來，緩緩停在花田旁的停車場。

承羽下車快步朝他們走過來。稍事寒暄後，他伸手接過阿凱手上的小行李箱和筆電包。

「兄弟，我家小雨就暫時麻煩你照顧了。」阿凱對著他說。

承羽愣了一下，隨即抿唇微笑。「照顧小雨是我應該做的，不必客氣。」

為了和玉琴、小鴻及阿星會合，承羽載她前往醫院，五個人聚在麗環的病床旁開會。

麗環仍舊沉睡著。據玉琴說，她現在昏睡的時間越來越長了，幾乎很少醒來，而且明顯日漸衰弱，如果繼續這樣下去，很怕她再也醒不過來了。

大家看著麗環蒼白消瘦的臉，心裡都很擔心，只是嘴上不說。

「組長，說吧！你從公司帶回來什麼壞消息？」小鴻率先打破沉默。承羽一從公司回來就聚集眾人開會，他知道絕對沒好事。

「烏鴉嘴！你又知道是壞消息了。說不定是老闆覺得我們最近蠟燭兩頭燒太辛苦，要給我們加薪呢！」阿星忍不住跟他抬槓。

「不被裁員就謝天謝地了，還想加薪！」小鴻冷哼一聲。

江雨寒微感不安地看著承羽。

承羽嘆了一口氣，輕聲說：「公司高層有意資遣麗環，另外徵選三位新編劇來頂替她的位置。」

「為什麼？這樣也太現實了吧！」玉琴立刻不滿地說。「因為麗環現在變成這樣，就迫不及待要把她踢掉嗎？」

「雖然現實，但也不意外。」小鴻無奈地說。「你說公司高層，是老闆的意思，還是闆娘？」

「是董事長夫人的意思。」

承羽說的董事長夫人，就是小鴻口中的闆娘，在公司擁有很大的決策權，有時候連董事長都不得不服從她。

玉琴冷笑了一下，「我就知道。」

「那老闆怎麼說？」阿星問道。「該不會老闆也同意吧？麗環好歹為了公司嘔心瀝血賣命了十幾年，說踢就踢，也太無情了！」

「董事長原本想保留麗環的編劇位置，但夫人一派的人以現在劇本進度落後為理由，堅持要裁掉麗環，找新人遞補，所以董事長也很為難。」

說到「劇本進度落後」，大家不禁默然。因為這是不爭的事實——如今少了麗環的戰力，而玉琴又必須分神照顧她，劇本進度確實落後不少。

「已成定局了嗎？」小鴻問道。「麗環真的被裁掉，編劇組補進新人，那我們幾個勢必就要立刻返回公司了吧！總不能把新進編劇晾在那邊不理。」

「確實如此。所以我請求董事長再給我們一點時間，暫時保留麗環的職位。董事長的意思是，如果劇本能趕上正常進度，他就可以駁回夫人的意見。」

「補上進度就可以的話，前輩那一部分的劇本，由我來寫。」江雨寒說。

「小雨，這樣會不會太勉強？雖然妳一向都能如期交稿、從不拖延，但妳最近事情也很多……」玉琴猶豫地看著她。

「沒問題的，還好這次劇本大綱是我代替前輩擬的，我比前輩更清楚劇情內容。」她不禁慶幸當初麗環把擬大綱這件苦差事丟給她。

「好，那玉琴落後的部分，我和阿星來協助補上。」小鴻自告奮勇地說。

「欸你……」莫名其妙被拖下水的阿星驚訝地看向小鴻。他自己的部分都寫不完了，小鴻居然還自動幫他攬事！

「我怎樣？我們是一個團隊，本來就應該互相幫忙。還是你想置身事外，眼睜睜看麗環被裁掉？小雨一個人寫雙人份都沒在叫了，你是不是男人？」

「好啦！好啦！說不過你，我寫就是了！」阿星只得投降。

「謝謝！身為麗環最好的朋友，我代替她謝謝你們仗義相助！」玉琴感動不已地說。可是當她看向床上的麗環，心裡又有點感傷。「只是不知道麗環什麼時候才能好起來，如果她一直這樣神智不清，大家辛辛苦苦保住她的職位，又有什麼意義……」

「我的朋友告訴我，前輩的魂魄可能失落在防空洞裡，如果在當天出事的地點進行招魂，或許可以把前輩救回來。琴姐，麗環前輩有沒有認識什麼術士高人呢？我記得妳跟我說過，前輩因為體質的關係，從小到大常跑宮廟神壇，現在遇到這種事，應該有人可以幫她吧？」江雨寒說。

「對喔！我怎麼沒想到！真是累到昏頭了！」玉琴大夢初醒的樣子。「麗環喜歡裝神弄鬼，她那體質又經常卡到陰需要去宮廟處理，據她自己說，確實認識不少有神通的高人。」

「有辦法聯絡到那些人嗎？」江雨寒連忙問。

「呃……沒辦法。」玉琴興奮的情緒頓時消失，變得愁眉苦臉。「我不認識她說的那些人，不知道怎麼聯絡。」

「那麗環本人，有那些人的聯絡資訊嗎？」承羽突然問道。

「她本人當然有……對了！麗環的手機！她的手機有電話號碼啊！」玉琴激動熱切地轉向江雨寒：「小雨，麗環的手機！」

「蕭伯伯答應過我，這幾天有空會幫我拿回來。」

「那就好！如果麗環的手機沒摔壞，裡面鐵定有高人的聯絡資料，太好了！」玉琴高興地雙掌合十。

「難道是為了這個原因，上次麗環醒來才會吵著要自己的手機嗎？」阿星說。「還好小雨一直堅持要幫麗環撿回手機，如果是我，大概只會把麗環神智失常時說的話當放屁吧！小雨幹得好啊！」

「我覺得還是不要高興得太早。」江雨寒並不像他們那麼樂觀。「蕭伯伯能不能順利撿回手機、手機能不能正常開機都還不知道。明天我想先到附近幾個鄉鎮的宮廟神壇問問看，有沒有法師或乩童可以幫忙。」

「好，明天我陪妳一起去。」承羽很快地說。

「我也贊成，可是小雨，妳為什麼不找妳那位青梅竹馬援助呢？」小鴻不解地問。「那天在防空洞外面等你們出來的時候，那幾個警察都說妳朋友和他那個師父法術修為高深莫測，山村裡常有人被魔神仔牽走，要是家屬能請動他們師徒出馬，通常都可以順利找到人，所以村民們對他們是很敬重的。直接找他們幫忙不就好了嗎？」

江雨寒面露難色，「蕭伯伯說他最多只能幫我拿回手機，其他的事不便插手，至於阿凱……我不能再欠他人情。」人情債最難償還，她怕自己還不起。

「沒有關係，我們找其他人。」承羽諒解地拍拍她。「明天一早就出發。」

深夜，江雨寒做了一個夢，和那天在阿凱家做的惡夢一模一樣。

在承受超過忍耐極限的痛苦之後，她感到靈魂彷彿要脫離軀殼一般，意識逐漸迷離。

但不斷從肉體傳來的痛楚並沒有輕易放過她，她覺得自己的身體被別人以頭下腳上的姿勢粗暴地拖行著，頭髮連著頭皮大片大片地脫落，裸露的頭骨在粗礪的地面摩擦，如火炙般灼痛。

不知道過了多久，她在自己濃烈的血腥味中聞到一股竹葉混合潮濕泥土的氣味，大量銳利的尖刺不時從地面插進她早已血肉模糊的背部。

好像被拖進一個陰暗的竹林裡。

她驚恐地睜大眼睛，被血水淹沒的視線只見一輪鮮紅的月亮。

那些惡人把她重重扔到一個有水的地方，她感覺冰冷而帶著惡臭的水從糜爛見骨的傷口處滲入身體，刺激著她的骨髓和神經。

接著一陣巨響，紅色月亮不見了，她身陷絕對的黑暗中。

「不要！」絕望嘶喊造成的巨大回音幾乎震破耳膜。

江雨寒一邊慘叫，一邊摀著自己的耳朵，從夢中驚醒。

從窗外灑進屋內的寧靜月光告訴她，剛才那些殘酷的痛楚不過是一場夢；雖然是慘絕人寰的夢。她長長吁了一口氣，餘悸猶存地放下掩耳的雙手。

驀然，一陣細細的哭泣聲像針一樣，扎進她的耳朵。

那聲音非常接近，就像在房間裡一樣——

她循聲轉頭一看，月光照不到的角落蹲著一個白色的背影，長髮散亂。

此時那個背影正不斷顫抖，似在哽咽啜泣。

「劉梓桐……妳是劉梓桐吧？妳……」也許是因為那個背影看起來很脆弱，也許是因為那幽幽飲泣的聲音令人動容，江雨寒突然不害怕她了。

她起身下床，朝牆角的鬼影走過去。

就在這個時候，敲門的聲音輕輕響起。

「小雨，妳還好嗎？我剛才聽到妳大叫……」門外傳來承羽焦急憂慮的聲音。

那個鬼影應聲消失了。

江雨寒愣了一下，轉身走去開燈開門。

「妳沒事吧？」房門開啟後，承羽緊張地上下審視，急於確認她是否平安無事。

「我沒事，只是做了一個惡夢……」

「妳的脖子？」他驚訝地注視著那些青青紫紫的吻痕，雖然瘀血已淡，但在她白皙的頸項上仍顯得怵目驚心。「妳受傷了嗎？遇到什麼事了嗎？怎麼會……」

「沒什麼，那是阿凱……」

聽到「阿凱」兩個字，承羽怔住了，整個人瞬間冷靜下來。「抱歉，不應該過問妳的隱私，沒事就好。我回房了。」他很快地轉身離開。

「組長！」江雨寒對著承羽上樓的背影輕喚。

她想問他一個問題——劉梓桐是怎麼死的？

第十七章 密雲不雨

承羽彷彿沒聽到她的低聲叫喚，快步上樓去了。

因為怕吵到樓上的小鴻和阿星，她不便高聲呼喊，只得作罷。關上門後，轉頭望向剛才鬼影所在的角落，意外發現牆角的地面上竟有些微水痕。抬頭看看天花板，並沒有漏水的跡象，這些水是從哪裡來的呢？

她凝視著那些可疑的水漬好一會兒，若有所思。

最近做了兩次同樣的夢，每次夢醒都適逢劉梓桐在場，她不禁聯想，這個恐怖至極的夢是否和劉梓桐有關？

組長曾經說過，劉梓桐生平悲慘，莫非……

江雨寒不敢置信地搖搖頭，甩掉這個荒謬而可怕的想法。也許劉梓桐只是想嚇她呢？跟劉梓桐同流合汙的中年惡鬼甚至還試圖附在阿凱身上對她不利，足見惡意之深。

可是用這種慘絕人寰的惡夢來恫嚇她，有何用意？

反正是睡不著了，她拿抹布擦掉水痕之後，打開書桌上的筆電開始查找資料。

她以公司名稱加上「片場」作為關鍵字進行搜尋，找到數則多年前的新聞報導。

那些報導絕大部分都是關於片場道具儲物間深夜惡火、奪走六名員工性命一案。

片場失火那一年，她還只是個高中生，但到公司任職之後，曾從片場的同事口中聽過這件事。

他們詭祕地告訴她，那六名葬身火窟的同事死得蹊蹺，即使事隔多年還是不能理解。

道具間是一個占地數百坪的大廠房，四面各有一道可容貨運卡車進出的大型鐵門，因為經常需要搬取布景道具，所以各出入口大門總是保持大開，從不關閉。火災發生時，四個鐵門一如往常是敞開狀態，又不是密閉空間，真想逃命的話，怎麼會連一個人都跑不出來呢？

事發之後，一向憎厭鬼神之說的老闆，居然破天荒地聘請乩童、道士來命案現場開壇作法，而且還不止一次，後來更把整個廠房拆除，變成一片荒地。

當時儲物間失火，頂多是存放在裡面的道具部分焚毀，廠房結構並沒有受到損傷，何至於要全部拆掉？片場同事私底下議論紛紛，但揣測半天也沒個結論。

她第一次和前輩一起到片場的時候，曾向麗環問起這件事。

當時麗環爽直地說：「就是鬧鬼嘛，有什麼好疑惑的！整個廠房拆掉，讓烈日曝曬個幾年，再凶惡的鬼也不能作祟了。妳可別到處去講，若是讓老闆聽到，承羽都保不了妳！」——**片場曾經失火，然後鬧鬼**。

不過羅難的六名員工都是男性，她想這個事件大概和她的惡夢沒什麼關係，於是繼續查找其他新聞。

除了片場失火案，還有一則員工失蹤案。

一名年輕的女職員深夜自公司離開後，從此失蹤，片場監視器曾拍下她失蹤當日在大門外徘徊的影像。

根據公司高層表示，該職員是日班員工，不明白她何故深夜出現在公司片場，所以她的失蹤與公司完全無關。

江雨寒針對這個失蹤案進行搜索，但找來找去只有這篇舊聞，沒有更多相關報導了。而且這篇簡略的報導與其說是新聞，倒不如說是公司單方面的撇責聲明。

報導下方附有當時監視器錄到的影像內容，她點開來看，灰濛濛的畫面中有一名長頭髮的女子，手上好像提著一袋東西，一下子靠近片場的大門柵欄，一下子又走出監視器的拍攝範圍，如此重複五、六次。

最後一次離開鏡頭範圍之後，就沒再出現了。

江雨寒努力想看清楚那名女子的長相，無奈畫面太模糊，再加上拍攝角度的問題，幾乎看不到對方的臉，她實在很好奇別人是如何斷定影像中人就是失蹤的女員工？

她把監視器的影像放到最大、播放速度調低，眼睛湊近螢幕，反覆看了好幾次。

監視器以高處向下的角度拍攝，只見那名女子在大門邊朝片場張望片刻，往旁邊走去，消失在鏡頭中；過了一會兒又走回來，做出類似引頸而望的狀態。

她隱約有種似曾相識的感覺。

正覺得困惑，畫面中的女子忽然抬起頭來，對著鏡頭露出一張詭異的笑臉——那人的嘴角不自然地上揚，刻畫出一道譏諷、挑釁的弧度，眼神卻充滿怨毒，直勾勾地瞪視著螢幕外的江雨寒。

江雨寒被這突來的變化嚇傻，張大眼睛怔怔地和螢幕中的臉對望，連尖叫都忘了。過了幾秒，她才匆匆關掉視窗、將筆電螢幕用力蓋上。

剛才那個是？

她緊緊壓著心跳劇烈的胸口，心臟簡直快要跳出來。

之前重複看了好幾次監視器的內容，明明沒有這一幕的，怎麼會……

她害怕了起來，直覺想逃離房間，但無處可逃——樓上只有三個大男生，這個時間去打擾他們是不恰當的；而逃到空無一人的一樓客廳更可怕。

於是她強迫自己冷靜下來——又不是第一次見鬼，沒什麼好可怕的，會攻擊人的劉梓桐比那個可怕多了……螢幕裡的東西傷不了她的！

她在心裡這樣安慰自己，不過始終沒有勇氣再打開電腦螢幕。

隔天一早，江雨寒腦袋昏沉沉地坐上承羽的車，眼睛酸澀得幾乎張不開，因為她死盯著闔上的筆電直到天亮，整夜沒睡。

今天天氣很冷，她把圍在頸間的圍巾拉高掩住半張臉，溫暖舒適的感覺讓她很想睡覺。

承羽顯然也沒有睡好，眼睛下方明顯帶著徹夜未眠的痕跡。

一路上，兩個疲憊的人很少交談，江雨寒設定好導航路線之後，渾沌的腦袋就開始放空，承羽則比平常更沉默。

她本來想問他，劉梓桐的死因是什麼？是不是如同她猜測的那樣？不過此時她累得什麼話都不想說，而且組長異於平常的靜默也更讓她不知如何開口。

抵達附近鄉鎮的知名宮廟時，她才強打起精神下車。

一個上午，他們就跑了十幾座宮廟，可是得到的結果是令人失望的。

那些宮廟負責人一聽到事關防空壕，紛紛表示愛莫能助。有的說那裡是風水惡地，生人有進無出；有的自謙法力微末，不敢攬事；有的甚至直接叫他們去找崇德宮的蕭巖師徒。

即使江雨寒一再表示酬勞不成問題，也沒有任何道士法師願意承攬。

「比我想像的更棘手啊。」江雨寒頹然走出第二十間宮廟，心情幾乎沉到谷底。

這二十間都是她事先上網查過，口碑很好，而且確定有提供攝招亡魂、解厄禳災之類宗教科儀的知名宮廟。本來想從中挑一間看起來更靠得住的，沒想到全部落空，人家根本不肯幫忙。

「沒關係，我們再找其他的，宮廟那麼多，總會有願意幫忙的。」承羽一貫沉穩溫和的安慰她，雖然他也顯得有點沮喪。

「可是我不知道哪裡還有宮廟，凡是網路上有人推薦的、評價不錯的，我們都去過了，除了崇德宮……」崇德宮不少人推崇，很多評論都說宮主看起來一副生人勿近的樣子，卻很靠得住，但她絕對不考慮。

「我們先回去休息吧，我看妳很累了。」承羽將導航設定好回家的地址。「明天我還會在這裡停留一日……」

「等等，組長，我想再去一個地方問問看。」說到崇德宮，她忽然想起另一座宮廟。

「什麼地方？」

「離防空洞最近的宮廟，承天府。雖然沒聽說承天府有提供道教科儀服務，但我記得承天府曾為鈞皓進行招魂，說不定也可以幫我們呢！」她暗自責怪自己怎麼沒早點想到！承天府的法師和乩童就曾經進去過防空洞啊！

於是他們滿懷期待地趕往承天府。

不料廟公一聽到招魂地點在防空洞深處，就對他們搖搖頭。

「沒法度啦！防空壕太危險了，不是普通人可以靠近的，你們還是打消這個念頭吧。」慈眉善目的廟公嘆氣地說。

江雨寒說：「可是我聽說承天府的法師曾幫一個小男童進行招魂……」

「那是有警察大人帶路，而且離洞口不遠。若是妳說的那個位置，不可能啦！沒人敢進去那麼深的地方，別想了！」廟公連連擺手。

最後一個希望也破滅了，江雨寒難掩失望的垂下肩膀，幾乎要哭出來。

「我看你們真的很想救人，不然這樣啦，妳去崇德宮問。崇德宮蕭巖師徒曾得高人指點，在召將請神這方面確有兩把刷子；不過崇德宮有『四不原則』，要請動他們，是比較困難。」廟公說。

承羽好奇地問：「什麼原則？」

「崇德宮不收香油錢，不接受信眾捐獻，不開壇問事，不管閒事，碰巧有緣他們才會幫忙。你們加減問問看，要是他們不肯出手，你們也就可以放棄了。」

向廟公道謝之後，江雨寒垂頭喪氣地隨著承羽往虎門的方向走，經過偏殿的時候，突然有一個蒼老的聲音傳來——

「自身難保，還想救人。」

她驚訝地轉頭，只見通往鼓樓的樓梯口旁竹榻上，一位身著漢服、皤然白髮盤成混元髻的老爺爺正閉目打坐。

江雨寒四下一看，整個大殿只有他們三個人，連剛才的廟公都不知道走去哪裡了。

「老爺爺，您在跟我說話嗎？」她輕聲地問。

老道士睜開眼睛，雖然年紀看起來很大了，但目若點漆、炯炯有神。

「潁川江氏後人。」老道士說。這是一個肯定句，不是疑問句。

江雨寒大吃一驚，她從沒見過這樣的一位老道長，為什麼對方知曉她的身分？

「是，晚輩無知，請問老爺爺如何稱呼？」她恭敬地問。

老道士沒有回答，僅對她招了招手。

江雨寒走過去，在他的竹榻前蹲了下來，承羽則站在她身側。

老道士伸出枯枝一般乾瘦的手，輕輕撩開她的瀏海，注視著她的印堂。

「果然是妳。繼承自伏藏兄的天賦幾乎蕩然無存了。」他粗嘎蒼老的聲音像嘆息般。

「為了保妳一命，伏藏兄果真殫精竭慮。但眼前這時刻，妳出現在這裡，莫非真是天命難違？」

什麼「天賦」、「天命」，她完全聽不懂，只覺得這道士爺爺身上的氣息跟她的祖父很像，有一種熟悉感。

「孩子，跟我來。」老道士下榻，引著她走到虎門外，居高臨下地眺望西北山區。「看到山上的雲了嗎？」

江雨寒依言望去，只見不遠處的山巒雨雲籠罩，看起來十分沉重，但又沒有絲毫將要下雨的跡象。

她點點頭，「看到了。」

「那是陰氣聚積之象。」

「陰氣？」她直覺想起爺爺曾經卜算的風天卦。

「當年潭底蛟龍得道升天，意外損毀封印，風天之陣出現裂痕，無法久持；伏藏兄為了不讓自己的後人在破封反噬之日首當其衝，所以遺命族人離開此地，妳實在不應該回來。」

江雨寒訝異不已地聽著。道士爺爺口中的「風天之陣」，大概就是蕭伯伯所說的封印陣法，但是蛟龍升天，為什麼會讓封印破損呢？她完全無法理解。

正想細問，那老道士並不給她機會。

「孩子，速速離去吧！天意如此，老道能為故人做的，也只有這樣。」老道士嘆了一口氣，轉身離開了。

江雨寒滿頭霧水地看向承羽。

蕭伯伯說她不可久留，老婆婆的鬼魂勸她趕快走，這位明顯和祖父相識的道士爺爺也叫她儘快離開，但她走了就沒事了嗎？那已經出現裂痕的封印呢？西北山巔逐漸聚積的陰氣呢？這些都不用管，只要獨善其身就好了嗎？

「聽起來，似乎妳繼續留在這個村子會有危險，不如我先帶妳離開，麗環有玉琴、小鴻他們照料……」承羽擔憂地看著她。

他不自覺想起返回公司的前一天，在崇德宮隨意抽的詩籤──「與子同歸」，或許神明的旨意是要他帶著小雨一同歸去？

他從不迷信，此時卻不禁想著：如果當時真的帶她一同回公司就好了……

江雨寒搖搖頭，道：「再過一陣子吧，至少得先救回麗環前輩，她因我而來，我不能丟下她。」

她不知道自己繼續留在村子將會面臨什麼樣的危險，但要她拋下生死未卜的前輩不管，她做不到。何況，現在她有一個不能離開的理由。

隔天早上，承羽和她正準備出門去找宮廟，別墅裡來了兩位不速之客。

江雨寒驚訝地看著李景揚，和他小心翼翼攙扶著的那位老態龍鍾而威嚴不減的老翁──

阿凱的祖父李松平！

「叔公，伯伯。」她禮貌地稱呼，把他們請進客廳。

阿凱的祖父和她爺爺情同兄弟，所以她從小敬稱為叔公。

「叔公和伯伯怎麼突然來到這裡？應該是我過去請安問候才對。阿凱呢？怎麼沒有跟你們一起來？」她好奇地問。

進門的時候，李景揚低聲囑咐：「我們瞞著阿凱來的，阿凱一大早就去山上梅園看梅花授粉的情況，千萬不要讓他知道這件事！」

看李父慎重其事的樣子，她不禁有些不安。叔公和伯伯瞞著阿凱來，到底是什麼事啊？

「畜生！還不跪下！」李松平在沙發上坐定之後，立刻一聲重喝。

江雨寒還沒反應過來，李景揚倏然應聲下跪。

眼見長輩都跪了，她嚇得連忙跟著跪在地上，承羽則遠遠待在客廳角落，心知當下自己不便多事。

「叔公，伯伯，這是做什麼？」

「我叫他跪，是因為這畜生教子不善，導致阿凱做出對不起伏藏兄的醜事來！」李松平怒氣騰騰，滿是皺紋的臉顯得更加嚴肅可怕。

「阿凱？阿凱怎麼了嗎？」她緊張地問。難道阿凱闖了什麼大禍了嗎？

她知道叔公雖然非常疼愛阿凱，但自幼對他的管教也是異常嚴厲，從不徇私寬貸，她不禁為阿凱感到擔心。

「妳問阿凱怎麼了？這小畜生不是趁妳借住在李家的時候，對妳做出不軌的事嗎？」李松平說。

「沒有啊！叔公，您誤會了，阿凱沒有對我怎麼樣！」她連忙解釋。

「妳還替那小畜生辯解！我都已經聽說了。如果阿凱沒有對妳做出禽獸不如的事，妳脖子上的圍巾是想掩飾什麼！」

「這個……這個是……」

李景揚惶惶然抬頭看向江雨寒的脖子。他和沈秋棠雖然暗自希望小雨可以成為他們李家的媳婦，但他絕對想不到阿凱會這麼快就對小雨下手，還傳得人盡皆知，連他那隱居深山的老父親都聽說了！

「畜生！頭抬太高了！」

李松平一聲怒斥，李景揚立刻把頭垂下來，不敢再抬起。

李松平轉向江雨寒，神色略微平和地說：「我今天來，是為了上門提親。聽說現在江家能替妳作主的，只有妳家二姑阿蘭，把她的地址給我。還有，請妳看在老人家的面子上，原諒阿凱這小畜生。我只有這麼一個孫子，必是我溺愛不明，縱壞了他……」

「叔公，這不關阿凱的事！」情急之下，她拉開纏繞在脖子上的圍巾，露出四條黑色抓痕和淡粉色的數點瘀血。

看到橫亙在白皙頸項間那些兀自猙獰的怪異爪痕，李松平不由得一怔。

「這些傷痕都是纏著我的惡鬼造成的，是阿凱救了我，他真的沒有做出任何不該做的事，請你們不要誤會他。」

李松平愣了許久，大大地鬆了一口氣。

「還好沒有對不起伏藏兄，否則我百年之後真沒有臉去見他。不過，妳和阿凱的事，如今傳得不堪入耳，於妳名聲有損，為了負起責任，我還是得向妳二姑提親，想來阿蘭也十分樂意。」

「我的名聲倒無所謂，叔公請不要多慮……」

李松平瞇起了眼睛，「妳的意思是，嫌棄我們李家？認為我們阿凱配不上妳？」

江雨寒尷尬地說：「不是！不是！我怎麼敢這樣想！只是覺得現在談論結婚的事太早了，我才剛從學校畢業不久，還想再工作幾年……」

見她困窘為難，李景揚忍不住幫腔：「爸爸，小雨說得也對，她和阿凱都還很年輕，才二十出頭的人，來日方長，也不用急於一時……」

李景揚好說歹說許久，好不容易才把李松平安撫住了，不再堅持要江雨寒把她姑媽家的地址交出來。

「好吧！妳跟阿凱的婚事擇日再議，我先回去了。」李松平臨去之前，語重心長地對她說：「對了，我聽說了妳試圖找宮廟法師闖防空壕的事。雖然我知道沒有人膽敢這樣做，但還是要警告妳——不要輕舉妄動。萬一惹出禍端來，即使妳是我未來的孫媳婦，我一樣饒不了妳！」

對於李松平的告誡，她感到十分驚訝——消息這麼靈通，真的是隱居深山、不問俗事的老人家嗎？還有，那麼多宮廟的人同時拒絕她的請託，態度堅決不留餘地，會不會與李松平有關呢？

兩人離開後，一直靜靜待在角落的承羽走過來將她扶起，協助她坐在沙發上。

「組長，謝謝你。」她感激地說。直挺挺的在堅硬的花崗石地板上跪了這麼久，她的膝蓋都有點麻了。

承羽在她身側坐下，神情顯得有些懊惱。「日前再度攻擊妳的惡鬼，是劉梓桐對吧？這幾天我回公司，發現她似乎沒有跟著回來，心裡就覺得很不安，果然纏上妳了。妳為什麼不告訴我？」

她猶豫了一下，「我不知道要怎麼說。如果我告訴你實情，你打算怎麼做呢？你會使用我爺爺的五雷符，讓劉梓桐魂飛魄散、不得超生嗎？」

「妳……」承羽詫異地看著她。

「抱歉，我聽到那天你和蕭伯伯的對話，我聽到你說劉梓桐生前是個可憐的人。組長，你能告訴我，劉梓桐是怎麼死的嗎？」

他沉默了一下，「我也不知道。」

「你不知道？」

「我只知道她失蹤了。」承羽神情哀傷地說。「有一天深夜，劉梓桐在片場外面等我下班離開……」

江雨寒心中一凜，想起那個可怕的惡夢，又想起組長房間的照片，忍不住問道：「她是組長的女朋友嗎？」

「不是，我和她不熟，她是片場的工作人員，只有偶爾在片場遇到時會點頭打個招呼。我也不知道為什麼那天深夜兩點多，她會帶著給我的消夜在那裡等我。」

那你怎麼會知道她在等你，又怎麼會知道她手上提的消夜是給你的呢？江雨寒按下心中的疑問，耐心等待承羽繼續述說。

「片場大門的監視器拍下她等候的身影，但我還沒離開片場，她就不見了，那一袋消夜丟在大門附近，袋子裡有一封收件人寫著我名字的信函。」

江雨寒恍然大悟。原來是一封未能親手送出的情書……不知道為什麼，她感到有點哀傷。那封遺落在片場大門的信函證實了失蹤者劉梓桐的身分，情書最終也成了遺書。

「劉梓桐從此失蹤，下落不明。直到有一天，麗環告訴我，她看到劉梓桐的鬼魂出現在片場，死狀淒慘地跟在特定一群人後面。」

特定的一群人？江雨寒直覺聯想到昨夜看過的新聞。

「是當年死在片場大火的那六個人嗎？」

第十八章　冤魂索命

「爸爸，何必對小雨這麼嚴厲呢？為了不讓她再進防空壕冒險，阿巖刻意騙她這樣會引起浩劫，相信小雨會有分寸的。」下山途中，李景揚一邊開車，一邊說。

後座的李松平一臉凝肅。「我看得出來，這孩子跟她爺爺一樣頑固，而且過於婦人之仁，如果不嚴厲地告誡她，我怕她為了救人會連自己的命都搭上去。」他說著嘆了一口氣。「她若不在這個村子，我管不著；既然回來了，我就有義務護她周全。這也是為了阿凱。」

「阿凱……阿凱這孩子就是這麼死心眼。」李景揚苦笑著說，語氣卻滿是溺愛。「雖然他沒說什麼，但我看得出來，小雨回到村子讓他非常高興。」

「去崇德宮吧！我有話問阿巖。」李松平說。

李景揚依言開往崇德宮方向。

剛回到廟裡不久的蕭巖見他們兩人來了，連忙把手上那支髒兮兮的手機放入夾鏈袋，丟進抽屜，然後拿出上等的茶葉，洗手泡茶。

李松平在蕭巖平日慣坐的位子坐下，李景揚和蕭巖則恭敬地侍立在側，不敢就坐。

李松平慢慢喝了一口熱茶，問道：「防空壕的情況如何了？」

「我方才去看過，結界的裂縫越來越大，而怨氣越來越重，恐怕難以久持。」蕭巖平靜地說，似乎對這樣的狀況早已心裡有數，雖然擔憂，卻不驚惶。

李松平眉頭微皺，「真的沒有辦法補救嗎？」

「當年伏公所設風天法陣，陣眼有三，其中之一在東南方麒麟瀑布下方深潭，借助潛修的蛟龍之力鎮壓，不料數十年後神龍得道，升天而去，導致陣眼殘破。這是天數，非人力可以挽回。」

三人沉默許久，李景揚小心翼翼地說：「雖然少了蛟龍之力，但是麒麟瀑布風水寶氣仍在，或許還能補強？」

「補強的方法當然有，只是……」蕭巖遲疑地看了李松平一眼。

「『打生樁』？」

數十年前，蛟龍升天、陣眼破損之時，江伏藏和李松平針對這情況討論過無數次。他也曾向江伏藏追問過補救的辦法。

江伏藏告訴他，補救的辦法不是沒有，但過於殘忍，大傷陰騭。

這個辦法就是所謂的「打生樁」——以活人進行獻祭，沉於瀑布深潭，靠「人柱之力」取代蛟龍之力。

雖然人柱之力遠遠比不上蛟龍之力，但聊勝於無。

李松平認真的考慮過這個做法，無奈江伏藏堅決反對，而且當時也找不到合適人選，所以也就罷了。

「不是所有人都可以用來『打生樁』，沒有天賦靈力的人，就算獻祭一萬個也無濟於事。」蕭巖垂眼小聲說道：「眼下能夠用來獻祭的，唯有一人……」

李松平神色大變，「你說阿寒？這絕對不行！」

「對啊！絕對不行！」李景揚連忙跟著說。「而且江世伯早已封住小雨的靈力，如今她和普通人無異，哪裡還有力量成為人柱！」

「伏公當年確實將她天生的靈力全數封印，以至於幾乎感應不到她身上那股異於常人的力量，但我日前無意間發現，阿寒竟有和亡者溝通的能力。」

「和亡者溝通？」李景揚面露困惑。

「一般孤魂野鬼若無神明作主恩准，不能隨意開口說話。但阿寒可以聽見死者的聲音，甚至和亡魂進行對話，我猜想，是她身上潛藏靈力的威能。要是伏公施加的束縛不再，犧牲繼承了伏公靈力的阿寒來『打生樁』，絕對可以大大強化風天法陣……」

「閉嘴！阿巖，你怎麼會有這麼可怕的想法！」李景揚忍不住厲聲譴責。

「我也不想，但一個人的犧牲，可以挽救數千村民的性命，是你會怎麼選？」蕭巖面露不忍，但仍冷靜地說出自己的想法。

「那麼愛犧牲，你自己怎麼不去犧牲？拿別人的命來拯救那些村民，不就好偉大、好了不起？」李景揚氣得反唇相譏。

「我沒有那種天生的靈力，否則……」

「不准再提這件事！」李松平果斷打斷蕭巖的話。「阿寒是我未來的孫媳婦，誰也不能動她！」

「孫媳婦？」蕭巖愣了一下，總是繃緊的臉難得出現笑意，卻是比哭還難看的苦笑。

「李老，您應該知道他們不能在一起……」

「誰說的！」

「伏公、前任宮主和我，耗盡畢生心血，苦心孤詣全力栽培阿凱，是為了……」

「我不管這些，我只知道，當年讓我唯一的孫子接受這麼嚴苛的乩身修煉，無非是為了我的兄弟和他最疼愛的孫女。只要能保全阿凱和阿寒，就算犧牲那些村民，也無所謂。」李松平異常冷靜地說。

「李老！您怎麼能這麼說！村民是無辜的！」

李松平笑了一下，看向蕭巖的眼神卻十分冷酷疾厲。「村民無辜，那江氏一族和我家阿凱就活該？伏藏兄為那些人做的已經夠多了，多到令我生厭！你自己說，因果報應，能讓兩個小孩子來承擔嗎？」

「這……」蕭巖一時語塞。「可是……伏公的心願……」

「伏藏兄的心願，就是讓他最疼愛的孫女過著安穩無憂的日子！你不過是他的後輩，能比我更了解他？」

蕭巖不禁默然。他不認同李松平的說法，但沒有話可以反駁。

雖然曾蒙伏公指點道術，但因輩分相差懸殊，他確實不敢自認為有多了解伏公的想法。

「伏藏兄當年為了封住阿寒身上的力量，費盡心力，江李兩家為此也付出極大的代價，你可知為了什麼？」

「晚輩不知。」

「就是怕阿寒被你們這些自私自利的人，以大義為名而隨意犧牲掉。」

「我……」對方毫不留情地指責，讓蕭巖羞愧地垂下頭。

李松平見狀，語氣稍稍和緩一些：「我年輕的時候，也曾經像你一樣，想採用『打生樁』的方式補強法陣，將犧牲降到最低，但伏藏兄告訴我，人命不因多寡而有輕重之別。再說，犧牲一個人當『人柱』，能頂上多久的時間？若干年後，『人柱』毀壞，結界裂縫再度出現，那時又要再犧牲誰？這不是個辦法，你懂嗎？」

「是……晚輩知錯。」

李松平點點頭，作勢起身，李景揚和蕭巖連忙上前攙扶。

「你的工作，就是繼續留意法陣的變化，還有，千萬別讓阿寒再跑進防空壕！她若有絲毫閃失，我唯你是問！」

「是。那阿寒的朋友如何處理？她的魂魄失落在法陣結界之內，要援救相當困難，但如果不設法施救，只有死路一條。」蕭巖請示道。

「不管閒事。」李松平隨口說完，轉身離開。

劉梓桐失蹤之後，警方投入大量警力搜索，地區搜索隊也熱心協尋，但遍尋無果，連屍首都沒有。

她為了等候承羽離開片場而失蹤，讓他良心不安，所以他在公司及片場附近張貼上千張尋人啟事，也利用網路尋求幫助，可惜都沒有消息。

直到三個多月後，麗環神色慘然地告訴他，劉梓桐可能凶多吉少了，因為她在片場看到劉梓桐的亡靈。

雖然死狀極慘，殘破的形體幾乎不成人形，但尚能從那張相對保存得較好的臉皮認出，確實是她沒錯。

「這……這是真的嗎？」承羽聲音顫抖。

「真的啦！我會拿這個開玩笑嗎？」麗環紅著眼睛說。「我真的看到她了，她的樣子好慘，頭髮大半脫落，裸露的頭骨破裂凹陷，左手手掌只剩一半，身上殘破的洋裝都讓血給染紅發黑了……好好的一個女孩子，怎麼會變成這樣？」

承羽雙掌掩住臉，好一段時間說不出話來。

「她……她有說什麼嗎？」

麗環搖搖頭，「我看到她幾次，她都是跟在道具間木工組那幾個人後面，我一直看著她，在心裡面默禱，試圖跟她溝通，可是她好像察覺不到我……」

「木工組？」承羽驚訝地抬起頭，「片場工作人員有四百多個，她為什麼要跟著木工組的人？」

「我在想，」麗環壓低聲音說：「會不會就是那些人害死她的？那幾個看起來就不是善類，而且，劉梓桐看著他們的眼神充滿怨恨，睚眥欲裂……」

「警方一直查不到線索，已經快放棄了，我們把這件事告訴警方？」

「不可能，無憑無據，警察不會相信的，搞不好我們還會惹禍上身。」麗環皺著眉頭，苦苦思索了一會兒。「對了，我有辦法！」

過了一陣子，片場突然出現種種流言。

好多員工都說，木工組那幾個中年人早就對劉梓桐有意思，多次涎皮賴臉地糾纏她。

還有人說，木工組的某人曾向劉梓桐告白遭拒，所以懷恨在心。

片場附近小吃店的老闆娘也說，劉梓桐失蹤那天深夜一點多，曾看到木工組那六個人在路邊喝酒，喝得醉醺醺。

很多人都把這些流言當真，說得繪聲繪影，還越傳越離譜。

但承羽一聽就知道是麗環搞的鬼，於是私底下問麗環。

「你不要管，這是我的『非法正義』！看著就是了，我一定要把殺害劉梓桐的人渣揪出來！」麗環胸有成竹地說。

因為流言甚囂塵上，警方果然盯上木工組那六名員工，只是缺少決定性的證據，無法採取進一步行動。

事有湊巧，其中一名員工某甲因有販毒嫌疑，電話長期受警方監聽，有一天意外監聽到一段奇怪的對話。

木工組某乙在電話中告訴某甲，最近常常夢見劉梓桐，剛才睡到一半被人推下床，該不會是劉梓桐真的來找他了？

某甲對此則是哈哈大笑，回說：「她活著的時候都不怕了，還怕死掉的嗎？你就是太膽小，才做這種惡夢！」

警方根據這段可疑的對話將兩人列為嫌疑人，對他們進行測謊。

大家都以為案情將有所突破，滿心期待，沒想到這兩個人竟順利通過測謊。

麗環找上承羽，萬念俱灰地說：「這世上沒有天理，我也沒招了。只可憐劉梓桐慘死，沉冤難雪……」

找不到凶手，也找不到遺體，承羽和麗環能做的，只有經常去安慰劉梓桐的家人，定期給予經濟上的支助。

聽到這邊，江雨寒忍不住拿面紙擦擦眼淚。以前她覺得陰魂不散的劉梓桐很討厭，而現在只覺得她可憐。

「劉梓桐的家裡還有哪些人？」

「她從小父母離異，是奶奶獨力養大的，家裡只有奶奶，今年八十多歲了。」承羽同情地說。

「奶奶知道劉梓桐已經遭遇不幸了嗎？」

「過了這麼多年，老人家早已經不抱任何希望了。前幾次我和麗環去看她，她都說只盼著能在有生之年好好安葬自己的孫女，不然死也不會瞑目。」

老人家的這個心願讓人感到異常沉重。

「劉梓桐的遺體到現在還沒找到？」

「那兩位同仁通過測謊後沒多久，片場失火，木工組六人在道具間燒成焦屍，從此就斷了線索。」承羽一臉哀傷遺憾。

江雨寒想起那個被阿凱捏爆的猥瑣中年惡鬼，恍然大悟。「他們一定是被劉梓桐抓走了。」

「麗環也是這麼說，她一直認為那六個人的死，是劉梓桐的鬼魂為自己討回公道。」

「在那之後，劉梓桐的鬼魂就纏上你了嗎？」

承羽點點頭，「起初只是隱隱約約感覺身後好像有人，麗環偶爾也會瞥見，但麗環說對方沒有惡意，所以我也就沒放在心上。自從來到這個村子，她不知道為什麼時時現形，還對妳下手……」

難道是受到這村子的妖氣影響？江雨寒暗自揣測。

「對不起，小雨，我知道劉梓桐三番兩次攻擊妳，但我實在……沒有辦法親手消滅她……」承羽痛苦地說。

「沒關係，她的遭遇確實很可憐，我可以理解組長為什麼護著她。真抱歉，我曾誤以為她是組長的女朋友，我在你房裡看過一張很漂亮的女孩子照片。」

「我的女友……」

話還沒說完，小鴻快速地從三樓跑到一樓樓梯口，對著承羽說：「黃祕書說老闆有急事找你，他說你的手機一直打不通，所以打到我這裡來了，快去回電吧！」

「對不起，小雨，我得先跟董事長聯絡。」承羽歉然地說。

「沒關係，你先忙。」

承羽和小鴻上樓之後，小雨獨自在客廳打掃。雖然姑媽有雇請清潔公司定期維護房屋整潔，但此刻她的心靜不下來，也無心寫稿，只好隨便找點事做。

正擦拭著窗戶，大門的電鈴響了——這是今天第二次響起。

這次會是誰呢？

她疑惑地穿過庭院跑去開門，結果看到阿凱抱著一大把盛開的梅花枝椏站在大門外，隨著冷風輕拂帶來陣陣凜冽梅香。

「阿凱！你怎麼會突然跑來？」她很開心看到阿凱。

「我從山上梅園回來，順路經過這裡。出門忘記帶手機，所以沒先通知妳。」他說著將那把梅花塞給江雨寒。「這個送妳。」

沉甸甸的大把梅花幾乎將她埋沒，她吃力地將花束環抱在懷裡，像扛著一棵梅樹。

「謝謝你，阿凱！我最喜歡梅花了。」小雨自重重花瓣間露出臉，「外面很冷，到裡面坐吧。」

「不了，我的鞋都是泥巴。聽說妳四處找法師進防空壕救人？」

「你也知道了？」

對李家來說，這附近庄頭大概沒有什麼祕密。

「為什麼不找我？一定要這樣見外嗎？」阿凱有些不滿地說。

「我說過了，不是見外，我是不想連累你。」

「妳想太多了，說什麼連累，不過就是防空壕。上一次是累贅太多，綁手綁腳，這次我自己一個人進去。」

「崇德宮奉祀的主神北辰帝君曾經諭令本庄村民不得靠近防空洞，你身為帝君乩身，為什麼堅持要闖呢？是因為人命關天嗎？」

「我沒那麼偉大，當然是為了妳。」

阿凱直率的回答讓她萬分感動。「可是我不能讓你為了我冒險。」

「妳……」阿凱眉宇微蹙。

「如果你堅持插手的話，先回答我一個問題，要是你不願回答，那就打消獨闖防空洞的主意。」

看著她認真的表情，他有種不好的預感。

果不其然，江雨寒問了他最不想回答的問題——

「什麼是『李代桃僵』？」

從上一次黃可馨的反應和態度，她隱約可以猜到這句神籤的意思，但想知道得更詳細；但她也知道阿凱大概是不可能據實以告，所以故意用這個問題來為難他。

果然阿凱毫不遲疑地立刻找藉口離開——

「……我想起來了，我還有事要找我師父，我先走了。」他對她揮揮手，轉身上車，疾駛而去。

阿凱離開沒多久，她就接到蕭巖的電話。

蕭巖說她朋友的手機已經撿回來了，原本想叫阿凱送來給她，但聯絡不上，只好請她自己過去拿。

江雨寒連忙答應，向承羽借了車，動身下山。

第十九章　李代桃僵

「伏公唯一的弟子，當年為了區區一個女人葬送自己的性命，如今你想學他是嗎？要不是他如此輕捨自己的性命，你和我何必這麼辛苦！伏公又何必自斷地脈、骨肉離散！」

「什麼叫區區一個女人？那是一條生命。」

「為了一個不相干的人，賠上自己的性命，值得嗎你？」

「人命無價，無所謂值不值得。」

「哼！說得好聽！我知道你不過是為了阿寒！」

江雨寒來到崇德宮的廟埕，就聽到蕭巖和阿凱吵架的聲音從門內傳出來。

從聲音聽起來，蕭伯伯似乎氣得暴跳如雷，阿凱則是相對冷靜，無畏無懼。

正猶豫著要不要進去勸架，突然聽到自己的名字，她不自覺停步了。

阿凱聽出蕭巖話中的輕視和嘲諷，但不予理會。「有能力救人，卻袖手旁觀，和殺人有什麼分別？」

蕭巖冷笑了一下，「我知道你當然有能力，我和伏公及前代宮主嘔心瀝血栽培你這麼多年，如今本事大了，翅膀硬了。但你有能力又怎麼樣？伏公難道沒有能力嗎？他的法力道行遠在我們兩人之上，他都沒辦法做到的事，難道你可以？」

「我不會擅動你說的結界，我只是想救小雨的朋友……」

「那個外地人的魂魄困在封印之內，要想將魂魄引出來，勢必會牽動風天法陣，這嚴重的後果你我承擔不起。」

「一定有別的辦法。」阿凱篤定地說。

聽起來，他似乎不太信任蕭巖。

「有，是有別的辦法，但代價太大了，不值得。」蕭巖坦言不諱。

「整天計算值不值得，活得不累嗎？」即使面對自己的師父，阿凱說話也沒在客氣。

「像你一樣整天腦衝，為了沒意義的事情枉送性命，難道有比較好？」

「我不想跟你多說，我沒奢望你幫忙，但也請你不要攔我。」

「我不准你胡鬧！明知凶險，我若不阻止你，枉為人師！」

「明知有人命在旦夕，若是坐視不管，我也枉生為人！」阿凱針鋒相對地頂了回去。

「你！枉費伏公對你的期望和教導！與其看你送命，不如先打死你！」

蕭巖看起來失望至極，高高舉起右手。阿凱倔強地不閃不避，似乎想硬挨這雷霆萬鈞的一掌。

江雨寒見狀，不暇多想，立刻跑進廟裡面。

「蕭伯伯！」

「小雨？」她的出現讓阿凱十分驚訝，他蹙了蹙眉。「妳來這裡做什麼？」

「我來找蕭伯伯的。」她轉向一臉盛怒的蕭巖：「蕭伯伯，有話好好說，阿凱不是小孩子了。」

前任宮主脾氣火爆，動手永遠比動口快，阿凱幼年接受訓乩之時，常常挨打，當時她就十分看不過眼，常拉著祖父來救援，前任宮主雖然剛烈暴躁，但不敢不聽祖父的話。

她不知道蕭巖是否也是只論拳頭不講道理的人，但她不能眼睜睜看阿凱被打，而且還是為了她的事。

蕭巖右手懸在半空許久，終於頹然放下。

他無聲地嘆了一口氣，「你給我去廂房閉關坐禁！」

「師父！」這個時候他怎能去坐禁！

「去！在你的心靜下來之前，不准出來！」蕭巖聲色俱厲地喝令。

「師父……」阿凱顯得相當為難。

「現在連師命都不聽從了，你還認我這個師父？」蕭巖諷刺地說，語氣卻有些悲涼。

話既已說得這麼重，阿凱也不得不屈服了。若是再不服從，一定會被冠上欺師滅祖的罪名，他實在擔當不起。

於是他默默轉身，朝廂房的方向走去。

江雨寒不知所措地看著他的背影。

乩身坐禁專用的靜室，是個不見天日的小房間，裡面很暗，一盞燈也沒有。對外只有一扇小門，和一個比人頭稍大一些些的小窗，門窗都是從外頭上鎖加貼封條，不能隨意開啟。

坐禁期間，三餐只能喝水和吃少量水果，就從那個小窗遞送進來。

阿凱以前接受訓乩的時候，曾在這裡待了好幾個月，後來也常常受命閉關修煉，所以他已經很習慣了，並不覺得苦。

他在草蓆上打坐，躁進的情緒漸漸沉澱，心境卻不清明，一些陳年往事紛至沓來。

「……你雖然沒有天賦，但資質不比我那英年早逝的徒弟差。知道伯公為什麼不收你為徒嗎？只是因為不願意讓你和阿寒亂了輩分……算是我這老朽之人的私心吧，伯公大限將至……等你和阿寒都長大成人，如果你初心未改，希望你代替我照顧她……」

他回憶起小雨的爺爺曾經對他說過的話。

據說，江氏一族遠近親疏四百多人中，只有直系子孫雨字輩中年紀最小的小雨遺傳到伏藏公的天賦和靈力，一出生就被崇德宮的主神北辰帝君選為乩身。伏藏公對此十分憂慮，唯恐自己的孫女降年不永，於是想盡辦法隱匿小雨身上的靈力。後來小雨果真變得和普通人一樣，靈力全失，可是對崇德宮的神明無法交代。

當時年幼的他自告奮勇代替小雨成為乩身，在江李兩家長輩，和崇德宮宮主的見證下，掣中「李代桃僵」的神籤——雖然徵得神明首肯，但代價是終生不得離開村子。

受到這個神明開立的條件束縛，他不能像其他同齡的年輕人一樣去外縣市奮鬥打拼；高中畢業後，即使順利考上大學，也因不能到外地就讀，被迫放棄。

自願成為乩身那時，他還很小，過了這麼多年以後，他是否感到後悔？

正捫心自問，忽然一陣若有似無的香氣隨著呼息滲進心底，讓他渾身一震。

他張開緊閉的眼眸，看到房中唯一的窗戶不知何時開了一個縫，一隻小小的手慢慢伸了進來，動作輕盈地將一顆比手還大的蘋果放在窗下的桌子上，過了一會兒，又悄無聲息地遞進幾顆鮮紅碩大的蓮霧。

「這麼小的手，怎麼支撐得起妳所背負的天命？」

他想起伏藏公曾經這樣笑著對小雨說，帶著悲憫的神情。

「小雨？」

握著橘子的小手頓住了。

「……阿凱，你沒事吧？」江雨寒微細的聲音從窗外傳來，帶著一些遲疑。

「妳怎麼還在這裡？」

看到小窗外照進來的光線，他知道大廳已經點上燈，至少是傍晚五點以後了。

「我一直在這裡……啊不，我剛才離開了一下，去村子裡的超市買了一些東西。」她放下手中橘子，很快地把幾瓶礦泉水和盥洗用品遞進來，一一排列在桌子上。

「為什麼還不回去？天都黑了。」

「我擔心你。」她也不知道自己在擔心什麼而堅持守在這裡，大概是怕阿凱和他師父又吵起來，或者是怕阿凱偷跑進防空洞。

「我沒事啦，又不是沒坐禁過。」阿凱心裡很感動，嘴上卻這麼說。「師父知道妳在這裡嗎？」

「知道。」

「他有對妳說什麼？」

「他跟我說你坐禁的時候不能吃飯，但是可以吃水果和喝水，然後把我同事的手機拿給我，就一直待在自己的辦公室裡。」

「我知道了。妳快點回去吧，夜間山路開車危險，妳的手機借我，我叫雷包小胖送妳回去。」

「不用麻煩了，我慢慢開就好，不會有事的。」她婉拒了他的好意。「我回去以後，你不要再跟蕭伯伯吵架了。我明天再來看你，你坐禁期間，我會照三餐幫你送水果的。」

「不！妳不要再來了！」阿凱連忙說。

「為什麼？」

「妳在這裡，我不能靜心修煉。」

他知道師父為什麼默許小雨留在這裡，還刻意讓小雨給他送三餐，無非是為了擾亂他的心境，讓他永遠無法出關。

真是老奸巨猾的一個人……

「那你三餐怎麼辦呢？」她擔憂地問。

「放心，師父還不至於餓死我。等出關解禁之後，我會去找妳。」

「好，我等你來找我。至於我同事的事，你就不用掛心了，這個手機裡有我同事熟識的高人聯絡電話，他們一定會有辦法救她的。」

「嗯。妳回去吧。」

縈繞在鼻息間的香氣漸消，廂房重歸一室黑暗闃寂。他緩緩閉上雙眼。

代替小雨成為神明乩身、背負上原屬於她的枷鎖，他從來沒有後悔過；大概永遠也不會後悔。

因為和董事長有言在先，隔天一早，承羽不得不先趕回公司。小鴻等人開著承羽的車送他去高鐵站，然後帶著麗環的手機去醫院和玉琴會合。

昨晚事先充好電的手機，在玉琴手中順利開機了，眾人不約而同鬆了一口氣。

要打開通訊錄之前，江雨寒有些良心不安地說：「琴姐，沒有前輩的同意，我們真的可以偷看她的手機嗎？」

「這種時候還管這麼多幹嘛！」阿星白了江雨寒一眼，「她都已經躺在那裡不省人事了，難道還能跳起來揍我們不成？」

「安啦安啦！我跟麗環穿一條褲子長大，她的東西就是我的東西，她的手機就是我的手機，不會跟我計較的。我來看看哪些人可以幫忙……」

玉琴開始檢視手機裡的電話簿，其中有一個群組名稱直截了當地標示著「高人」二字，裡面都是麗環以前常跑的宮廟神壇的電話。她照著上頭的號碼一一打過去，向對方說明麗環現在的情況，並請求協助。

雖然原本就沒有奢望大家會多熱心積極幫忙，但對方的回應也實在大出意料──大部分的宮廟神壇負責人都用「距離太遠、愛莫能助」或「強龍不壓地頭蛇」為由直接拒絕了她。

好不容易有一、兩家神壇答應幫忙，但過沒多久又打電話過來推辭，讓大家非常傻眼。

玉琴越打越洩氣——四處碰壁，求援無門，這樣的結果跟她當初預想的差太多了，看來麗環沒燒好香啊……

「都打過了？還剩哪一家沒問？」小鴻湊過來看麗環的手機。

玉琴有氣無力地指著上面一個特殊的號碼。

「稻荷神社？小島田光？」小鴻驚訝地唸出上頭的名字。「聽起來像日本人欸！麗環台灣的廟拜不夠，還拜到日本神社去喔？」

「我記得這是麗環讀大學的時候認識的，這個小島田是東京國學院大學的學生，曾經到台灣當交換生，麗環好像跟他很合得來，這十多年來都還經常保持聯絡，到日本旅行的時候也會特地繞去找他。」

「麗環不是不懂日語嗎？怎麼溝通啊？比手畫腳？」阿星好奇地問。

「我見過他一、兩次，這位小島田先生中文說得很不錯。」

小鴻問：「那他有什麼特殊能力？為什麼歸在『高人』這一類？」

「他家是開神社的，規模還不算小，爸爸就是神社宮司兼神主，他自己也是神職，至於是什麼職位，我就搞不清楚了。能被麗環稱為高人，應該不是泛泛之輩吧？」玉琴說。

「那妳想要向他求助嗎？」

「日本這麼遠，就算對方真的有能力，大概也不肯來吧！我看還是算了。」阿星說。

「可是，整個高人群組裡，只剩下這個電話……」玉琴猶豫了一會兒。「還是試試看好了，也許他看在多年的交情上，肯跑這一趟呢？」

她按照上面的號碼撥打過去，聯絡上小島田光。

「……是的……麗環目前的情況，就是這樣，在醫院躺很久了，越來越嚴重……沒有人可以幫忙……你願意來？真是太好了……啊？什麼？你再說一次……多少？……這……呃……呃……這……我商量一下，好，好，再聯絡！」玉琴通話時的臉色越來越難看，最後匆匆掛上電話。

阿星立刻問道：「怎麼了？看妳一臉大便。對方怎麼說？」

玉琴擦了擦額上冒出的冷汗，「我問你們，你們總共有多少錢？」

「妳問這個幹嘛？」阿星奇道。

「對方說他願意來台灣，為麗環出一點力，但要收錢……」

小鴻點點頭，「這是拿命在拚的事，收錢也是應該的。他開價多少？」

「先付清驅邪費用一千萬日幣……來回機票、在台灣期間的食宿另外計費，事成再給五百萬日幣酬謝金……」玉琴灰頭土臉地說。

小鴻和阿星的臉色也都變了。

一千萬日幣，大約三百萬台幣，對有錢人來說或許不多，但對他們這些窮編劇來說，可是天文數字。

「太、太多了吧？這是行情價嗎？」小鴻有點傻眼。

「總共加起來大約五百萬，我們幾個哪拿得出來？麗環又沒有家人可以幫忙……」阿星嚥了嚥口水，艱難地說。「對了，組長家裡很有錢，也許……」

「怎麼好意思跟人家開口！」玉琴愁眉苦臉地說。

「琴姐，那位小島田先生真的願意幫忙嗎？」江雨寒突然問。

「我聽他的語氣是挺熱心的，而且好像很有把握的樣子，就是這錢的部分……」

「如果他可以救前輩，這筆錢我負責。」

「小雨，妳哪來這麼多錢？」三人詫異地瞠視她。

「我爸失蹤之前，留下一筆錢給我，我想他是把爺爺的遺產都轉到我名下了，五百萬還不成問題。」江雨寒苦笑著說。「琴姐，請妳和小島田先生聯絡。」

「小雨……」玉琴感激地望著她，眼中泛淚。「之前就聽說妳爸爸失蹤了，妳一定很擔心吧！」

「本來是很擔心的，但過了這麼多年，我好像有點明白了——他不是失蹤，而是故意避開我吧！」她平靜地說。

「怎麼可能啊？哪有這麼狠心的爸爸！」

「這次回來村子，我才終於知道爸爸為什麼從小就討厭看到我，而且一直不肯住在家裡。」

「這是為什麼？」

「因為我和媽媽長得一模一樣。」這個意外的發現，是她這次返回山村的收穫之一，雖然並不值得高興。

她夢見深夜自己一個人在片場大門外徘徊，有所等待。

突然後方衝出數名凶神惡煞合力抓住她，將她拖到附近荒地的蘆葦叢中。他們粗蠻的撕爛她身上的衣服、撩起她的裙子，輪流對她施暴。

她又痛又驚，兩隻手死命亂抓，抓傷了其中一人的眼睛，那人登時大怒，抽出身上的尖刀，將她的手掌狠狠釘在地面上，讓她掙扎不得。

時間的流逝對她來說似乎毫無意義，她承受著無止境的慘痛，多次幾近昏厥，又痛醒過來。後來這些人扯著她的腳在粗礪的地面拖行，彷彿她是一袋水泥或磚塊這類沒有生命的東西。

地上的碎石殘枝不時刺破她的皮膚、深陷血肉，劇烈的痛楚讓她瀕臨休克昏迷，殘存的神智卻清楚地意識到，那些人把她拖到荒地附近的幽深竹林，然後打開一個廢棄許久、水泥建造而成的灌溉用水塔，將她扔了進去……

冰冷刺骨的觸覺強迫她清醒。

她睜開眼睛，看到一張尚未完全腐爛而充滿怨毒的鬼臉近在眼前——

一身濕淋淋的劉梓桐從天花板倒掛而下，混合著髒水惡臭的汙血，涔涔地滴落在江雨寒臉上。

（下集待續）

番外・山村守則

此為《山村奇譚》平行世界，故事內發生的人、事、物，皆與故事正文內容無關。

（一）

這次的連休假期，編輯部的同事們決議要去小雨前輩的故鄉旅遊度假，據說那是一個川山秀麗、風光明媚的地方。

而為了節省經費，大家就下榻在前輩家位於深山的別墅，三餐由前輩負責提供。食宿都不用擔心，還有小雨前輩充當旅遊嚮導，一切看起來非常美好，只是我覺得這樣好像凹前輩凹太大了，心裡有點過意不去。

小雨前輩是個溫柔和善的人，對於眾人的決議，她只是笑了笑，沒說什麼。

出發當天，小雨前輩發給部門同事每人一張紙，說是生活公約，請我們大家在山村住宿期間務必遵守。

接過那張大大的、海報似的Ａ２紙，我不禁感到有點奇怪，像生活公約這種東西，用Ａ４列印就很夠了，用到Ａ２也太浪費。

區區四日遊而已，哪來那麼多注意事項？我們又不是小學生，前輩未免過於謹慎了。

我隨意瀏覽了一下，只見上面洋洋灑灑、密密麻麻印了一大篇——

【山村生活公約】

第一條：山村多竹，如果看到竹子橫倒在路中央，請掉頭迴避，或繞路而行，絕對不存在跨過或鑽過這類選項。（開車時若無路可繞，或可考慮強行輾過，但後果難測，請自行衡量。）

第二條：村子東北方村道可連接多處知名景點，但請謹記該路段係沿右側山壁修築而成，不存在左轉岔路，如若看到左轉路標，或導航指示左轉，請勿遵行。

第三條：山路兩側偶有運動健行的村民，但深夜十一點以後，若在山崖邊看到人影，最好不要貿然靠近。（特別是有心血管疾病的同仁。）

第四條：村子東北方有一個名為「蘭桃坑」的山谷，谷中有湖，湖畔蘭桃兩植、美如仙境，但請不要相信「月明之夜可以在湖面看到嫦娥奔月的影子」這種傻話。（上一個相信的人至今未歸。）

第五條：北村風景甚好，風水亦佳，白天不妨一訪，但日落前務必離開。

第六條：西北大湖幽靜壯麗，但嚴禁下水，如果看到有人在湖中戲水，請勿效仿，那是八字特重、或有練過的。沒有規定不能垂釣，但釣到的魚請不要烤來吃。

第七條：湖邊山腳下的防空洞絕對禁止進入！

第八條：村南瀑布頗負盛名，但業已坍塌斷流，毋庸前往，以免增加村中員警的業務。

第九條：山區廢墟甚多，請勿隨意擅闖探險，因為不確定其中是否有其他住戶。

第十條：深夜十一點以後，盡量不要在村中流連，如果發現自己因不可抗力因素在原處打轉，請洽江家特約宮廟——崇德宮——請求協助，電話是：0X-XXXXXXX。

看完十條生活公約，我已經覺得不太舒服，萬萬沒想到底下竟還有一大串——

【別墅住宿守則】

第一條：別墅中所有房間皆可使用，除了地下室。如果半夜聽到地下室傳來敲擊或撞擊聲，不用擔憂，因為門鎖堅固，外面進不去，裡面也出不來。

第二條：頂樓前廳放置的古箏偶爾會傳出聲響，請勿理會，除非彈奏的曲調是〈十面埋伏〉。

第三條：深夜如若聽到走廊上有女生低泣聲，請不用放在心上，本人生性開朗，那絕對不是我。

第四條：如果看到庭院裡有長髮長裙的女子徘徊，務必假裝沒看到，千萬不要跟對方的眼神對上。

第五條：如果遇到一個長相清秀的小男孩提議帶你出去玩，請不要答應。給他糖果或巧克力，他就會自動消失。

第六條：身穿軍服的帥氣少年比較罕見，但如果看到他出現，請盡快通知我。

第七條：深夜兩點聽到外面響起〈給愛麗絲〉的音樂旋律，請不用急著衝出去倒垃圾，因為垃圾車從來不會開到這裡，也沒有人半夜三更收垃圾。

第八條：所有房間的梳妝台上都有一條粉色綢布，睡前請記得把鏡子蓋上。

第九條：別墅大門偶爾會自己開啟，請把它當成電動門。如果不想看到它自動開啟，建議在開門前提早準備好鑰匙，不要站在大門外翻找。

第十條：天黑之後務必關上窗戶。如果看到外面有大量黑色物體在飛，請把那些東西想像成蝙蝠。只要不開窗，它們就傷不了你，不必擔心。

第十一條：睡覺時若聽到樓上有打彈珠、玩乒乓球甚至是開運動會的巨大聲響，請不要急著責怪其他同事，當成水錘效應會好一點。

第十二條：早上睡醒若發現窗簾被拉開，請先確認門鎖狀態。如果房門和窗戶的內鎖都未曾遭到破壞，表示絕對沒有人闖進房間，敬請放心。

第十三條：每個房間都有衛浴，半夜若聽到裡面傳來水流聲，請不用特地起來關水龍頭，因為不久之後就會自動關閉。

第十四條：如果看到一隻橘色大貓出沒，請務必……

「別墅到了喔！」

還來不及看完全部的住宿守則，坐在副駕駛座的小雨前輩轉過頭來輕聲提醒，臉上帶著一如往昔的溫柔笑意。

抬頭望著山坡上那座矗立在不鏽鋼蝕花大門後方的宏偉別墅，我不禁陣陣惡寒。

我可以先回家嗎？

（二）

我們一行八個人，共駕駛兩台車——其中一輛是這次沒有同行的組長友情贊助，一輛是小雨前輩的——在富麗宏偉的別墅圍牆外停了下來。

我掙扎著要不要下車，可是看其他同事都紛紛下車了，只好認命地跟著大家走到後車廂拿行李。

這些人打從上車之後就開始整路酣睡，我猜他們一定沒有事先詳閱「山村守則」，態度才能這麼輕鬆愜意！

小雨前輩手上拿著一串鑰匙，剛靠近那扇不鏽鋼蝕花門，沉重厚實的大門就自動開啟，向後方滑開一道不小的縫。

「咦？你們知道我回來了？」

比起自動開門，小雨前輩從容自若的低語讓我更為震驚——這完全是一副習以為常的樣子啊！

我驚恐地望向身邊的同事，他們大概因為是旅途疲勞而沒注意到大門自動開啟吧？有的打著哈欠，有的四處張望、讚嘆這棟別墅的外觀高雅華麗。

這時我突然深深領悟，無知未嘗不是幸福……

小雨前輩帶我們前往各人的房間。三樓有四個大套房，四位男士一人一間，女生們則是住在二樓。因時近黃昏，小雨前輩囑咐我們可以隨意使用各人的房間後，就匆匆忙忙下樓準備晚餐了。

我本來想幫忙的，雖然我不會煮飯，可是洗菜、切肉、剝蒜頭什麼的總還行。但前輩溫柔地婉拒我了，她叫我回房好好休息，或者四處走走、熟悉一下住宿環境也可以。

站在設備齊全的豪華大廚房外，看著小雨前輩忙碌的身影，我心裡十分感激。

這樣說或許有點老派，但我第一次看到前輩時，腦海中確實浮現「花容月貌」這四字。

然而，天生的美貌似乎並沒有為她帶來好處，據我所知，公司裡除了編劇組以外，其他部門半數以上的女同事都不喜歡她，經常暗中排擠、衝康❶；這大概和編劇組組長癡心暗戀小雨前輩的傳言密切相關。

不過前輩早就有論及婚嫁的男友了，據說出身望族，長得又高又帥，各方面條件都不比組長差。也許是因為這樣，所以更讓人嫉妒？

不管怎麼說，我覺得前輩是難得一見的好人，唯一的缺點大概是個性有點天兵，天到會讓人很想抓住她的肩膀用力搖晃、叫她醒醒的那一種。

在廚房外站了一會兒，覺得空氣有點悶熱，於是我走到客廳外的大庭院透透氣。

外頭夕陽銜山，暑氣未消，但微風習習，空氣中帶著清新的花草香味，令人心曠神怡。

我隨意瀏覽庭中那些不知名的美麗植物，忽然在花木扶疏間看到一個陌生的身影。

時值盛夏，那個女生卻一襲白色的長衣長裙，長髮披散，看起來十分詭異。而且最奇怪的是她的眼睛——

我猛然想起「山村守則」中曾提及，不可以和庭院中的女子眼神對上，但……這個人有所謂的「眼神」可言嗎？

那個女生眼睛已經被挖掉，只留下兩窪血淚乾涸的空洞眼窩。

我看清楚這一點之後，嚇得連連後退，不慎摔倒在地。

無眼女聽到動靜，突然以賽跑的速度衝過來，用黑褐色的眼窩「瞪視」著我。

「江雨寒那賤人在哪裡？那個爛貨、掃把星在哪裡？就是妳！對不對？賤人！」她瘋狂地掐住我的脖子，恐怖異常的聲音彷彿出自她的胸腔或腹腔。

慘了！慘了！守則上好像沒提到萬一眼神對上該怎麼辦啊？

我只能奮力掰住對方的手，勉強從喉間擠出一句：「我不是江雨寒！」

無眼女怔住了，掐著我的雙手漸漸鬆開。

「妳不是江雨寒……妳不是那個賤人……那江雨寒在哪？那個爛貨在哪……」

她自言自語著，緩緩走向圍牆邊的樹林，顯得有些落寞的背影消失在樹蔭深處。

撿回一條命的我連忙衝回屋內，緊緊拉住小雨前輩拿著鍋鏟的手。

「庭院裡，有、有、有……」我抖到說不出話來。

「有女鬼？」前輩接下我的話。

我點頭如搗蒜。「她她她她她……」

「罵我是嗎？」

我不由得怔住：前輩怎麼都知道我要說什麼？

「沒關係，讓她罵，反正她找不到我，沒事的，別怕。」小雨前輩拍拍我的肩膀，溫柔地安慰我。

但這好像不是重點吧？重點是……是什麼？遭受過度驚嚇的我，一時間也想不起來了。

為眾人準備好豐盛的晚餐之後，小雨前輩脫下圍裙，拿起自己的隨身行李。

「你們慢慢吃，我先回家了。明天出發去湖邊烤肉之前，我會再過來。」

「什麼？」我大為震驚。「前輩妳不是住在這裡的嗎？」

「不是啊，這是我姑媽的別墅，雖然她過戶給我了，但我很久沒有住在這裡了。小鴻、阿星沒跟你們說嗎？」

「小鴻前輩和阿星前輩只叫我們記得帶墨鏡來，其他什麼也沒說……」

小雨前輩不禁噗哧一笑，「他們真愛說笑。小鴻、阿星對這裡比我還熟，跟他們自己的家沒兩樣，如果有任何事情需要協助的話，找他們也是一樣的喔。」

「那妳住哪？」

前輩小臉微紅，帶著甜蜜的微笑。「我住未婚夫的家，也在這村子裡。他現在正從台北的學校趕回來，我要趕快回家迎接他，各位再見！」

她倉促離開之後，空氣中彷彿還洋溢著從她身上自然散發的那種甜蜜氣息。

我看了一眼餐桌上正在大吃大嚼的小鴻和阿星前輩，突然有點明瞭這兩位只能戴上墨鏡消極抵禦的淡淡哀傷。

深夜一點多，我躺在床上，聽著房中浴室傳來嘩啦啦的水流聲，身體僵硬得睡不著覺。

小雨前輩說不用理會，橫豎過一會兒就會自動關水，但究竟是誰三更半夜在我的浴室裡洗澡呢？雖然我也不是真的那麼想知道……

好不容易等到水聲停止，浴室再無動靜，我才稍稍放鬆一些，閉上眼睛，嘗試入眠。

當我因為疲累而逐漸睡去的時候，突然被滴在臉頰上的水滴嚇醒。

睜眼一看，一張尚未完全腐爛而充滿怨毒的鬼臉近在眼前——

一身濕淋淋的女鬼從天花板倒掛而下，混合著髒水惡臭的汙血涔涔滴垂。

「欸？找錯人了……」

倒掛的女鬼丟下這句話之後，瞬間銷聲匿跡，彷彿她不曾來過，只留下嚇得心臟差點停掉的我。

……這位大姐妳到底要找誰啊？而且山村生活公約與別墅住宿守則裡，有這一條嗎？

我這才想起還沒看完全部的守則，趕緊翻出來繼續看。

第十四條：如果看到一隻橘色大貓出沒，請務必讓道，不要擋住牠的行進路線，並嚴禁撫摸、餵食。

第十五條：深夜看到庭院黑板樹有人上吊，請先確認別墅裡的同伴人數。若人數正確，則不予理會；若人員缺少，請立即通報１１９，並疾馳救援！

第十六條：半夜使用電腦或手機時，若察覺背後有「人」窺伺，請盡量無視，別回頭。

第十七條：後院寥落荒蕪，無事不需涉足，但如果一定要前往，也沒關係。若發現草叢裡有一堆白骨，萬勿驚慌，那都是假的，只是眼睛業障重。切記儘速離開，以免受傷。

第十八條：放置在客廳的黑色舊式轉盤電話鈴響時，請不要試圖接聽，因為別墅沒有申請市話線路，那純粹是一個裝飾品。

第十九條：若在房間衣櫃看到上吊的人，處理方式同第十五條。原則上，盡量不要擅自碰觸。

第二十條：睡覺時若被不明水滴滴醒，務必持續閉眼裝睡，千萬不要張開眼睛。

看到這裡，我已經罵到無力了，底下還有幾行小字：

相關條文持續增訂中，如遇到守則之外的狀況，請提供給我，以利增修，謝謝。（亦可直接寫在這張紙的空白處，回公司前再交給我；正面不夠的話，背面還可以繼續寫）

「以利增修」、「寫在空白處」……這麼可怕的事，怎能講得如此輕鬆愜意啊啊啊！

這是用命在增修的吧！

我看著窗外夜幕中飛來飛去的散髮人頭狀物體，心裡極度厭世。

這大概是我人生中最長的一夜。

---

1 衝康，台語「創空」，陷害、扯後腿。

（三）

隔天安排的行程是去湖邊烤肉，小雨前輩一早傳了訊息過來，說她晚點會自行前往預定地點，請大家不必等她。

於是眾人帶齊前一天事先準備好的烤肉用具和食材，開車到山村西北方的大湖邊。

這個地方果然如同小雨前輩說的湖面如鏡，群峰蘸影，風景十分美麗。

我和麗環、玉琴兩位前輩負責烤肉，其他四個大男生就興致勃勃地跑去湖邊釣魚了，而且收穫還不錯，沒多久就釣到幾條肥碩異常的臺灣鯛。

「沒想到這裡的魚還挺肥的，放回去可惜了，我們烤來吃吧？」阿星前輩垂涎地看著水桶裡的大魚。

「不行啦！小雨前輩不是說這裡的魚只能釣，不能吃嗎？」我連忙否決對方的提議。

經過昨天那些血淋淋的教訓，我不敢再鐵齒違反守則了。

「小雨一定是開玩笑的，哪有不能吃的道理？」阿星前輩不以為然地說。

「對啊，這魚看起來這麼新鮮，為什麼不能吃？」另外一位男同事逸泰也質疑道。

「這……」為什麼嗎？我也不知道啊！是「山村守則」這樣寫的。我以求救的眼神看向麗環和玉琴前輩。

「小雨說的話一定有她的道理。」正在烤玉米的玉琴前輩抬起頭，「不過，到底為什麼不能吃？」

麗環前輩用神祕的語氣說道：「你們聽過『人面魚』的故事嗎？之前有人在湖邊把釣到的魚烤來吃，結果烤熟的魚身出現一張清晰的人臉，還開口問他們『魚肉好吃嗎？』，那個事件的地點好像就是在這裡欸！」

「呃！不會吧！」我的臉一下子刷白了。

「人面魚」的故事是我童年的惡夢，小時候在電視上看到相關的新聞節目，嚇得好幾天不敢自己睡覺，而且持續好幾年不敢吃魚。

「真的是在這嗎？」膽子較小的男同事阿倫明顯縮了一下，看向四周的眼神有些害怕。

「不是啦，人面魚的地點，我記得是在嘉義的蘭潭水庫。」玉琴前輩說。

「才不是蘭潭水庫，我聽說是在高雄的阿公店水庫……」小鴻前輩說。

「不是！不是！不是阿公店水庫，應該是在旗山的旗尾溪才對！」另一位男同事逸泰說。「我國中同學的小學同學的鄰居的阿公說……」

大家莫名其妙地爭論起「人面魚」的地點問題。

「不管了啦！反正我就是要烤來吃就對了！」阿星前輩懶得理會他們，逕自提著水桶到附近的公廁洗手台把魚清洗乾淨，處理好之後用鋁箔紙包起來烤。

烤好的魚香氣四溢，肉質鮮嫩肥美，看著大家吃得津津有味的樣子，我突然覺得自己的堅持似乎有點無謂。

「喂！菜鳥妳真的不吃喔？妳看我們都吃了，有怎麼樣嗎？安啦！」阿星前輩一邊大吃大嚼，一邊對我說：「我跟妳說，小雨這個人同情心過度氾濫，她一定是覺得這些魚很可憐，所以才說不能吃的。不要讓她看到就好了，反正她也還沒來。」

「妳也吃吃看，很好吃喔！」玉琴前輩挾了一大塊魚肉到我的紙碗裡。

為了不辜負前輩的好意和正在咕咕響的五臟廟，我便鼓起勇氣吃了一口。

真的很好吃……應該不會怎麼樣吧？

剛把那一大塊魚肉吞下肚，就看到小雨前輩牽著未婚夫的手從停車場走過來。

小雨前輩的未婚夫年齡大約二十出頭，果然如同傳聞中那般又高又帥，是那種出現在片場會讓女性工作人員尖叫的絕色。高䠷的外型乍看和組長有點相似，但細看就會發現兩個人截然不同——

組長斯文儒雅、溫潤如玉，像古時候的書生；前輩男友則是英姿颯爽、氣宇軒昂，俊眉修目間帶著一股俠氣……

等等，俠氣？我也不過二十來歲，為什麼用詞老是這麼老派啊！一定是最近古裝劇本寫太多了……

正在胡思亂想，他們兩人已走到面前。

「你們在烤魚啊？」小雨前輩有些驚訝地看著我們。「這些魚，該不會是從湖裡釣上來的吧？」

「對、對呀！前輩，這個魚是不是不能吃？」她的表情讓我很緊張。

「呃……不要吃比較好呢。」

「為什麼不能吃？是不是跟人面魚有關？」麗環前輩問道。

「不，只是這裡的魚吃湖底淤泥長大的，村民們都說魚肉有大量寄生蟲，所以向來沒人敢吃……」

正在吃魚的人紛紛把嘴裡魚肉吐出來。

我已經來不及吐了，多心地覺得肚子裡好像有什麼東西在蠕動著。

「臭小雨！」阿星前輩邊嘔吐邊罵。「這應該早點說吧！」

「『山村守則』不是註明了嗎？」小雨前輩一臉無辜。

到了下午，大家都吃飽喝足了，有的直接躺在草地上打盹，有的沿著湖邊散步看風景。

小雨前輩和未婚夫坐在一棵黃花樹下，只見她小鳥依人地偎在男方懷裡，對方的手親暱地撫摸著她的秀髮，兩人靠在一起有如珠聯璧合、玉樹相倚，互動時散發的光芒比盛夏豔陽還耀眼。

終於知道阿星前輩他們為什麼耳提面命一定要帶墨鏡來了。我默默地將豔羨而悲涼的目光轉向湖面。

一群國中年紀的孩子在湖中游泳，我記起「山村守則」中好像有關於戲水的禁忌，正想從背包把條文翻出來看時，其中一個男孩突然開始劇烈地撲騰掙扎，嘴裡慌亂哭喊著：「有人在抓我」，眼看就要沉下去了。

他的同伴都嚇呆了，小雨的未婚夫見狀立刻下水，在對方滅頂之前及時將他拉上岸。驚魂未定的男孩口口聲聲說水裡有人在抓他的腳，一股很大的力量一直要把他拖下去。我注意到他濕淋淋的小腿有數條黑色瘀痕，清晰的形狀就像個手印，心裡覺得很害怕。

「前輩，他腳上那個痕跡是？」我顫抖地拉拉小雨的手。

「那個，是被湖底的水草勒出來的，對不對？阿凱。」小雨前輩仰頭詢問為了救人而全身濕透的未婚夫。

「……嗯，對。」阿凱遲疑了一下，微笑回應，溫柔的神情透露出對前輩的無限溺寵。

不是，前面那個「……」是怎麼回事？阿凱的回答很明顯就是捨不得違悖小雨前輩的話才這樣說的啊啊啊啊！

所以那個手印究竟怎麼來的呢？

（四）

連假的第三天，小雨發燒了，在未婚夫家休養。

前輩的身體好像不太好，曾聽阿星戲稱她是林黛玉，美人燈兒，風吹吹就壞了。

於是只剩我們七個人待在別墅裡，不知道要做什麼。

「我們去探險吧！」男同事逸泰舉手發言。

「去哪探險？」阿星似乎對這個提議有點興趣，挑眉問道。

逸泰用手機將一個網頁傳給眾人。「我剛才上網看到附近山區有一座規模很大的廢墟，不少人曾經去那裡探險，還寫成遊記。」

網路遊記中那幾張廢墟的照片看起來陰氣森森，彷彿隨時會有什麼東西跑出來一樣，讓我覺得毛骨悚然。

「這地方有點可怕吧？還是不要去比較好。」阿倫說了我正想說的話。

「怕什麼？大白天的，有鬼也不會跑出來啦！」逸泰不以為然地說。「而且網路上那麼多人都去過，他們也沒事啊！」

「廢墟什麼的，我已經玩膩了，這次我就不奉陪了。」麗環前輩說。「我去阿凱家看看小雨。」

「蛤，妳不去喔！」阿星頓時雙眼發亮。「那太好了！既然妳不去，我就可以放心的去探險了。要是跟妳這煞星一起行動，沒鬼的地方也會變有鬼。」

「你到底在講什麼……」

「好了好了！」眼看他們兩個又要吵起來，小鴻前輩立刻岔開話題：「麗環不去，那玉琴呢？」

「我也想去探望小雨。」玉琴說。

「好，那今天就分頭行動了，妳們兩個去阿凱家，我們五個去廢墟探險。」

聽到小鴻前輩自動把我也算進探險的行列，我連忙拒絕：「我沒有……我不要……」

小雨前輩給的「山村守則」明明有寫說不能去廢墟，這些人是都沒看還是怎樣？

「妳也要去看小雨？」小鴻訝異地看著我。

「不是，我自己留在這裡好了。」雖然小雨前輩是個溫柔和善的好人，不過我和她還沒有認識很久，總不好意思厚著臉皮裝熟蹭到她未婚夫家去。

「菜鳥，要考慮清楚啊！到時候別怪前輩沒有提醒妳，自己一個人留在別墅不會比較安全喔！」阿星似笑非笑地說。

回憶起「山村守則」的內容，我想阿星前輩是對的……

我們五個人一起前往遊記中的廢墟地點，小鴻在山谷前的一座小廟旁停車，大家揹起背包，順著山谷間的溪邊小徑往裡面走。

上午十一點多，潺湲溪水在豔陽下映照出波光粼粼，襯著青山的倒影，風景十分明媚。狹小的路徑兩旁長滿各種攀藤植物，在風中散發清幽的花草香，沁人心脾。

羊腸小路從溪邊往山上延伸，走到半山腰的地方變成沿著峭壁開鑿的狹窄棧道，有些地方寬度目測不到一公尺，而左邊就是茂林叢生、深不見底的溪谷，原本不絕於耳的流水聲在此處幾乎遙不可聞。

停在岩壁棧道的起點，我不禁猶豫了一下。「我們還要繼續走嗎？」

「當然，這不是廢話嗎？廢墟又還沒到，妳以為我們今天來爬山健行的？」逸泰白了我一眼。

「可是這山壁間的路看起來很恐怖耶！旁邊的河谷又深，萬一摔下去不知道會掉到哪裡。」我感到害怕。

「不會摔下去啦，小心一點不就好了。」阿星前輩說。

「好吧！」我認命地嘆了一口氣，跟上眾人的腳步。

依山開鑿的棧道相當崎嶇不平，有些較窄的路段需要側著身子貼在山壁上才能通過，行走起來非常吃力。大概走了二十分鐘，地形急遽向下傾斜，小小的棧道就像滑水道一樣，以陡峭的坡度連接到另一座山谷。

大家一路攀藤附葛地艱難前進，好不容易抵達下方的山谷，一棟占地頗大的兩層樓建築物就矗立在我們眼前。

此時日正當中，陽光普照，這座殘破不堪的老舊建築卻顯得格外陰暗。大門和窗戶早已不知所蹤，僅餘開在斑駁牆壁上的窗框與門洞，從那些窗洞看進去，唯有無盡深邃的黑色。

一向喜歡廢墟探險的逸泰難掩興奮，立刻加快腳步跑過去。「真的有一棟廢墟耶，好酷喔！這種深山裡面怎麼會有這麼大的房子啊？」

「對啊，這是什麼時候蓋的？誰會住在這種地方？」阿倫也感到疑惑。

小鴻前輩靠近細看，這棟L型建築物多以紅磚及洗石子砌成，一樓為拱圈結構，二樓牆面外有列柱，兩段式傾斜的屋頂雖已大範圍破損，仍殘留著特色鮮明的老虎窗。

「這是一九二〇年左右盛行的法國曼薩爾式風格建築，應該是日治時代留下來的。」他判斷道。

「小鴻前輩好厲害喔！」我忍不住驚嘆。

「我們進去吧！」阿星拿出狼眼強光手電筒打頭陣，穿過黑漆漆的門洞，進入大廳。

裡面有一些支離殘缺的木製櫥櫃，幾張腐朽的椅子東倒西歪地傾頽著，空氣中瀰漫濃重霉味。牆壁和天花板長黴發黑，在燈光的照映下呈現怪異的圖形，此外看不出任何異狀。

「麗環叫我們拍幾張照片傳給她，就妳負責傳吧！」小鴻前輩交代我。

「哦，好喔！」我立刻乖乖照做。幸好這個廢墟看起來不太恐怖，不然我還真怕拍到什麼不該拍的。

在一樓繞了一圈之後，我們想上二樓，卻找不到通往二樓的樓梯，只有一個向下的樓梯，顯然還有地下室，於是眾人便往下走。

樓梯盡頭是一個小小的房間，像是儲物室，不見天日的空間堆滿霉爛的文件、破布、紙箱和雜物，霉味嗆鼻，讓大家感覺很不舒服，立刻撤退。

剛走到樓梯口，不知是誰手機鈴聲驀然響起，悲切激昂的歌聲在寥落的地方聽起來格外驚心動魄。

「誰的手機鈴聲啦？牽亡歌一樣，媽的想嚇死人喔！有夠沒品味！」被響鈴嚇到的阿星忍不住開罵。

「我覺得很好聽啊，是你不懂欣賞！」小鴻頂了兩句後，接通未知的來電：「喂，哪位？」

「……救救……我……」話筒那頭傳來如泣如訴的聲音，雖然沒有開啟擴音功能，但因為四周非常安靜，通話內容清晰地鑽入眾人耳中。

小鴻神情乍變，「你說什麼？你是誰？」

「救救我……好冷……好暗……」對方持續發出幽微低泣的求救聲。

「你到底是誰？你在哪裡？」

「我在……我在……」山區收訊斷斷續續，聽不太清楚。

「在哪裡？大聲一點！」

「……我在……地下室……」

眾人聞言盡皆悚然一驚，惶懼的目光不由自主地望向地下室。我們才剛走出地下室，那裡明明就沒有人啊！也沒有任何能躲人的地方。

「……我看到你們了……等我……」

不知是誰先跑的，總之我們大家連滾帶爬、哭爹喊娘地衝出這座廢墟。

我決定要回家了，現在！立刻！馬上！誰敢攔我，我就跟他拚命！

「前輩，這樣不好吧？」江雨寒抱著厚厚棉被坐在阿凱的床上，表情錯愕地望向剛結束通話的麗環。

「妳別管，我偏要嚇死那些小王八蛋！誰叫他們不遵守規則。」

哭笑不得的江雨寒心想，「山村守則」是不是應該新增一條——「小心麗環」呢？

後記

奇幻與現實的交互映照——

《山村奇譚》竟然出書了。

至今我仍感到驚訝且不可思議，因為我從沒想過當初在PTT Marvel板依照心情好壞、斷斷續續連載的故事，有朝一日竟能得到出版的機會。

一開始創作《山村奇譚》，是想將流傳在阿嬤住的村子的鄉野傳說融匯編寫成一個長篇故事，動筆之前，主要人物、劇情大綱、對白等等都構思好了，連結局也已經擬定，但寫到第四章防空洞時，因工作及生活瑣事煩忙，沒有太多時間花在寫作上，就不得不停筆了。

後來看到有些Marvel板的板友留言希望我繼續寫，甚至當我發表和創作無關的文章時，底下推文也有網友在敲碗《山村奇譚》，好像如影隨形一樣，心裡有種莫名奇妙的感動，於是就接著創作。

每當更新完一篇，底下總有網友推文表示期待下一章，這些推文彷彿「言靈」，促使我繼續寫作更新，於是不知不覺地越寫越多、越寫越長。

不過，即使為了不負Marvel板友的期望而一直努力更新，我還是不確定這份熱忱是否能夠迫使我有始有終地把這個故事寫完，畢竟有些時候，人要面對的最大敵人是自己，也許哪天我文思枯竭了，也許哪天我惰性大發不想再寫了，都很難說。

有些板友會推文表示「出書一定買」，我非常感謝板友對我的鼓勵，但當時我心裡只想著要是能寫完就已經很好，出書什麼的，太遙遠了。

《山村奇譚》在Marvel板的讀者越來越多，還有些是特地從YuanChuang板、懷著對靈異故事的畏懼之心首度踏進Marvel板，而我本身的工作卻也越來越忙，加上家庭因素影響，從原本勉強維持週更或月更的頻率，到後來隔好幾個月才能更新一次。

連載速度這麼慢，我自己也覺得很抱歉。板上很多創作者都能在固定的時間發文，我知道我的讀者們也希望我可以固定時間發文，這樣他們就能在第一時間看到更新，不用每天來刷Marvel板看我發文了沒。我很慚愧，讀者朋友們體諒我工作忙，已經連月更都不要求，只期盼更新的時間能固定，但我連這小小的要求也做不到。

人生總有許多無奈，順心如意的事太少，而阻力太多。

我一直很想趕快把這個故事寫完，卻有心無力，現實生活不允許我把時間花在寫作上，總是沒有辦法好好地、專心地創作自己想說的故事，沉重的無奈和無力感使我悲憤，一度放棄了、不寫了，甚至想把以前的連載都刪掉。

但我終究完成了這個故事，並且努力擠出時間多次進行增刪，把自己覺得不滿意、草率的地方全部修掉重寫，還新增了一些番外篇，我想我應該感謝神明保佑、感謝三采文化垂青、感謝編輯幫忙，感謝所有曾經給予我鼓勵的人。

聊完創作的心路歷程，接下來想與大家聊聊關於「山村」中的人事物。

連載《山村奇譚》時，經常有人問我：真的有這個地方嗎？這件事是真實的嗎？真的有這樣一個人嗎？還有網友說她幾乎要以為是真的。

我首先要說明的是，《山村奇譚》在Marvel板以「創作」類型發表，完全是架空的故事，內容純屬虛構，故事中提到的地點、人物、事件雖有參考原型，例如女主角小雨、麗環、玉琴、阿星、小鴻、組長等人，參考原型是來自我的同事，以及在線上遊戲認識的朋友們，然而小說終究是小說，千萬不要把小說當真——特別是一部奇幻靈異小說。

只不過偶爾會據朋友的經驗改編，像裡面提到的公司純屬虛構，但關於第一章〈凶宅詭影〉中宿舍見鬼及卡到陰的事，則是我同事的親身經歷。

我沒有靈異體質，從沒見過同事所說那個上樓的詭影，但親眼目睹同事因疑似中邪而身體不適的樣子，深感震驚，特地據以改寫。

鬼船則是親戚經歷的事。有位親戚深夜曾在台灣某湖泊看到鬼船出現在霧氣瀰漫的水面上，隔天該水域就發生遊客溺亡的命案。後來我多次去那個湖岸旅遊住宿的時候，往往天黑就不敢走出飯店，也不敢從窗戶望向湖面，恐有所見。

竹子鬼是阿嬤告訴我的，似乎是深山村落常見的一種鬼怪，據說妖怪會附在竹子上，伺機傷人性命，外曾祖父上山砍柴時曾經遇過，當時外曾祖父為了閃避竹子鬼，還特地翻山越嶺地繞路回家。

阿嬤住的山村多竹，竹林和鬼怪傳說總是分不開，村民常言幽深的竹林裡棲息著魑魅魍魎，一走進去就再也出不來了，不知道是不是為了嚇唬小孩子、不讓我們在竹林裡亂竄亂跑，才故意這樣說的呢？

第三章〈廢墟驚魂〉中提到的廢墟，原型來自我在阿嬤的村子看過的一棟別墅。

村裡有座二號橋，橋的左邊是漫無邊際的荒地，遍布蘆葦、甜根子草、五節芒，開花時節一片白霧蒼茫。橋的右邊山坡上有一座歲久年深的古墓園，長滿雜木衰草，荒蕪已甚。墓園上方的樹林深處，有一棟二層樓的木造別墅，歐式風格在這荒山野嶺格外突兀，曾進入探險的孩童說那是無人居住的廢墟，頗有靈異，而我向來只敢遠觀、不敢接近。

關於故事中的重要場景——防空洞。

阿嬤住的村子山腳下有很多防空洞，既幽暗又陰森，為了安全起見，大部分入口都已被鐵柵欄或鐵絲網封鎖。有些柵欄因年久失修損毀，村裡的孩子就會偷偷跑進去玩，不過通常不敢深入，光是站在距離入口不遠的地方就感到陰寒徹骨。

我在網路上看過有人討論該處的防空洞，說是半夜騎車經過時聽到淒厲的哭叫，不辨人聲抑或鬼聲。

距離防空洞不遠有座幽靜的大湖，湖面清澄如鏡，群峰蘸影。暑假的時候，村裡的孩童都會跑來這裡游泳戲水，溺水的意外時有所聞，村民紛傳湖中有水鬼抓交替。有一年，村裡的神明特別降諭，告誡村民們農曆七月不要接近村子的西北方。不知是否和西北大湖夏季常有人溺斃有關，還是與防空洞有關呢？

關於阿凱家那片地獄花海——又稱彼岸花的紅花石蒜。

紅花石蒜是連江縣縣花，多見於馬祖列島，秋季白露節氣後開花，花開不見葉，姿若幽靈，別稱「鬼蒜花」；台灣本島則少見紅花石蒜，較常見品種是金花石蒜，花朵金黃貴氣，又稱「龍爪花」。阿凱家的紅花石蒜移自江家，最初為江伏藏手植，受結界及江家地脈餘氣影響，發展成異於尋常的生長形態。

要注意的是，石蒜科植物觀賞價值雖高，但大多有毒，最好不要像鈞皓那樣隨意採摘。

書中江伏藏一族為了和其他江姓有所區別，有時又稱為「潁川江」，這部分其實是我杜撰的，江氏較常見的郡望和堂號是「濟陽」及「淮陽」，「潁川」則是其他姓氏的郡望。

還有一點很重要，在《山村奇譚》中阿凱和小島田等人念誦的咒文皆為文學性質的創作，並不是真實的咒語，為了避免誤導讀者，特此註明。而書中提到的所有宮廟及其宮廟裡祀奉的主神，亦純屬虛構。

早期我在PTT連載《山村奇譚》的時候，曾有網友推文表示女主角小雨似乎太過善良了，不像個普通人。

關於女主角之所以這麼善良的原因，隨著劇情發展會在第三部出現答案，目前暫時只能從其他角度來說明：

蕭巖和李松平兩人都說過江雨寒的性情很像江伏藏——為了阻止妖物禍世，在防空洞設下風天法陣的人，他一生為所當為，甚至知其不可而為之，覺得自己應該做的、能力所及，就會不計利害得失去做，江雨寒從小在這種身教及言教的潛移默化之下，隱隱培養出一種捨己為人的情操，就像她的阿公一樣。

在第十七章〈密雲不雨〉中出現的老道士，是江伏藏年輕時的同修，所以小雨覺得那位老爺爺的氣息很像她阿公，有種熟悉感。老道士也知道山村大劫將至，不過他不像江伏藏那樣力圖扶危定傾，而是聽天由命。獨善其身或救死扶傷，難斷是非，都只是個人的選擇。

不過江雨寒也不是對任何人都無條件付出，她對麗環很好，為了救對方奮不顧身，是因為麗環也曾對她照顧有加。雖然麗環會壓榨她寫稿、編劇情大綱，但當公司其他同事欺負她的時候，古道熱腸、性情直爽的麗環經常都是第一個跳出來維護她，只是麗環嘴上會故意曖昧地說自己都是為了承羽才這麼照顧小雨的。

再來說說番外篇〈山村守則〉。

〈山村守則〉最初也是發表在ＰＴＴ Marvel板，是《山村奇譚》的平行世界（雖然不少朋友把〈山村守則〉當成《山村奇譚》的續集，但我仍必須強調，當初的設定確實是平行世界，而非續集，因為內容和《山村奇譚》有些不同）。

連載兩回之後，迴響還不錯，有很多網友告訴我，是因為看了〈山村守則〉才開始追《山村奇譚》。

後來因某些私人因素無法繼續在Marvel板更新，所以特地將〈山村守則〉的後續篇章收錄在此，希望喜歡守則的朋友們都能看到。

第一部想補充說明的大致是這些，我要再次感謝三采文化讓《山村奇譚》這個故事有機會出版，感謝三采文化的編輯二部總編輯、責任編輯、美編、行銷部及其他各部門諸位工作人員為拙作付出的辛勞。

也謝謝讀者諸君，如果對本書有任何感想或指教，歡迎告訴我。

千年雨

國家圖書館出版品預行編目資料

山村奇譚．1, 徒花／千年雨著 – 初版．-- 臺北市：
三采文化股份有限公司，2022.07
面： 公分．（iREAD；153）
ISBN：978-957-658-835-8（平裝）

863.57 111006965

suncolor 三采文化集團

iREAD 153

山村奇譚 1：徒花

作者｜千年雨
編輯二部 總編輯｜鄭微宣 責任編輯｜藍勻廷 美術主編｜藍秀婷 封面設計｜李蕙雲
內頁排版｜魏子琪 校對｜黃薇霓 行銷協理｜張育珊 行銷企劃｜蔡芳瑀

發行人｜張輝明 總編輯長｜曾雅青 發行所｜三采文化股份有限公司
地址｜台北市內湖區瑞光路 513 巷 33 號 8 樓
傳訊｜TEL:8797-1234 FAX:8797-1688 網址｜www.suncolor.com.tw
郵政劃撥｜帳號：14319060 戶名：三采文化股份有限公司
本版發行｜2022 年 7 月 1 日 定價｜NT$360